三國奇變

戰略篇

卷 7

是非之地

目錄

第一章

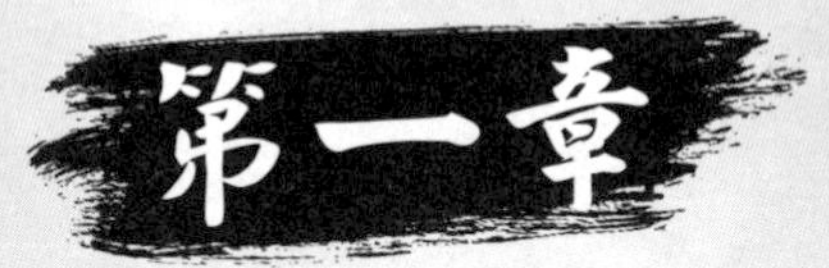

傳國玉璽

高飛拿到寶貝，是一個沉木匣子，打開木匣，果然是傳國玉璽，旁邊的人看到玉璽，都把嘴張成了O字型。唯獨賈詡看到傳國玉璽之後，臉上不但沒有喜色，反而多了一絲憂愁，輕聲問道：「主公準備怎麼處理這玉璽？」

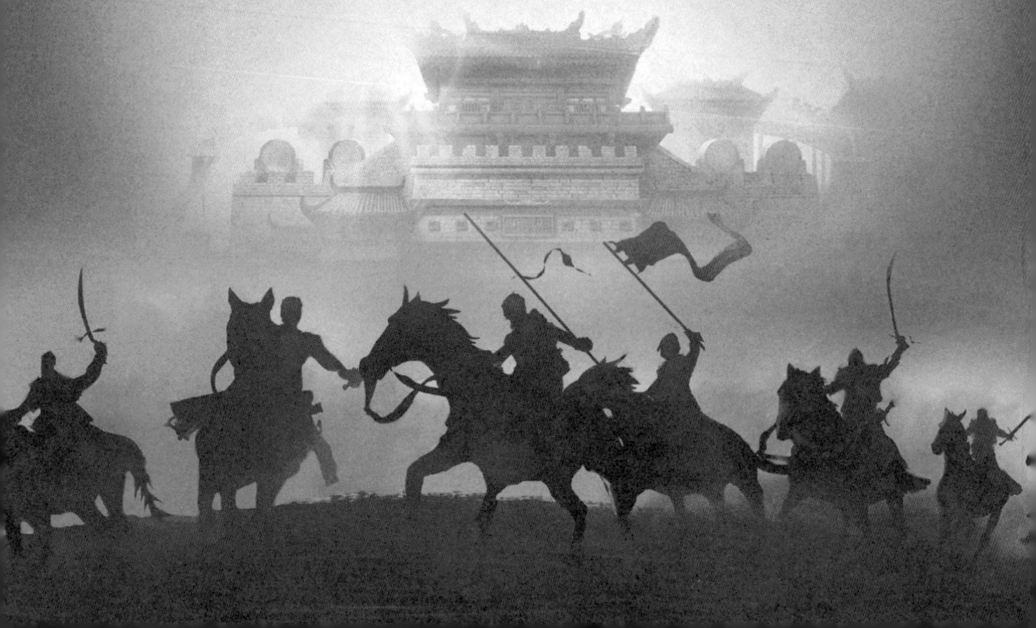

說話間，大夏門的城門便被打開了，那個長得精瘦的軍司馬戴著一頂銀色的頭盔，披著一身銀色的鎧甲騎著馬，帶著部下走了出來，列隊在城門兩邊，恭候高飛入城。

「下官士孫佑，參見高將軍。」那猴精的軍司馬策馬跑到高飛的面前，翻身下馬拜道。

高飛見這個叫士孫佑的一身世家公子的氣息，一個小小的軍司馬，穿戴的居然是全銀的盔甲，而且做工精細，十分的考究。

他知道洛陽是繁華之地，有錢的人更是多不勝數。一想起歷史上董卓驅趕洛陽富紳、官僚到長安，收集的錢財無數，就可以想像洛陽的人有多麼富裕了。

「你叫士孫佑？」高飛問。

士孫佑點點頭，一臉笑意地道：「正是下官。」

「那士孫瑞是你什麼人？」

士孫佑聞言道：「將軍也認識家父嗎？」

「嗯……當初在大將軍府的時候見過一兩面，沒想到你是他的兒子，怪不得一個小小的軍司馬披了一身銀甲呢。」

高飛話中帶著譏諷的味道，他知道士孫瑞是洛陽首富，隨便一出手就是幾千萬的錢出去，當初何進開了個白雲閣，一半以上都是士孫瑞投資的。

士孫佑聽出高飛話語中的不悅，看了眼高飛身上披著的鐵甲，帶著許多灰塵，眼睛骨碌一轉，道：「既然將軍認識家父，那這就好辦了，將軍一身威武，英氣逼人，渾身上下都透著大富大貴的氣息。將軍當初到洛陽時，下官未能結識，只在遠處偷偷觀看，今日有幸結識將軍，也是三生修來的福分，下官對將軍的忠義也很佩服，就好比那滔滔的黃河水，一發不可收拾……」

高飛聽到士孫佑不停的拍他馬屁，不禁有一絲厭惡，立即打斷道：「好了好了，我問你，你和城門校尉的關係如何？」

「額……那城門校尉是董卓任命的，我一心向著將軍，所以關係不是很好。」士孫佑頭腦靈光，一聽高飛這樣問，話鋒立即一轉，道：「只要將軍一聲令下，下官便將城門校尉的人頭獻到將軍面前。」

高飛見士孫佑居然猜出他的意思，便道：「只要你殺了城門校尉，控制住駐守城門的士兵，我就在陛下面前表你為司隸校尉，你父親努力的向朝廷送錢，也始終擺脫不掉商人的身分，出資上億，只不過得到尚書僕射的官，只要你肯聽我的，我不僅讓你當上高官，還讓你父親位列三公，這可是你們士孫家幾輩子都修不來的福分，你覺得如何？」

士孫佑一聽這話，立刻抖擻精神，抱拳道：「高將軍大仁大義，下官敢不效力，高將軍請進城吧，城門校尉手底下都是我的好兄弟，我早就想殺城門校尉了，若不是董卓當權，我……」

「行了行了，趕快辦正經事要緊。我另外派遣一些騎兵給你，殺掉城門校尉之後，你立刻以我的名義分派手下人去城中的各個街巷裡，大凡王公貴族，世家富紳，都要通知到，讓他們組織自己的家將、家丁到各個城門防守，沒有我的命令，誰也不能打開城門，如果有擅自打開城門的，洛陽城便會毀於一旦，這件事很重要，你懂嗎？」高飛面色嚴肅地對士孫佑道。

士孫佑早就想轟轟烈烈地幹一番大事了，立刻抱拳道：「將軍的吩咐，我萬死不辭，我這就去通知所有人。」

高飛轉頭對趙雲、太史慈道：「你們兩個將部隊分成十二曲，每曲兩百人，分散到十二個城門附近，其餘人都跟我走，去北宮，面見皇帝陛下！」

「諾！」

一聲令下之後，高飛便帶著人進了大夏門，然後將城門關上，每個曲都由他們的軍侯帶領，以他們為主導，城門校尉的兵為輔，駐守洛陽十二門。士孫佑也隨之派出十二個親隨，跟隨著高飛的部下去各個城門。

守城門的兵誰不知道士孫佑，那是他們的財神爺，平日裡沒少從士孫佑的手裡得到好處，雖然表面上聽從城門校尉的，實際上都是聽命於士孫佑的。

分開之後，高飛、賈詡帶著剩餘的三百騎兵直奔北宮。

「主公，士孫佑一個富紳子弟，這樣的人完成如此重要的任務，萬一出了差錯……」賈詡擔心道。

高飛心裡明白，士孫佑的家裡三代為商，而在這個時代，士、農、工、商，**這樣的等級地位制度根深蒂固，商人的地位連普通農民都不如**，雖然能獲得巨大的財富，可是無論走到哪裡，都會被人看不起，**無商不奸，也給所有的商人都扣上了永遠都揭不去的帽子。**

他見賈詡在擔心，便笑道：「軍師可以放心，士孫佑雖然是富紳子弟，可是一心想擺脫掉商人的身分，對於這樣的人來說，沒有什麼比官職更能吸引人的了。再說，士孫家在洛陽的影響力非常大，洛陽城中無人不知無人不曉，利用他們去給那些王公大臣傳話，是最合適的人選。現在我們只需去北宮控制住皇帝，然後威懾住群雄就可以了。」

賈詡道：「嗯，屬下明白了。」

馬不停蹄地奔馳到了北宮的白虎門，高飛便遠遠地看見北宮的宮女、太監不

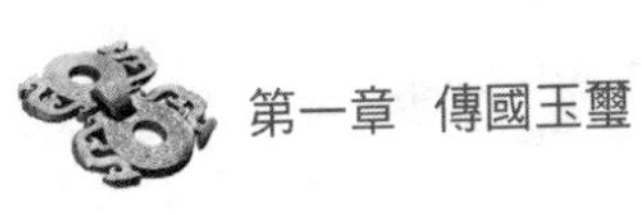

停地從宮中湧了出來，而負責守衛的軍隊早已不知去向。

他帶著士兵來到北宮白虎門外，將騎兵一字擺開，堵住了宮門。那些宮女、太監一見到有兵將過來，都顯得很驚恐，紛紛跪地求饒。

高飛策馬來到一個太監的面前，指著那太監喝問道：「發生了什麼事？衛尉何在？虎賁甲士、羽林郎又何在？」

太監惶恐地道：「衛尉大人、虎賁甲士、羽林郎一聽說聯軍殺來了，接到董太師的命令，便護送著陛下早早地離開北宮，早在一個時辰前便出了西門……」

「媽的！皇帝跑了？這個該死的董卓！」

賈詡馳馬走了過來，急忙問道：「主公，現在當務之急，就是控制城門，請出聲望很高的三公來，否則的話，一旦韓遂也退走了，聯軍逼到洛陽城下，真個攻城了，那就糟糕了。」

高飛點點頭，也不再管那些宮女、太監了，調轉馬頭，正準備要走，卻聽見背後有人高聲喊著「高將軍」。他回過頭去，在人群中看見了一個不能再熟悉的人了，**居然是左豐**。

左豐穿著十分的華麗，看那服飾，就知道是中常侍的高官了，他從人群中穿梭出來，一邊大喊道：「高將軍……高將軍……」

好不容易鑽到高飛面前，一臉喜悅地道：「再次見到高將軍，真是太好了，高將軍，我……」

「你不是董卓的人嗎，怎麼沒有跟董卓一起走？」高飛有點不屑地道。

左豐辯解道：「冤枉啊，我是將軍的人，我的心裡一直都是向著將軍的，我有一件寶貝要獻給將軍……」

「你？你能有什麼寶貝？」

左豐嘿嘿一笑，做了個嘴型，還發出一個「西」的音。

高飛看了，腦中迅速地轉動一番，吃驚地道：「你說的寶貝是玉……」說到一半，便急忙打住，問道：「你說的寶貝在哪裡？快帶我去！」

「請將軍跟我來！」

左豐將高飛帶到自己的住處，指著地上的一口井，道：「高將軍，那寶貝就在這井裡，陛下被董賊的人給帶走，走得太急，竟然連這個也給忘了。我知道高將軍必會帶領士兵打到這裡來，所以就將那寶貝藏了起來，專門等著獻給將軍。」

「嗯，少廢話，快下去把寶貝撈上來！」高飛瞪了左豐一眼。

左豐臉上一怔，不覺地倒退了兩步，舉起手指著自己道：「我……我下去撈？」

高飛冷笑道：「不是你，難道還是我下去撈不成？」

「可是……我不會水，這井又很深……」左豐用力搖頭道。

卻見高飛瞪著眼喝道：「快下去撈上來！」

左豐看著下面幽深透著寒氣的深井，不禁打了個冷顫，可憐巴巴地道：「將軍，寶貝被我拴在井中浮著的橫木上了，只要順著橫木將繩子撈上來就可以，我……」

「少廢話，你撈不撈？」高飛見左豐還想耍賴，怒道。

左豐見高飛動怒了，無奈之下只得下井，這時，早有士兵從一旁拿來繩索，將左豐攔腰纏住。

左豐被一點一點放進井裡以後，很快便拿到他親手藏的寶貝，衝著上面喊道：「將軍，寶貝拿到了，快拉我上去吧。」

誰知上面又放下了一條繩子，高飛露出纏著繃帶的臉，眼裡充滿了和藹的目光，朝井裡的左豐喊道：「左大人，麻煩你，先把寶貝拴在繩子上，你的身體太重，剛才拉你的那兩個兄弟都吃不消了，其他人經過長途跋涉早就沒有力氣了，得讓他們歇一歇。」

左豐沒有絲毫的懷疑，他透過高飛那雙眸子，看出高飛是在意自己的，因此毫不猶豫地將寶貝纏在另一條繩子上，衝高飛喊了聲，便眼睜睜地看著寶貝被拉上去，他則抱著井裡的橫木，等待高飛將他拉上去。

當寶貝被拉出井口的一剎那，高飛的目光裡突然射出兩道毒蛇般的目光，對著井裡的左豐喊道：「左大人，你這一生沒有少做壞事，臨死還能落個全屍，你就知足吧。」

左豐臉上一驚，暗叫自己上當了，但是為時已晚，只能拼命地向高飛求饒，哭爹喊娘地道：「高將軍……高大爺……高爺爺……求你放了我一條生路吧，我是您孫子……是您親孫子……」

高飛朝井裡呸了一口，罵道：「你個狗日的死太監，你配做我孫子嗎？來人！封井！」

聲音一落，一旁的士兵不知道從哪裡抬來一塊巨石，直接蓋在井口上，將井封得死死的，井裡不斷傳來左豐撕心裂肺的求饒聲。

高飛拿到了寶貝，是一個沉木匣子，打開木匣，果然是**傳國玉璽**，臉上平靜如水地道：「果然，這左豐還真是藏對了一個好寶貝啊。」

旁邊的人看到玉璽，都把嘴張成了O字型，眼睛不時向高飛手裡瞥過來。他們哪裡見過這麼寶貴的東西，就是普通的官印也很少見到。

這三百名親隨都是第一批飛羽軍的成員，可謂是最忠心耿耿的，此時不約而同地跪在地上，高呼道：「恭喜主公，賀喜主公，有此寶物，天下可定！」

唯獨賈詡看到傳國玉璽之後，臉上不但沒有喜色，反而多了一絲憂愁，輕聲問道：「主公準備怎麼處理這玉璽？」

高飛見賈詡臉上浮現焦慮的表情，笑了笑，對那些跪在地上的士兵喊道：「都起來吧，你們有誰知道這傳國玉璽的來歷嗎？」

「啟稟主公，屬下知道！」一個漢子站了出來。

漢子臉上帶著一道刀疤，一臉的冷峻，是高飛的同宗，叫高林。

高飛在郡襄武城的老家裡招募了高氏宗族之後，所有高姓的人一直被高林帶領著，跟隨高飛出生入死，到現在，高氏的子弟兵就剩下高林一個人了。

上次在虎牢關親眼目睹高氏宗族被全部屠殺後，高林當場哭得昏厥了過去，因為第一個被殺的，就是他的親爺爺，接著死的都是他的叔伯，他承受不住這麼大的打擊，休克被抬回軍營。後來高飛便將高林調到自己的身邊，不再讓他出生入死，也算是給高家留了後。

高飛見高林站了出來，便道：「很好，你說給大夥聽聽，讓他們也知道一下這玉璽的來歷。」

高林和高飛不一樣，家裡殷實，曾經遊學長安，學成之後，回到襄武，不久便遇到高飛招募兵勇，便毫不猶豫的加入了兵團，聽到高飛的話，立即侃侃而談道：

「史載，傳國玉璽取材於和氏璧，為秦以後帝王相傳之印璽，乃奉秦始皇之命所鐫。其方圓四寸，上紐交五龍，正面刻有李斯所書『受命於天，既壽永昌』八個篆字，以作為『皇權神授、正統合法』之信物。自秦以後，帝王皆以得此璽為符應，奉若奇珍，國之重器也，得之則象徵其『受命於天』，失之則表現其『氣數已盡』。凡登大位而無此璽者，則被譏為『白版皇帝』，顯得底氣不足而為世人所輕蔑。」

眾人聽了，都覺得這是上天賜給主公的寶物，有了這傳國玉璽，主公就可以榮登大寶，而他們也可以成為開國功臣，心裡面都不禁心花怒放。

高林繼續道：「前漢末年，外戚王莽篡權，時孺子嬰年幼，璽藏於長樂宮太后處，王莽遣其弟王舜來索，太后怒而詈之，並擲璽於地，破其一角，王莽令工匠以黃金補之，不知道主公手上的玉璽是真是假？」

高飛便將玉璽從匣子內舉了起來，果然看到有一塊黃金補上的缺口。

高林一見是真玉璽，當即下跪道：「此乃上天賜給主公的寶物，如今劉漢已經大勢已去，這傳國玉璽又到了主公手中，主公便可持此傳國玉璽登基為帝，改朝換代，屬下參見陛下萬歲萬歲萬萬歲！」

其餘的士兵見了，也都一起跪在地上，異口同聲地拜道：「叩見陛下，萬歲萬歲萬萬歲！」

「哈哈哈哈……」

高飛等這一天早就等了許久了，可是他心裡明白，**現在這個東西在他手裡是燙手的山芋，大漢的皇帝還在，大漢的朝綱還在，而且外面尚有幾十萬兵馬正在混戰，他若真的登基為帝，豈不是公然和天下為敵?!**

「胡鬧！」賈詡突然一甩袖子，厲聲叫道：「都快站給我站起來，你們這樣做只會害了主公！」

高林和其餘人都一臉疑惑地望著賈詡，不解地問道：「軍師，此話怎講？」

賈詡怒道：「隔牆有耳，現在外面大亂未定，你們就想讓主公登基稱帝，真是不知死活，聯軍正陸續向洛陽進發，幾十萬的軍隊在洛陽城的外面等著進城，各路諸侯的野心昭然若揭，主公現在登基稱帝，名不正、言不順，何況大漢的皇帝仍然健在，就算是死了一個，皇室那麼多人，很快便可以再扶起另外一個，此刻根本不是稱帝的時候。就算要稱帝，也絕不是以這種方式稱帝！」

高飛朝高林他們打了個手勢，所有人都站了起來。他則將玉璽重新放在匣子裡，然後扔給高林，吩咐道：「將這傳國玉璽埋在隨便哪一個宮殿的牆角下面，暫時保密，等我威懾住聯軍的各路諸侯後，你就去散布消息，說陛下走的時候將傳國玉璽弄丟了。」

高林接過玉璽，道：「諾！」

高飛接著對賈詡道：「我如此做，軍師可以放心了嗎？」

賈詡笑著豎起了大拇指：「主公這招**智鬥群狼**的計策用得漂亮，看來也該是讓城中富紳離開此地的時候了。」

高飛和賈詡相視而笑，莫逆於心。

從皇宮出來之後，城中早已亂作一團，街道上往來奔走的都是拿著各種武器的人，王公大臣、世家富紳帶著各自的家兵家將朝離他們最近的城門跑去，一聽說董卓被擊退了，所有的人都歡欣雀躍，但是也害怕他們賴以生存的家園被聯軍毀於一旦，這才在高飛的提議下帶兵駐守各個城門。

高飛分派一小隊騎兵去各個城門巡視，他則帶著賈詡和其餘的人朝東邊的城門而去。

東城有三個城門，以上東門最大，也是需要防守的第一道城門，另外兩道城門都作為旁門來用，平時不開放，只有皇帝出巡或者迎接重要的人物時才開放。

洛陽城的城牆又高又厚，上東門屬於外城門，進了上東門還有一個甕城，如果守不住東門的話，可以退守甕城之後繼續防守，只要對方沒有重大的攻城器械，基本上不會受到損失。

上東門的城樓上已經聚集了不少人，趙雲帶著士兵矗立在城頭，身邊的飛羽軍、士兵、家兵錯亂地排列著。在他的身後，站著的是士孫佑，再後面，便是士孫佑召集來的洛陽富紳以及一些在朝的大臣。

上東門外，突破西涼兵防線的諸侯們已經兵臨城下，韓遂見勢不妙，帶著殘軍敗退，呂布一心要誅殺董卓，連城都不進，直接追著韓遂跑了。

袁術、劉表等人本以為會就此進城以彰顯自己的大功，哪知道帶兵到了城下，卻看見趙雲已經站在城頭上，並且緊閉了大門，任他們怎麼叫也不開門。

袁紹手下大將顏良脾氣暴躁，見趙雲緊閉城門，又受到袁術的挑唆，便氣得火冒三丈，立刻策馬奔出，來到上東門下，朝著城樓上的趙雲大聲喊道：

「我乃袁盟主帳下先鋒大將顏良，你快給我打開城門，否則盟主帶領大軍到來，必然叫你死無葬身之地！」

趙雲不為所動地道：「顏將軍，我家主公有令，洛陽乃京畿之地，屹立在這裡長達百年，如此巨城，理應嚴加防範，為了以防萬一，就請各位將軍、大人們將兵馬全部駐紮城外，等袁盟主和各路兵馬到來了，我家主公自然會打開城門。」

顏良氣歸氣，可也不是沒有腦子，洛陽城的防禦確實堪稱一絕，凡是到過洛陽的人都能被它氣勢宏偉的城防所震懾住，外城十二門，內城八門，進入內城之後還有四道大門，光城門就有二十四道，可謂是裡三層、外三層，若想攻克如此堅城，沒有十幾萬兵馬晝夜不停的攻打，絕對不可能攻下。再說，聯軍並不是來進攻洛陽，而是要從董卓的勢力中解救出來，袁紹稱之為光復舊都。

不能打，勸也沒有用，顏良無奈之下，只能退走。

袁術、劉表等人都很納悶，**怎麼高飛進城就那麼容易，又是從哪裡進去的，董卓難道沒在城中留下軍隊，皇帝又怎麼樣了？**如果現在不進，等所有兵馬到齊，哪裡還有他們的半點功勞?!

一想到這種種的事情，袁術、劉表等人就覺得頭疼，一起看向了和高飛關係匪淺的孫堅。

孫堅此時經過一路廝殺，一千騎兵還剩下三百多騎，而且士兵個個疲憊不堪，當他知道呂布只是為了追董卓，而高飛又率先入城後，他後悔當初沒有緊緊地跟著高飛，如果他不把劉表引來，或許就不會有這檔子事了。

他注意到袁術、劉表等人的目光，裝作若無其事的樣子，騎在馬背上，一聲不吭。

程普感受到群雄的目光，湊近孫堅的耳朵，小聲說道：「主公，高飛這樣做，是不是太過分了，功勞他一個人全占了，此時他一定是先進皇宮向陛下邀功去了，卻把我們堵在門外不讓進去，這實在是……」

「你不必多言，這事人人都想做，高飛能如此輕易的進城，看來董卓並沒有在城中留下什麼兵馬，就算他得了首功，將各路兵馬堵截在門外，他是個聰明人，一定不會做出得罪群雄的事情來，**他之所以這樣做，一定有他的道理**。我們現在傷亡慘重，這事也不是我們能強出頭的，靜觀其變吧，反正我們是第一批到達洛陽的人，也會受到封賞的。」孫堅小聲道。

這時，袁術突然看到趙雲背後站著的一個人，臉上一喜，策馬向前，朝城樓上喊道：「這不是士孫家的小鬼嗎，你怎麼也站在這裡？」

士孫佑定睛一看，道：「原來是袁大人啊，真是有失遠迎，我受高將軍之命負責守備城門，以防止有什麼突發狀況，城中各個王公大臣如今正在裡面慶祝高將軍的到來，請袁大人耐心等待，等高將軍帶著諸位大臣來了，定然會打開城門放各位大人進城的。」

袁術心裡很窩火，沒想到一向拍袁氏馬屁的士孫家的小鬼居然會這樣跟自己說話，心中不禁怒道：「哼！等我進了城，看我不把你們士孫家滿門抄斬！」

他怒歸怒，可是臉上還是一臉的笑意，仔細地看了看士孫佑身後的站立的人，好傢伙，都是在洛陽城裡有頭有臉的富紳，唯獨沒有見到袁氏的人。

無功而返，他也不想說什麼了，回到本陣中，見劉表帶著極大的嘲諷，便怒道：「有本事你去叫門！」

劉表早看清楚了城樓上站立的人，根本沒有他所交厚的人，而且自從他離京去荊州之後，自己在洛陽培養的勢力也一起帶到了荊州，可以說，洛陽城中已經沒有根基了。

他不屑地看了一眼袁術，冷笑一聲：「我才不去丟人現眼呢，堂堂四世三公的袁家公子都無法叫開城門，我去了更不可能成的。等著吧，高飛遲早會開門的，如今洛陽已經得到了控制，城裡面他說了算，反正我們是第一批到達洛陽的，進不進洛陽已經沒有什麼大礙了。」

站在城樓上的趙雲早已預料到這一切，所以他讓士孫瑞通知各個富紳去駐守城門，那些王公大臣、世家子弟則駐守內八門，商人圓通奸猾，唯利是圖，加上士孫家又是洛陽首富，和這些富紳們有著極深的聯繫，有士孫家出面當頭，其他的商人自然趨之若鶩。

趙雲看了看城下群雄的嘴臉，以及曠野上站立著的數萬困乏的馬步軍，心裡暗笑了一下，扭臉對士孫佑道：「你的父親不會出錯吧？」

士孫佑道：「將軍儘管放心，我父親在洛陽無人不知，無人不曉，就是四世三公的袁氏也要給上幾分薄面，和其他王公大臣、世家豪族也都有很深的交情，只要我父親出馬，那些人自然會給面子的，此時應該已經全部聚集在我家裡了，只等高將軍到。」

趙雲點點頭，對身後一個親兵道：「你速速去通知主公，就說城門這裡都很正常，請主公放心。」

親兵「諾」了聲，便下城樓，直奔士孫府。

高飛和賈詡在皇宮中私心計定了一個策略，高林將玉璽草草地埋在一個大殿的牆角裡，便去執行高飛的命令，通傳全城，將所有在京大臣、王公、世家、豪族全部請到士孫瑞的府上。

因為皇帝不在城裡了，原定的計畫必須有所改動，而高飛也不想因此得罪所有的群雄，至少在回到幽州之前還不想。

洛陽東城南側，一座龐大的建築群巍峨地立在那塊大地上，這龐大的建築群便是洛陽首府士孫瑞的府邸，占地面積達到整個洛陽城的十分之一。一提起士孫家，幾乎無人不曉，而且豢養的食客也是洛陽之最。

不過，其所豢養的食客大多是輕俠的武人，說白了，就和土匪強盜差那麼一點點，因為士孫家的身分比較特殊，自士孫瑞往上數，三代為商，到了士孫瑞這一代，積攢下來的財富已經是富可敵國了。

但是，士農工商的等級制度讓士孫瑞在政治上永遠抬不起頭來，雖然富裕，卻依然為人看不起，若不是他多年來仗義疏財，游離於各個官場之間，恐怕早就被不良之人給連鍋端了。對他來說，找個好的靠山比什麼都強，誰對他有利，他便投靠誰。

如今，士孫府中高朋滿座，專門建造可以容納四百人的會客廳也顯得擁擠不堪，所有洛陽城中有名望、有地位的人都齊聚一堂。

「鎮北將軍、遼東侯、遼東太守高大人到！」

知客人的通報聲，許久才傳到聲音嘈雜的會客廳。

高飛此時已經去掉了臉上的綳帶，只將面頰上的傷口簡單地做了包紮，露出了他的臉龐，帶著三百騎兵來到會客大廳。

看到高朋滿座，王公大臣、達官貴人、世家豪族全部到齊，高飛不禁對士孫瑞的號召力感到很是震驚。

士孫瑞急忙出迎，一臉笑意地道：「高將軍，快請上座！」

高飛也不客氣，帶著賈詡從大廳中走了過去，兩邊站著的都是各級文武大臣，其中不乏高飛相識的蓋勳、皇甫嵩、盧植、鮑鴻、淳于瓊等人，還有袁隗、楊賜、蔡邕等海內聲望極高的老一輩。

高飛在士孫瑞的帶領下走到了正中上座，那種感覺和皇帝上朝差不多。

高飛沒有就座，他很清楚自己的身分，他不是來獨霸朝綱的，而是來請這些文武大臣到城門外搞定那些聯軍的。

「在座的文武大臣、王公貴族、世家豪族們，高某在這裡有禮了。」高飛深深地作了個揖。

在座的人面面相覷，不知道高飛要幹什麼。

諸如此類的情況，先前他們也遇到過一次，董卓也同樣是借助士孫瑞的號召力將全城官員召集到此，說是酒宴，結果露出的是豺狼的嘴臉。因而除了和高飛共事過的人，其餘的人都在想，**是不是又來了一個董卓一樣的人物？**

高飛看出了眾人的疑慮，朗聲道：「我就直話直說了，我是來請各位大人幫忙的，還請各位大人施以援手！」

蓋勳和高飛交情匪淺，一聽到高飛如此說，便站了起來，拱手道：「高將軍，有話儘管直說，高將軍對大漢忠心耿耿，今日又帶兵打退了董卓，可謂是替大漢驅逐了一隻惡狼，只要是高將軍有需要的地方，我蓋勳必然會竭誠相助。」

盧植、皇甫嵩這兩個老一輩的資深官僚也站了出來，對他們來說，董卓的存在實在是太邪惡了。尤其是皇甫嵩，董卓起兵的時候他被劫持，成為他人生中最大的污點。

皇甫嵩朗聲道：「子羽，陛下被董卓帶走的消息我們也都聽說了，是不是你要我們和你一起追殺董卓，救回陛下？」

盧植道：「好，我有家兵二十多人，都是跟隨我出生入死的人……」

「不！陛下已經有人去救了，並州刺史丁原的義子呂布，正帶著並州兵一路追擊董卓而去，而且呂布有赤兔馬，是追擊董卓最佳的人選，如今陛下早已遠離京畿，我們這時候追過去也徒勞無益，眼前尚有一件很重要的事要請諸位幫忙。」

「我聽說你讓部下封鎖四門，將人全都堵在城門外，是不是想讓諸位大臣幫你說服那些人駐紮在城外，別進洛陽城裡來？」

不知是誰說了句，聲音十分高亢，在場的人都聽得一清二楚。

眾人順著聲音的來源看去，但見大廳最末尾的角落裡，一個身穿布衣的年輕小子靠在牆角站著，因為大廳裡人太多，那個牆角又十分的偏僻，加上那年輕小子身形瘦小，恰恰讓他被牆角的陰影給遮蓋住，因而沒有人注意到他。

大家都在疑惑這人是誰，有人喊道：「你是何人，堂堂大廳內，竟然敢如此喧嘩？」

那年輕小子從陰影中走了出來，雙手交錯地放在袖筒裡，身上穿的服裝也很樸素，頭上的髮髻綁著一方綸巾，長得清瘦俊朗，略顯稚嫩的臉上有著一雙清澈深邃的眼睛，讓人無法看透他的內心。

「天下興亡，匹夫有責，何況我小太公又是潁川名士，看到洛陽城大難當前，自然要盡一份綿薄之力了。」

在場有不少潁川的名士，可他們從未聽說過有小太公這號人物，紛紛譏諷道：「你這小子好狂妄的口氣，居然以太公自稱！潁川多名士，可是我卻從未聽說過有你這號人物，你這個假冒的名士，不配站在這裡，快快滾出去，省得一會兒找打。」

隨之，一幫子文武大臣便嚴厲指責那年輕的小子擾亂視聽，紛紛要他自動離開大廳。

不料那小子突然狂笑不止，笑聲傳進每一個人的耳朵裡，讓所有的人聽了都有點發毛，不知道那小子為何發笑，一時間，大廳裡的指責聲靜止下來，只有那小子的笑聲。

士孫瑞到底是有頭有臉的人，他也不知道那小子是如何進來的，臉上無光，正準備趕那小子走，卻被高飛止住。

「來者是客，士孫大人就賜他一個坐席吧！」

士孫瑞聽到高飛的話，便立刻讓人給那小子拿了一張坐席。

那小子看了眼地上的坐席，不但沒有坐下，反而當著所有人的面，大搖大擺地走到高飛的身邊，然後轉身來到太傅袁隗的身邊，直接坐在袁隗的上首，一副若無其事的樣子，目光肆無忌憚地從在場之人的臉上掃過。

太放肆了，實在是太放肆了！這種人應該亂棒打死。袁隗怒火中燒，他堂堂袁氏是如何的榮耀，豈容一個無名小子在此放肆，而且還騎到了他的頭上。

他怒不可遏地指著那個小子大聲道：「放肆！大膽！無恥！無禮！你當我袁

隗是什麼人？你居然……」

「袁大人，你何必動怒，誰不知道你袁氏是四世三公，袁氏的聲望如此之高，不至於因為我這個無名的小子而生氣吧，傳了出去，豈不有損你們袁氏的門風嗎？我聽說袁氏一門忠烈，而且這次會盟的盟主也是袁紹，還有袁術是副盟主，可是為什麼你袁隗在洛陽城裡待著，卻不和袁紹、袁術來個裡應外合呢？那樣的話，董卓早就被趕跑了，還要等到現在嗎？」

「你……你……」

袁隗氣得已經說不出話了，用眼睛瞪了那小子一眼，試著平息自己的情緒道：「我袁隗堂堂太傅，才不會和你這無名小子一般見識，有失身分。」

那小子朝在場的人大聲道：「**在座的都是大漢傑出的人才，文武百官全部在此，為何眾人還洞悉不到洛陽城所面臨的危險呢？**」

皇甫嵩道：「洛陽貴為京畿，董卓又退走了，外面有幾十萬聯軍，能有什麼危險？」

那小子搖搖頭，嘖嘖地道：「皇甫將軍也是朝中的老紅人了，先平黃巾，再定涼州，這樣的雄才大略，沒想到卻也什麼都不知道。」

那小子突然指著高飛，話鋒一轉，道：「諸位看清楚了，就是你們眼前站著的這個人，他率先進城，卻又把聯軍堵在了城外，他一心貪功，唯利是圖，若非失算了，也不會死乞白賴的將眾位大人請過來，為的是什麼，為的就是消除他和聯軍中的矛盾，說什麼會有亂兵作亂，以我看，**最大的亂兵就是他**！現在聯軍正在城外，恨不得能夠馳進洛陽城裡來，萬一聯軍坐不住了，真帶兵殺了進來，洛陽城百年基業就會毀於一旦，**這個人就是罪魁禍首**！」

第二章

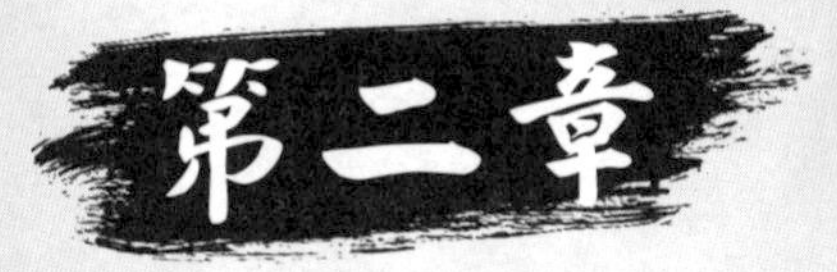

異姓封王

馬騰不以為然地道：「按照大漢律例，沒有異姓封王的，你不要把陛下的這句話放在心上。咱們馬家是伏波將軍馬援之後，一心忠於漢室，我們要竭力輔佐陛下，成為一代明君，讓我們扶風馬氏名垂千古。」

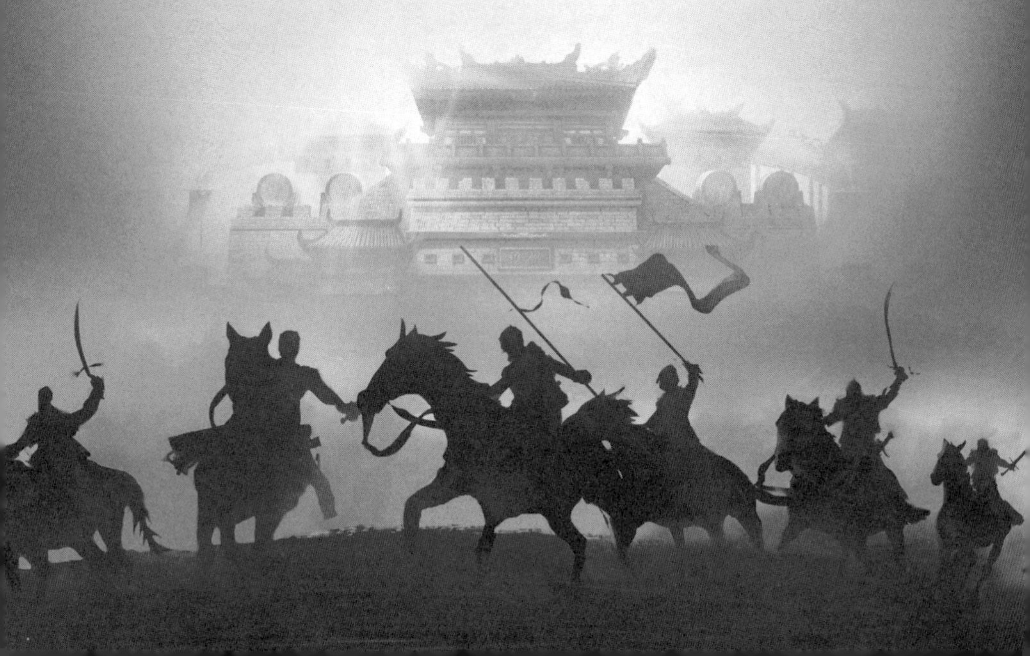

在場眾人的目光變得異樣起來，然後又是一番交頭接耳。

這些人和外面的聯軍諸侯多有來往，有的親密無間，正如蓋勳和高飛的關係一樣。那小子的話雖然是含沙射影，口沒遮攔，卻給所有人帶來一絲猜忌，不得不排除高飛有這種嫌疑。

「**清者自清**，我這樣做，一切只是為了洛陽的百年基業著想，董卓的西涼兵當時並沒有敗退，仍然在和聯軍交戰，為了以防萬一，我只能率先控制城門以防止西涼兵進城。一旦西涼兵進城了，聯軍也會緊隨其後，而在城中混戰必然會讓洛陽的基業毀於一旦。我承認，我個人確實有私心，確實想在陛下面前邀功，所以率先進城，但是請諸位想想，**誰的心裡沒有一點私心呢？**」高飛慷慨激昂地說道。

蓋勳亦厲聲道：「我相信高將軍是真心為了洛陽城的百姓，當年在涼州，正是因為他，先讓涼州百姓撤離到了三輔，這才讓涼州的百姓少受磨難。高將軍是重情重義的真漢子，是我大漢的忠臣，大家不要因為這個小子的胡謅而懷疑高將軍。這小子說不定是董卓故意安排在這裡的，別忘記了，董卓當時在你們的身邊安插了不少人！」

盧植、皇甫嵩也極力附和高飛，隨後楊賜、陳寔、許靖也紛紛表示支持高飛，因為沒來頭的蹦出來了一個野小子，確實讓人很懷疑。

袁隗一開始就是那小子羞辱的對象，此時也倒在了高飛那一邊，於是整個大廳裡都叫嚣著要殺了奸細的話來。

高飛見態勢呈現出一面倒的狀態，看了眼那小子，見那小子一臉的鎮定，絲毫不見恐慌之色，讓他好奇起來，到底是什麼樣的人居然有這份膽量，不禁問道：「雁過留聲，人過留名，一會兒上了黃泉路，也好讓人記得你的名字。我想，今天以後，你的名字必然會被天下人所知。」

那小子一臉的喜悅，道：「太好了，我終於可以成為天下的名士了，也不枉我小太公的名號了。」

高飛臉上一怔，便問道：「你做這些只是為了出名？」

那小子點點頭道：「對，我叫**郭嘉**，字奉孝，這種方法是出名最快的方式。」

「郭嘉？你就是郭嘉？」高飛吃驚道：「你這樣羞辱朝廷大臣，又誣陷我，難道就不怕我殺了你嗎？」

郭嘉嘿嘿一笑：「怕的話，我就不會來了。」

高飛見郭嘉毫無懼意，便道：「你剛才說的那番話，到底是你胡謅的，還是……」

郭嘉只笑了笑，卻不作答，朝高飛拱手道：「請將軍將我斬首吧，但是要公告天下：我郭嘉是為國捐軀的，剛才冒犯了將軍，還請將軍恕罪。」

高飛見眾怒難犯，便向一直守在大廳外面的高林喊道：「把這個混帳的東西拉出去砍了，居然敢誣陷我，還冒犯了在座的諸位大臣，這個叫什麼小太公的，太放肆了！」

大廳裡的人都拍手稱快，說郭嘉死得活該。

郭嘉卻一臉笑意地衝高飛道：「高將軍，我見你也是個正人君子，你可別忘記了將我的名字……」

「放心，你放心的去死吧，以後，你的名字必定會被天下所知曉。」

高林此時快步走了上來，高飛擺擺手對高林道：「把這小子拉下去，帶到府外解決，這裡怎麼說也是士孫大人的家，不能弄髒了這裡。」

高林「諾」了一聲，推著郭嘉便向大廳外面走了出去。

小插曲暫時告一段落，高飛朗聲道：「諸位都是天下知名的人，聯軍人數眾多，各路軍混雜，為了不引起洛陽城中的不便，我想請諸位和我一起到城外，說服各路諸侯，將兵馬屯駐在外面，城中的治安由城門校尉的部下負責，我的兵馬也不進城，你們的家兵、家將都可以暫時充當衙役，不知道各位以為如何？」

士孫瑞當然不希望外兵進入洛陽，其他人也是如此，所以都沒有異議。唯獨袁隗站了出來，朗聲道：「我的侄子袁紹、袁術都帶領的是北軍將士，他們部下的軍隊原本就是負責京畿安危的，但是城中也不能沒有人把守，我以為，應該讓袁紹、袁術帶兵入城，保衛京畿。」

此話一出，袁氏班底立刻群峰湧至，紛紛表示贊同。

「不行！城內有城門校尉的士兵駐守即可，城門校尉已經被殺了，老夫身為執金吾，負責京畿安危是我的職責。袁紹、袁術所帶領的北軍一向駐紮在北大營，雖然是負責京畿安危的，但是沒有命令不得擅自帶兵入城，城中防守事情完全交給城中士兵即可。」

朱俊和皇甫嵩、盧植齊名，都是平定黃巾之亂的三大功臣之一，而且為人剛正，一席話便將袁隗拒絕了。

這話一出，立刻博來眾人的一致贊同，大漢律例放在那裡，雖然皇帝被董卓拐跑了，但是百官還在，而且皇帝年幼，之前便一直是各大臣各司其職，和沒有皇帝一個樣子。

許多朝官暗自想著，要是尋不回皇帝，乾脆就說皇帝被董卓殺死了，然後再立一位新帝，反正劉家的子孫千千萬，姓劉的那麼多，找一個德高望重的人來做

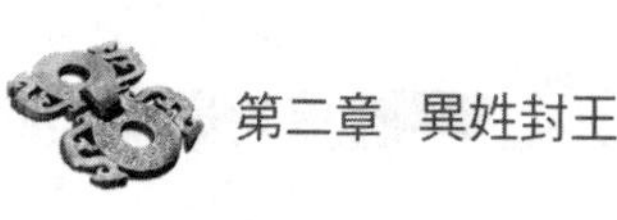

皇帝，比一個小孩頂用多了。

袁隗底氣不足，手中無兵，朱俊身為執金吾，完全可以掌握住城門校尉的兵馬，他見形勢不妙，又知道朱俊脾氣，便沒有再吭聲了。

可是，誰也不知道，那一萬城門校尉手下的士兵早已經倒向了士孫佑，而士孫佑又投靠了高飛，說白了，那一萬士兵就等於聽從高飛的指揮。

於是，商議已定，便由高飛出頭，帶著一些有聲望的群臣，便朝東門走去。其餘的人各自散去，帶自己的家兵守衛城門。

與此同時，上東門外，袁紹的兵馬總算到了，他一路上光排除高飛滯留的那些阻礙沒少費功夫，心裡也對高飛充滿了怒意。

此時他帶著文醜、審配又到了洛陽城下，見數萬兵馬漫山遍野地躺在那裡歇息，卻不進城，還以為是在等他這個盟主到來呢，哪知道帶著親隨跑到城門一看，是趙雲堵住了城門。

「這是怎麼一回事？」袁紹揚鞭指著城樓，向袁術問道。

袁術愛搭不理的，淡淡地道：「你自己沒長眼睛嗎，看不到是高飛帳下的趙雲嗎？高飛那廝將我們堵在城門外已經足足一個時辰了。」

「有這等事？那你們就在這裡乾坐著？」袁紹怒上加怒，瞪大了眼睛看著袁術。

袁術見袁紹瞪著自己，火氣蹭地一下便冒了出來，冷冷地道：「你瞪什麼瞪？有本事你去叫門！進不去城門，不在這裡坐著，還能幹什麼？」

袁紹沒工夫和袁術吵架，隨即問道：「董卓呢？陛下呢？」

「不知道！」袁術策馬便走，一點也不買帳，心裡還在記恨袁紹讓他去攻打武關的事。

劉表見這兩兄弟見面就吵，心裡暗笑，但是他和袁紹沒仇沒怨，便熱心地答道：「董卓跑了，並州的呂布帶著部下追去了，聽說呂布有一匹赤兔馬，能日行千里，興許能趕上董卓，提著董卓的人頭回來呢。」

袁紹問：「景升兄，這高飛是怎麼一回事，他是怎麼進城的？」

「這個就不知道了，似乎是轉到了北門，有人給他開了門，又或許是他自己攻打下來的，總之，他就是進城了，現在把我們堵在外面，大夥正等著盟主過來商議對策呢。」

「這個該死的高飛，到底在打什麼主意？」袁紹暗暗地道：「**難不成是想挾天子……**」

話說到一半，看了眼劉表，見劉表一臉平和，似乎並不關心進不進城的事，而且，劉表被堵在軒轅關，怎麼會和袁術一起到達？他知道袁術和劉表不對盤，必然不會相互通信的。

一扭頭又看到孫堅也在這裡，更加覺得奇怪了，便對劉表道：「高飛進去多久時間了？」

「有一個時辰了，到現在還沒露面，不知道在搞什麼鬼。」

袁紹隨後又問了一些情況，大致地瞭解後，對劉表道：「曹操去敖倉，中了李儒的埋伏，結果前軍慘敗，虎豹騎死傷殆盡，幸虧後面青州兵和公孫瓚的兵馬趕到，將他救了下來，乘勢掩殺，突破了李儒布置的防線，李儒帶著張濟、樊稠撤退，臨走時燒毀了敖倉，被曹操撲救及時，糧草無礙。但是，李儒運出了大半糧草，這會兒公孫瓚、陶謙正帶兵追擊。」

「哦……」劉表一副事不關己高高掛起的樣子，道：「然後呢？」

袁紹本希望劉表帶兵沿著水路去追擊李儒的糧草，哪知道劉表十分冷漠，強顏歡笑道：「你的荊州兵都是精通水性的，如果從這裡坐船沿途堵截，必然能夠將李儒那批糧草攔截下來……」

「那可不一定，這裡的水域我不太熟悉，荊州兵也不熟悉，貿然追擊的話，萬一出了什麼差錯，那可是要死不少人的。再說，李儒智謀之士，連參軍曹操都中了埋伏，我自然也不是他的對手，你現在才將消息告訴我，估計李儒早到關中了，難道你讓我去攻打三輔不成？別忘記了，那個攻打三輔的人都回來了，我去了又有什麼用？」

劉表極力辯解，他一向做事消極，只求自保，不是到嘴的食物他不會去吃。

袁紹不再說話了，冷冷地道：「那我們就在這裡乾等吧，等高飛主動打開城門吧……」

話還沒說完，眾人突然看見大門被打開了，高飛領著文武群臣走了出來，一臉歉意地道：「讓諸位久等了，我之罪過也！」

眾人在袁紹的帶領下，迎上高飛、皇甫嵩、袁隗、楊賜、陳寔等人，同時拜道：「參見各位大人。」

一陣寒暄的場面過後，高飛便道：「各位，請恕我將你們堵在門外這麼長時間，但是為了京畿安全著想，我也只能出此下策。我擔任過羽林中郎將，深知京畿安全的重要，所以是不得已而為之，如果冒犯了諸位，還請諸位海涵。」

皇甫嵩做過司空，不太喜歡拐彎抹角，直接道：「本初，你是當朝太尉，又是聯軍盟主，應該率先做出表率，文武百官都一起商議過了，認為所有聯軍應該駐紮在城外，不宜進城喧鬧，京畿百姓、城中顯貴也都是這個意見。」

袁紹斜眼看了下袁隗，見袁隗無奈地點了點頭，便道：「我知道了，我一定會遵循全城百姓的一致意見。不知道陛下可好？」

「陛下被董卓的人帶走了。」高飛露出傷心的表情，道：「不過，好像有人看見陛下並未帶走傳國玉璽……」

此話一出，所有人的都震驚不已，心中也都各懷鬼胎，大家互相對視一番，都默默不語，一時間陷入了沉默。

良久，不知道是誰先罵了聲董卓，打破了那異常的平靜，之後，袁隗站了出來，朗聲道：「並州呂布已經去追擊董卓了，聽說他有匹赤兔馬，興許能夠追回陛下。」

「那要是追不回呢？」劉表著急地道：「難不成以後我們要終日面朝西而跪嗎？不行，得儘快從董卓的手裡把陛下搶回來才行。」

一向反應遲鈍的劉表今天突然變得十分上心，倒是出乎大家的意料，可轉念一想，劉表是皇親國戚，漢室宗親，皇帝被別人擄走了，他不著急才怪。

袁紹這會兒顯得倒是挺有大局觀的，輕咳一聲，道：「董卓帶走陛下少說也有兩個時辰了，如今日已偏西，早走遠了，就算你再去追也無濟於事了。現在唯有把希望寄託在呂布身上，希望他能不負眾望，把陛下給帶回來。現在當務之急是安營紮寨，等待其他各路大軍的到來，各路軍馬今晚就在城外住下。」

吩咐已畢，大家都點首同意，高飛也沒有異議，而且下命令將自己的兵馬也帶了出來，駐紮在洛陽城外的東北角。

大臣們亦主動出來和已到的諸侯會面，有的乾脆不帶兵，只帶著幾名親隨進城住下，城門的看守由朱俊負責。

朱俊聽說是士孫佑殺了董卓任命的城門校尉，二話不說，就讓士孫佑頂替城門校尉，負責防守各門。洛陽城裡的王公大臣、世家豪族、富紳顯貴們都各自帶兵回自己的家，城門再一次恢復了平靜。

弘農郡，函谷關內。

剛剛死裡逃生，從洛陽一路敗退的董卓，在其弟董旻、部下馬騰的護衛下渡過了燭水，人困馬乏的他們眼看夕陽西下，暮色四合，只能暫時屈尊於函谷關內。

董卓上氣不接下氣地坐在關內的官邸內，臉上的表情十分難看，雖然說已經換了身衣服，恢復了幾分神采，可是連續三天的逃跑，數百里路的折騰，讓他這個養尊處優的身體已經有點吃不消了。

「啪！」董卓剛舉起的酒杯一把砸碎了，憤怒之下推翻了自己面前的桌子，桌子上琳琅滿目為他精心準備的食物灑落一地。

「恥辱啊……恥辱……」

董卓捶胸頓足，一個大男人突然嚎啕大哭起來，一邊哭一邊嗚咽著說道：「老夫真是有眼無珠，養虎為患啊，這個天殺的呂布，沒想到居然敢反叛老夫……」

突然又臉色一變，指著自己的弟弟董旻咆哮道：「去……把那個該死的李肅給我找來，老夫要砍掉他的腦袋當酒爵……」

大廳內沒有昔日眾將雲集的熱鬧，只有董旻、馬騰兩員戰將，顯得異常冷清。

董旻抱拳道：「啟稟太師，呂布一在虎牢關反叛，李肅就投降了呂布……」

「這個挨千刀的李肅，還有那個呂布，一定是他們兩個聯合起來謀害老夫，只是可惜了老夫的那匹赤兔馬啊，要是有赤兔在，老夫何需如此狼狽？」

董卓一把鼻涕一把淚的，到現在他還有點驚魂未定，搞不清楚那天夜裡到底發生了什麼事，只知道出了虎牢關，就一直向西逃，就連洛陽城都來不及進。

「太師勿憂，只要把守了這函谷關，再收攬舊兵，必然能夠東山再起，洛陽離此不過百餘里，而且陛下也已經跟著太師出來了，關東那些亂兵猖獗不了多少時候了。末將尚有兩萬騎兵，韓遂、郭汜、牛輔還在行軍途中，李儒、張濟、樊稠、楊奉都還沒有消息，只要太師再積蓄力量，必然能夠再次兵臨洛陽城下。」

馬騰一直被董卓的花言巧語矇騙在鼓裡，和許多涼州人一樣，都是被董卓蠱惑的，說什麼關東有亂兵，讓他們勤王，馬騰這才積極地帶著部隊從涼州趕來。

董卓聽到馬騰這番慷慨激昂的話語之後，也有了幾分底氣，擦拭了一把老淚，破涕為笑道：「壽成說得對，老夫還有西涼鐵騎近十萬之眾，老夫應該振作……」

「報——」

一個飛熊軍急忙跑了進來，拉著長腔喊道：「啟稟太師，陛下還是不肯用膳，哭著喊著要母后……」

「母后母后，他就知道母后！他母后早被亂兵殺死了，你去告訴他，若不是老夫讓人提前把他給帶出了洛陽，他這會兒早被亂兵殺死了，愛吃不吃！」董卓一聽這話，大怒起來。

馬騰忠君愛國，對大漢極為忠誠，聽到董卓因為在氣頭上所以這樣說話，便自薦道：「太師，讓我去試試吧，陛下始終是個孩子，我兒馬超和陛下年紀相仿，小孩子的這點心思我還是懂得的，我有辦法讓陛下用膳。」

董卓想想這一路上多虧有了馬騰的部下保護，心裡又很煩躁，想和李儒說話吧，李儒偏偏不在身邊，便擺擺手道：「去吧去吧，只要能讓陛下用膳就行。」

馬騰領了董卓的命令，便跟著人去少帝的住處了，臨走前，還特意讓人把馬超叫來。

官邸的後院裡，一個七八歲大的小孩，穿著一身龍袍，正使勁地摔打屋裡的東西，將屋裡的東西丟得亂七八糟的，弄得那些伺候他的人不知所措。

他本來在皇宮裡和太監、宮女們玩得好好的，和母后有說有笑的，可是突然闖進來一群虎賁甲士，二話不說，便將他給帶走，他氣得不輕，可是不管他怎麼叫，那些人就是不放開他，一路把他帶到函谷關來。

房廊下，馬超穿著一身鎧甲，走起路來十分威武，十歲的孩子看著要比同齡人大出許多，加上面目清秀，顯得十分神駿。

他不耐煩地道：「爹，你帶我來幹什麼，我正在練習槍法呢。」

「帶你覲見陛下。」馬騰告誡道：「見到了陛下，你把性子收一收，上次在虎牢關，你差點和呂布打起來，那呂布是什麼人，連爹都得敬他三分，他當時若是真出手，恐怕你連命都沒有了。」

「我才不怕呢，我有神功護體……」

「護個屁！臭道士裝神弄鬼，到處行騙，以後別讓我再看見那個臭道士，要是讓我再見到他，看我不割了他的舌頭。聽說他跑到漢中去了，在那裡開壇布道，凡是入道者必須要交五斗米，這個臭道士，不是擺明了在行騙嘛……」

馬騰喋喋不休的說個沒完，最後還狠狠地罵上了一句，「該死的張修，早晚有一天我要到漢中鏟平他。」

「爹！再怎麼說，他也是給我算過命的，說我以後會成為一名大將軍，我正朝這那個方向努力呢。」

說話的功夫，兩人便到了皇帝的住處，聽見房裡傳來乒乒乓乓的響聲，急忙對門口的士兵問道：「裡面怎麼回事？」

士兵便如實將皇帝如何不吃飯，喊著要媽媽，砸東西的事說了出來。

馬騰聽後，心裡有了數，一把牽住馬超的手，輕聲道：「進去之後不許胡鬧，裡面的可是皇帝陛下，你必須要有禮數，懂嗎？」

對馬超來說，皇帝就像一個珍稀動物一樣，他一臉興奮地點了點頭，眼睛裡包含著期待。

馬騰衝馬超笑了笑，在馬超白皙的臉蛋上輕輕地捏了一下，才推開門，便見迎面飛來一根木棍。以他的身手，要躲避這木棍絕非難事，可是他立在那裡一動不動，任由木棍在他頭上打了下去。

小孩子的力道沒有多大，但是馬騰還是感到了一陣頭疼，而且額頭立即浮現出一塊紅腫。

他挨了這記悶棍，臉上仍是一臉笑意，畢恭畢敬地拜道：「臣涼州牧、鎮西將軍馬騰，叩見陛下萬歲萬歲萬萬歲！」

跪地時，一把將馬超也拉跪在地上，小聲道：「不許抬頭。」

馬超好奇皇帝的模樣，偷偷地瞄了兩眼，見一個一把鼻涕一把淚的小孩穿著龍袍，龍袍上髒兮兮的，若非是他爹告訴他這人是皇帝，他會以為是個唱戲的，心中暗道：「原來這就是皇帝啊，皇帝這熊樣還不如我呢，早知道是這樣，我就不來看了。」

裡面的小皇帝正在氣頭上，迎面砸了馬騰一悶棍，害怕地躲了起來，本以為馬騰會生氣，卻看不到一絲的怒意，反而癡癡地笑著，還給他下跪，這可是離開洛陽以後破天荒的第一次。

他覺得有點新奇，便眨巴眨巴眼睛，抬起手臂道：「愛卿平身。」

馬騰拉著馬超站了起來，對那士兵道：「去給陛下再重新做點小孩子愛吃的來，不要那些大魚大肉的，就普通百姓家吃的就行，這裡有我在，不會有事的。」

士兵想想一個小孩能跑哪裡去，便聽命張羅去了。

皇帝見凶狠的士兵走了，便伸出手指，對馬騰勾了勾道：「你進來！」

馬騰「諾」了聲，帶著馬超一起進去，道：「臣叩見陛下，不知道陛下有何吩咐。」

小皇帝還挺精，知道馬騰和董卓不是一路貨色，從桌子底下鑽了出來，道：「馬愛卿，你替朕殺了董卓，朕封你為護國大將軍、涼王……還世襲罔替……」

馬騰道：「臣惶恐，董太師對陛下忠心耿耿……」

「董卓一點都不好，他的手下一路上沒少欺負朕，他是天底下最大的惡賊，你殺了董卓，帶朕回洛陽，洛陽有許多忠臣，他們的兵都打到了洛陽了……嗯，找袁紹，對，找袁紹可以保護朕，還有……還有袁術……」

小皇帝口沒遮攔地將董卓如何虐待他，如何當著他的面殘害大臣的事全說了出來。

馬騰聽完一臉大汗，萬萬沒想到董卓會是這樣的人，他見皇帝小小年紀如此記恨董卓，便問道：「陛下說的都是真的嗎？」

小皇帝點點頭：「千真萬確，朕一言九鼎，豈能騙你？」

馬騰想想也是，君無戲言，皇帝自然是說話算話。他看了馬超一眼，道：「你怎麼看？」

馬超雖小，頭腦卻很靈光，對馬騰道：「父親，看來是董卓蠱惑我們在先，不然的話，天下怎麼會有那麼多人想要殺他，而且說的還都是一種話？父親，函谷關內，董卓並沒有太多兵馬，除了那些飛熊軍、虎賁甲士、羽林郎，剩下的就是父親的兵了，父親的兵裡多是對大漢忠心的漢人，只要父親一聲令下，那些人必然能夠將董卓殺死。」

「馬愛卿，你兒子說得非常對，只要你能救朕出去，朕就封你為護國大將軍、涼王……」

「那我呢？我也要封王、封將軍……」馬騰打斷小皇帝的話，指了指自己。

小皇帝想了想，道：「那朕封你為驃騎將軍、弘農王，怎麼樣？」

馬超臉上一喜，拱手道：「多謝陛下賞賜……」

「馬將軍……馬將軍……」外面傳來喊聲，「馬將軍，牛輔回來了，太師讓你去一趟。」

馬騰思緒萬千，這件事他是幹定了，便對馬超道：「孟起，你在這裡負責保護陛下安全，我去看看有什麼事，到時候我見機行事，如果真要殺董卓的話，我一定派人來接應你。」

馬超點點頭，看著馬騰離去，他見四下無人，便一把拉住了小皇帝的手，嘿嘿一笑：「陛下，弘農王太小，我也想要個和我爹一樣大的王，不如你封我做個秦王吧，只要由我馬超在，我以後一定會保護陛下的安危，不讓任何人欺負陛下，怎麼樣？」

小皇帝連想都沒有想就答應了下來，把小馬超高興得屁顛屁顛的。

馬騰走在房廊下，心中惴惴不安，小孩子是不會說謊的，看來是董卓把他給蒙蔽了。他在想，要如何才能將董卓殺死。

不知不覺，來到官邸大廳，見董卓正在接見牛輔，他徑直走進大廳，朝董卓拜道：「參見太師！」

董卓道：「你來得正好，牛輔剛從伊闕關回來，回來的路上見到呂布正在追擊韓遂，而關東亂兵中的公孫瓚、陶謙兩路兵馬則在追擊李傕、張濟、樊稠、楊奉，燭水是兩支兵馬會合的地點，現在你就和牛輔、董旻一起帶兵去支援李傕，李傕走的是水路，船上裝載了大批的糧草，只要將那些糧草運到三輔，我就可以據關中和涼州為己有，再次和關東亂兵形成對峙，休養一年之後，老夫再統領大軍平滅關東亂兵。」

馬騰順口問：「太師，我們都出去了，誰來保護太師？」

董卓笑道：「函谷關易守難攻，只需留下數百兵馬即可，你們帶領全部兵馬去救李儒，一定要把糧草給帶回來。」

馬騰心中浮起一絲殺機，認為這是除去董卓的一個好機會，便假意道：「太師，關東亂兵驍勇，如果不出動太師的飛熊軍是無法戰勝的，我的部下和太師的飛熊軍比起來，差得實在太遠了。」

董卓哈哈笑道：「飛熊軍是老夫親自訓練的精銳，披荊斬棘無往而不利，我讓董旻和你一起去，就說明老夫要讓飛熊軍參戰了。壽成，你只需留下二百人守城即可，其他的人，你們全部帶走，這次你做主將，只要完成這件事，回到關中之後，老夫便奏明天子封你為侯。」

馬騰當即拜謝過董卓，便和牛輔、董旻一起各自準備兵馬去了。他讓人將馬超喚到身邊，並且安排下兩百個親隨，讓他們全部聽命於馬超，只等今夜行事。

馬超正和小皇帝有說有笑，突然聽到一聲清晰的嘯聲，機靈的他立刻辭別小皇帝。小皇帝好不容易找到了一個小夥伴，正聽馬超說怎麼射殺野狼，哪裡肯放，馬超好說歹說，這才讓小皇帝放他離去。

出了董卓的官邸，馬超和牛輔撞個正著，那牛輔也是個強人，生來就力大無窮，加上身材高大，竟然將馬超撞得彈出去好遠。

「這是誰家的野孩子？」

牛輔脾氣暴躁，這幾天沒命似的才逃了回來，心情糟到了極點，遇到有人撞他，自然將所有的怒氣發了出來。

可是當他舉手要打的時候，四下裡都找不到人了，馬超早已溜之大吉。他摸了摸腦袋，怪道：「難道撞見鬼了不成？」

馬超回到軍營，見馬騰正在營帳中踱著步子，顯得很焦急，便道：「爹，不到萬不得已，你不會用嘯聲喊我，到底是發生了什麼事啊？」

馬騰見兒子回來了，扶著馬超的肩膀，一本正經地道：「孟起，今天夜裡爹要交給你一件大事，**你要是做成功了，以後就會揚名天下**，只是這事情太危險，你敢不敢做？」

馬超尋思了一下，立刻會意道：「**是不是讓我殺董卓？**」

馬騰點點頭：「一會兒爹就要出征了，到時候牛輔、董旻的兵馬都會出兵去救韓遂和李儒，關內不會留下兵馬，也就是說，董卓就一個人，爹給你留了二百個人，到時候，你只需帶領著他們衝到董卓的府中，把董卓斬殺了就可以。牛輔、董旻、李傕、張濟、樊稠、楊奉那幫子人，爹會想辦法將他們全殺了的。」

「那姓韓的殺不殺？」馬超突然問：「姓韓的有幾次和爹爹起了衝突，孩兒早就想殺了他，若不是爹攔著，他才不會活到今天呢。」

「殺！爹這一口氣忍了好久了，把該殺的都殺了，**我們有天子在手，完全可以在關中、涼州一帶自成一方諸侯，到時候再去洛陽把百官接來，咱們馬家就是大大的功臣了。**咱們也算半個涼州人，涼州武人多少年來夢想著的入朝輔佐，也可以在我們的手中實現了。」

馬超道：「陛下已經說了，他要封你為涼王，封我為秦王，以後再封幾個弟弟也為王，那咱一家就都是王了。」

馬騰皺了下眉頭，不以為然地道：「陛下還是個孩子，按照大漢律例，沒有異姓封王的，當初漢高祖封的異姓王，到最後不都是全部殺了嗎？你不要把陛下的這句話放在心上。咱們馬家是伏波將軍馬援之後，一心忠於漢室，就算掌握了朝廷大權，也不能像董卓那樣，我們要竭力輔佐陛下，使其成為一代明君，讓我們扶風馬氏名垂千古。」

馬超一聽說不能封王，心裡產生了極大的落差。但是他想，反正皇帝在他的手上，以後父親垂垂老矣之時，換他掌握朝中大權，到時候要封王就封王，他才不管那麼多。

他暗自偷笑了起來，對馬騰拍拍胸脯道：「好，爹，你放心去吧，關內的事情就交給孩兒，孩兒是個大人了，知道該怎麼做！」

馬騰喚來二百個精銳士卒，都是對馬騰忠心耿耿的人，交代了一些事情之後，便全身披掛，點齊兵馬，和牛輔、董旻一起出了關。

馬超早已經做好了準備，親自將馬騰等人送出了關，然後立刻開始行動。

董卓這大半年來養尊處優，縱欲過度，加上體態肥大，已經漸漸失去了梟雄的本色，若不是他仗著涼州兵以及個人的威望，只怕不會過得那麼舒坦，而且他還有李儒輔佐，可謂是如虎添翼。

現在他的身邊只留下了十名飛熊軍士兵，本部人馬都不在，而且他對馬騰深信不疑，自然不會想到馬騰要來害他。

大軍剛剛出關，馬超便帶著二百精銳士卒，全身披掛衝到了董卓的官邸，先斬殺了兩個看門人，便直接向府中殺了過去。

馬超倒也不傻，吩咐人看守府門，自己帶著士兵沒有先去殺董卓，而是先去救小皇帝。

小皇帝正悶著呢，剛走了馬超，董卓的兩名士兵便來了，把他看守在裡面，讓他好不鬱悶。

兩個飛熊軍的士兵守在門外，突然看見馬超一個人全身披掛，手持武器地走了上來，兩人倒是一點都不吃驚，這種場面他們見過，眼前這個小屁孩，在不久前還挑戰過呂布呢。

兩個士兵見馬超走了過來，便譏諷道：「這不是馬家的小鬼嗎，怎麼跑到這裡來了，這裡可沒有呂布啊，你應該去關外找才對。」

馬超沒有理會那兩個士兵，手中緊握一杆精鋼打造的長槍，向那兩個士兵靠近。突然，馬超臉上顯出猙獰之色，在夜色的籠罩下尤為恐怖，讓那兩個士兵大吃一驚。

「噗、噗」兩聲悶響，馬超手起兩槍，快速地刺進兩人的喉頭，那兩人連喊都沒有喊出來，就倒在了地上，雙手捂住自己的脖子，身體不住地掙扎著，鮮血流了一地。

馬超朝地上吐了口口水，大罵一聲，緊接著在兩人的心口上再補上一槍，這才讓那兩個人喪命。

推開房門，馬超掃視凌亂的房間，見小皇帝躲在一個角落裡，急道：「陛下，快跟我走，我是來救你的。」

小皇帝見到馬超比見到親爹還親，一把抱住馬超，眼淚奪眶而出：「朕就知道你會來救朕的，你真是大大的忠臣，朕要賞賜你，朕要賞賜你……」

馬超來不及說話，拉著小皇帝便朝外走，衝跟著他的士兵喊道：「去大廳，把董卓殺了！」

董卓還在大廳裡飲酒，半露的胸膛上露出黑乎乎的胸毛，斜躺在臥榻上，腦裡想著女人，酒足飯飽思淫欲，他也不例外，可惜函谷關裡沒有女人，只能藉酒意澆去欲火。

突然，大廳外衝進許多士兵，馬超牽著小皇帝的手奪門而入。

董卓已經喝得微醉，迷迷糊糊看見來了那麼多人，在燈光的映照下，只見一個穿著全身亮晶晶的英武之人持槍闖入，心中突然浮現出呂布的模樣來，當下大驚，身體不由得向後便倒，大叫道：

「來人啊，呂布殺來了，護駕……護駕……」

馬超看到董卓那樣子，哪裡還有一點梟雄的威風，比狗熊都不如。他什麼話也不說，只將手一招，其餘的士兵便圍了上去，將董卓包圍起來。

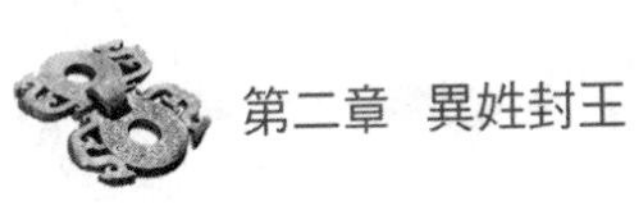

董卓一驚之下清醒過來，定睛看到馬超牽著皇帝的手，這才明白過來，可是誰也沒有來救他，他臉上登時一寒，咆哮道：「來人啊……」

「別喊了，你的人都已經被殺了，你的死期也到了，安心上路吧！」馬超一聲令下，幾十個衝進大廳裡的人便開始朝董卓砍了過去。

董卓怎麼說也是頗有武勇的人，在沒有兵器的情況下，硬是徒手擰斷了四個士兵的脖子。可是他終究是一個人，最後免不了還是被亂刀砍死的下場。

小皇帝哪裡見過這種血腥的場面，見董卓被砍成一堆肉泥，血肉模糊，非但沒有感到害怕，反而發自內心地感到從未有過的開心。

馬超見小皇帝一臉的興奮，便問道：「陛下恨不恨董卓？」

「恨！」

馬超抽出腰裡的佩劍，把劍遞給小皇帝，對小皇帝道：「陛下既然恨董卓，就應該親自斬殺他一番，請陛下拿著這把劍，斬下董卓的人頭。」

小皇帝此時也不知道哪裡來的勇氣，見董卓已死，只有一堆肉泥，唯有頭部是完好無損的，似乎專門等著他來砍一樣。他一把接過馬超遞來的劍，徑直走向董卓血肉模糊的屍體，先伸出腳踩在董卓的臉上，高興地哈哈大笑起來，之後便揮劍去砍董卓的人頭。

只是小皇帝的力氣實在不敢恭維，連個娘們兒都不如，連砍了二十多劍，這才將董卓的人頭斬了下來，他的身上到處都是血跡，沾滿了董卓的血。

他伸出舌頭，舔了一下嘴邊的血跡，握著長劍哈哈笑道：「董卓老賊，想不到你也有今天，朕終於把你殺死了，哈哈哈！」

馬超看到小皇帝一臉得意的樣子，便走到小皇帝的面前，對小皇帝道：「陛下，我可以永遠保護你不被被人欺負，以後就讓我留在陛下身邊吧。」

小皇帝一臉喜悅地道：「好，馬超，你是忠臣，等朕回到洛陽後……」

馬超打斷小皇帝的話：「不！不能回洛陽，董卓的兵還在洛陽和聯軍打仗，那裡已經混亂不堪了，我帶陛下回長安，長安是大漢的舊都，而且那裡地勢險要，又有我爹的兵馬，完全可以保護陛下不受外人欺負。」

「不回洛陽？可是朕的母后，還有那些王公大臣……」

「陛下放心，我爹會想辦法把文武百官全部接到長安來的。」

小皇帝「嗯」了聲，將長劍還給馬超，道：「孟起，你對朕真好。」

馬超笑道：「只要陛下知道我和我爹是真心保護陛下的就可以了，現在董卓已死，我們就不用擔心了，咱們就在這裡等我爹回來，然後一道回長安，好不好？」

小皇帝對馬超的話言聽計從，在他心裡，馬超就是他最親近的人。

馬超讓人送小皇帝去沐浴、更衣，自己則對一個親隨道：「你提著董卓的人頭，快去找我爹，這顆人頭應該能夠阻止我爹和關東聯軍的廝殺。」

士兵「諾」了聲，提著董卓的人頭便出門了。

與此同時的洛陽城外，高飛軍的營地裡，中軍大帳傳來一聲大喊：「高林，讓郭嘉進來……」

郭嘉在高林的帶領下，徑直走進高飛所在的營帳，營帳裡只有高飛一個人。

「主公，屬下已經將郭嘉帶來了。」

高飛朝高林擺擺手，示意他退下，同時吩咐道：「沒有我的命令，誰也不准進來。」

高林轉身出了大帳，恪守在營帳外面，同時把營帳的捲簾放了下來。

郭嘉從士孫府出來後，被高林帶出了城，一直藏匿在城外，直到高飛帶兵將大軍紮在東北角時，才趁著暮色回到高飛的營地。

高飛將面前的酒向前推了推，看著面前泰然自若的郭嘉，說道：「奉孝，請坐吧！」

郭嘉也毫不客氣，坐在高飛的對面，不解地問道：「將軍為何不殺我？」

高飛笑而不答，只指著酒杯，緩緩地說道：「請滿飲此杯，之後我再和你詳談。」

郭嘉端起酒杯，一飲而盡，辛辣的酒一經入喉，便嗆得他猛咳嗽了幾聲。他急忙用手掩住自己的嘴，十分尷尬地道：「將軍勿怪，小可第一次飲酒。」

高飛見郭嘉形貌清秀，身體消瘦，白天在士孫府的大廳裡那種狂氣已經全然不見，換來的是一派儒雅，心裡面便有幾分歡喜。

他舉起酒杯，一飲而盡，放下酒杯，緩緩地道：「白天眾怒難犯，我也是不得已才出此下策，你當著那麼多文武大臣的面誹謗我，到底是何居心，是誰讓你這樣做的，你又是誰的門客？」

郭嘉笑道：「奉孝不過是一介布衣，剛到洛陽不久，混進士孫府，也只是為了嘩眾取寵，博得一個名聲而已，並非誰人的門客，也沒有任何居心，只是隨口胡謅罷了。」

「呵呵，士孫府一向戒備森嚴，所宴請的人非富即貴，若沒有士孫府下的帖子，你能混得進去？」

「將軍多慮了，士孫府後牆那裡有一個狗洞，小可便是從那狗洞裡爬進去

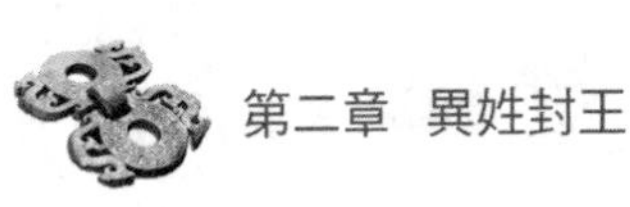

的，還差點被狗咬了，並非將軍所說的那樣。」

高飛看著眼前這個只有十六歲的少年，他在郭嘉的身上看到的是異常地冷靜，而且說話時，談吐十分有涵養，和初次相見的郭嘉簡直是判若兩人。

高飛端起酒壺，給自己倒了一杯酒，又給郭嘉倒了一杯，說道：「我聽人說，你曾經在袁紹的太尉府上做過門客，有這回事嗎？」

「將軍的消息真是靈通，從士孫府到現在，也不過才一個多時辰而已，將軍就能查出我在袁紹的府中做過門客，實在令小可佩服。」

郭嘉處變不驚，對答如流，讓高飛很是欣賞。

「只要是我想知道的，還沒有得不到的消息。聽說，在董卓打進洛陽之前，你曾經罵過袁紹，因此被袁紹逐出了太尉府，從此流落街頭，可有這回事？」

「既然將軍都已經查得一清二楚，何必再多問呢？」

高飛舉起酒杯，放到嘴邊，眼睛卻始終在打量著對面的郭嘉，心中不斷地想：「袁紹外寬內忌，郭嘉一介布衣，又是無名之輩，郭嘉曾經謾罵過袁紹，按照袁紹的性格，一定會殺了郭嘉，可是袁紹卻只將郭嘉逐出太尉府而已。郭嘉也因此在洛陽城內名動一時，只是後來卻又突然銷聲匿跡，經常有人在各個街巷中看到他，卻又說不出他在哪裡，**難道是為了躲避袁紹的追殺嗎？**」

高飛咕嘟一聲喝下了酒，將酒杯放在桌上，繼續想道：「不對，如果袁紹真的要殺一個人，不管那個人躲在哪裡，都會被找到的，由此可見，袁紹並沒有下達要殺郭嘉的命令，可是按照袁紹的性格，有人罵了他，他卻不殺那個人，似乎有點說不通……」

第三章 是非之地

蓋勳道：「高將軍，你放心，我會組織百姓有秩序的進行撤離。」

高飛道：「出了大夏門，向北二十里便是北邙山，可以當作百姓的棲息之地。另外，如果有願意跟我一起回幽州，遠離這個是非之地的，還請蓋兄分開撤離。」

「將軍是否在想，當初袁紹為什麼沒有殺我？」

高飛聽到郭嘉的話，心中驚了一下，想道：「**鬼才郭嘉，如此小的年紀就能看透我的心思**，這份睿智實在不簡單。」

高飛臉上現出一抹淡淡的笑容，道：「你可有什麼向我解釋的嗎？」

郭嘉道：「既然將軍問起了，那小可自然要解釋一番了。小可雖然年少，但是交友廣闊，袁紹府中許多門客，小可都熟悉，比如審配、郭圖、辛評、逢紀、辛毗、陳琳等，都和小可交厚，所以在他們的勸說下，袁紹才沒有殺我，而是將我逐出了太尉府。」

「僅此而已？」高飛一邊倒酒，一邊問道。

郭嘉道：「僅此而已。」

「袁紹優柔寡斷，身邊謀士眾多，確實有這個可能，看來我是多心了。」高飛舉起酒杯，對郭嘉道：「你今天在士孫府出現，不單單是為了出名吧？若論名聲，你在謾罵袁紹的時候就已經譽滿全城了，你當時也不說姓名，只以小太公自居，文武大臣自然不知道你是誰，**我想知道你這樣做的目的。**」

郭嘉笑道：「高將軍雄才大略，難道還猜不出來嗎？我故意誹謗將軍，將軍卻面不改色，輕鬆地將劣勢化為優勢，這一點令小可很是欣賞。將軍只用一個小小的計謀便把滿朝文武哄騙得團團轉，這份才智非常人所能擁有，我曾經聽說兗州曹操有亂世奸雄的稱號，本來打算去投靠他，可是今天見到將軍之後，才知道曹操也不過如此。」

「哦？**難道你是準備來投靠我，才故意引起我的注意？**」高飛端起酒杯，喝下了第三杯酒。

「不錯！我正是前來投靠將軍的。」郭嘉義正嚴詞地道：「曹操雖為奸雄，卻不能看清局勢，和將軍相比，自然要差了一截。」

「此話怎講？」高飛問道。

郭嘉解釋道：「董卓兵敗虎牢，曹操直撲敖倉，卻不來洛陽，這是他的失策。敖倉是整個司隸的屯糧重地，豈能不會有重兵把守，就連袁紹都知道直撲洛陽，他卻執意去敖倉，這是不智，與將軍將群雄玩弄於股掌之間相比，自然要差了一截。」

高飛笑道：「看來你不瞭解曹操，你的分析只是片面的，其實曹操是**明知山有虎，偏向虎山行**，因為他的軍中幾乎要斷糧了，如果再沒有糧草的話，他的三萬大軍就會活活餓死。洛陽固然重要，但是他能想得到，別人也能想得到，**與其去爭奪洛陽誰先入，不如捨棄洛陽，直撲敖倉，一旦得到了敖倉的糧草，他就會**

有充足的糧草，將糧草牢牢地控制在自己的手中，以便控制整個聯軍的命脈，這才是真正的曹操！」

郭嘉聽完之後，臉上表情浮動，眉頭稍微皺了一下，沒想到高飛竟然能窺探到曹操的用意，而這個用意，就連他也沒有想到。

他有點不解，隨口問道：「既然將軍知道敖倉的關鍵所在，又知道曹操的用意，為何不搶在曹操的前面去占領敖倉，一旦控制住了整個敖倉，將軍不就是將聯軍的命脈握在手裡了嗎？」

「我就直說吧……」高飛喝下第四杯酒，放下酒杯道：「這就是**魚和熊掌不能兼得**的道理。洛陽貴為京畿之地，先入洛陽的諸侯，必然能夠在陛下面前邀功，成為驅逐董卓的第一功，這是許多諸侯爭破了腦袋來洛陽的關鍵所在。可是，誰也沒有料到，皇帝陛下居然被董卓提前帶走了。你現在是不是後悔沒有去投靠曹操，而來投靠我了？」

郭嘉搖搖頭道：「不！我跟定將軍了，**將軍能夠洞察曹操的舉動，這就說明將軍的才智遠在曹操之上**。我郭奉孝一直以來自命不凡，但是卻懷才不遇，本以為進了太尉府就能博得一番功名，可袁紹並非成就大事的人，所以我才出來了，在洛陽街巷中到處打聽消息，遍訪明主，今日能夠遇到將軍，也不枉我一身才華白費了。奉孝懇請將軍收留，奉孝一生一世都會為將軍所用，絕無二心！」

話音一落，郭嘉便朝高飛叩頭，言辭懇切，慷慨激昂。

高飛自然歡喜，急忙走到郭嘉身邊，將郭嘉扶起，開心地道：「我得奉孝，猶如得姜子牙也！」

郭嘉自比姜太公，給自己起了一個雅號叫「小太公」，此時聽到高飛也如此這般稱呼他，他自然高興。

高興之餘，郭嘉還不忘記舉薦朋友，當即道：「主公，我有幾位忘年之交，現在齊聚洛陽城中，也都在尋訪明主，我想舉薦給主公，不知道主公可否收留？」

高飛此刻正缺少人才，聽到郭嘉如此說，欣喜地道：「當然收留，你有多少好友都一起舉薦過來吧！」

郭嘉道：「小可所舉薦之人，自然是有謀略、才智的人，否則的話，小可也不會和他們交友。這幾人都是名士，比小可還要出名，我這就去城中將這幾位好友帶來，一起來拜見主公。」

高飛道：「好，我讓高林護送你進城，如今已經入夜，洛陽城表面平靜，其實暗地裡卻隱藏殺機，沒有人保護你的話，我也不放心。」

郭嘉笑道：「多謝主公關心。」

「高林！」高飛向門外喊道：「你護送奉孝進城，寸步不離，不能讓他有任何閃失。」

高林走了進來，抱拳道：「諾！」

高飛親自將高林、郭嘉送出大帳，目送他們消失在夜色當中。轉身回到大帳，朗聲喊道：「兩位軍師，你們可以出來了。」

聲音一落，只見賈詡、荀攸二人從一個捲簾後面走了出來，一起抱拳道：「參見主公！」

高飛道：「怎麼樣？這個叫郭嘉的少年如何？」

賈詡道：「郭奉孝小小年紀便有如此智謀，確實是個難得的人才，看來以後將會成為主公帳下一個舉足輕重的謀士。」

荀攸也讚道：「此人堪稱良才，若輔佐主公，必然能讓主公如虎添翼。」

高飛哈哈笑道：「兩位先生的疑慮也可以打消了，看來郭嘉不是袁紹特意派來的。對了，徐晃、魏延的傷勢如何？」

荀攸道：「並無大礙，只需靜養即可。黃忠、陳到、文聘也都安排妥當，趙雲、太史慈帶著兵馬日夜巡視，暫時不會有什麼事，就是不知道其他諸侯是否會在皇宮內爭個你死我活呢？」

高飛笑道：「皇宮已經空無一人，所有的太監、宮女都跑出來了，再說已經放出了消息，今夜皇宮中必然會聚齊各路諸侯的兵馬，看來，等呂布歸來之後，我們就可以回幽州了。」

三個人又計議了一些事，這才分開。

高飛獨自一人等候在營帳裡，一邊喝酒，一邊閱讀孫著子兵法。

也不知道讀了多少時候，外面傳來高林的聲音：「參見主公，郭嘉已經帶著幾位先生回來了。」

高飛急忙讓高林將幾個人請進大帳，見郭嘉帶著四個年歲不一的人走了進來，忙道：「諸位請上坐！」

「多謝主公！」郭嘉等人參拜道。

這邊一坐定，郭嘉便介紹道：「主公，這幾位便是屬下的好友，分別是**南陽人許攸，潁川人荀諶、鍾繇，清河人崔琰**。」

高飛聽到這四位的名字，臉上立刻浮現出笑意，拱手道：「歡迎四位先生的到來！」

許攸、荀諶、鍾繇、崔琰四個人一起拜道：「我等拜見主公，從此以後願意跟隨主公左右，任主公驅策。」

看著面前的五人，高飛不禁和他們進行了一番暢談，所談的內容無非是一些家長里短，他也徹底弄清了郭嘉這個小鬼頭的人格魅力。

夜色漸漸籠罩，高飛讓高林在軍營裡安排了幾個營帳，供郭嘉、許攸、荀諶、鍾繇、崔琰五人休息，還準備了飯菜。五個人都不是洛陽人，家室也不在洛陽，便安頓下來。

送走五人後，高飛覺得輕鬆多了，因為和文士談話，總是要表現得含蓄一點，而且說話也要文雅些，不能像跟武人說話那樣直截了當，畢竟這五個人剛剛來投靠他，怎麼也要禮遇有加。

站在營帳外看了看夜空，又看了看巍峨的洛陽城，**他猜測今夜的北宮中將會上演一場好戲，各路到達這裡的諸侯勢必會帶著親隨在北宮裡玩捉迷藏，看到底誰能找到傳國玉璽。**

他臉上洋溢起一絲笑容，轉過身子剛要走，卻聽見營寨外面來了一撥兵馬。回頭一看，見孫堅帶著程普、黃蓋，在趙雲的陪同下來到營中，頗為出乎他的意料。

高飛迎上前去，朝孫堅拱手道：「原來是文台兄啊，不知道文台兄到此所為何事？」

孫堅也是一臉的笑意，道：「我是來向賢弟辭行的……」

「文台兄要走？」高飛將孫堅迎入大帳。

進了營帳，高飛、孫堅分賓主坐定，只聽孫堅笑道：「是啊，長沙那裡出了點事，不能在此逗留太久，所以急著趕回去。我明天天一亮就走，所以特來提前跟賢弟辭行。」

「可是……陛下還在董卓手中，文台兄作為一大功臣，難道就不再等幾天嗎？」

「不等了，有賢弟這樣的人在這裡，董卓必定會授首的，而且呂布也窮追不捨，估計這會兒正提著董卓的人頭回洛陽呢。我也出來有些時間了，帶的兵將也都疲憊了，加上長沙盜賊蜂起，我必須儘快回去平叛才是。」

「哦。」高飛尋思了一下，隨口問道：「文台兄今天沒進洛陽城？」

孫堅道：「我進洛陽城幹什麼？我在洛陽無親無故的，不像那些人在洛陽都有親朋好友的，所以也用不著進去。」

「我聽說……袁紹、袁術、劉表等諸侯可都進了洛陽了，目的是為了找出陛下丟失的傳國玉璽，**難道文台兄就不想進洛陽城裡分一杯羹？」**

孫堅冷笑道：「傳國玉璽乃天子之物，找到了自然是一件大功，可是去的人多了，難免會有一些摩擦，我孫堅不愛湊這個熱鬧，不去也罷。賢弟啊，你有何打算？」

「我再等兩天吧，聽說曹操已經占領了敖倉，奪取敖倉一小半的糧草，我想等他到了洛陽，借點糧草，然後回幽州。再說，劉虞的兵馬還沒有到呢，我們一起來的，自然要一起回去。」

孫堅笑了笑，站了起來，拱手道：「賢弟啊，今日一別，也不知道何年何月才能見面，咱們之間的約定你可別忘記了，我在南，你在北，到時候……」

「文台兄放心，我不會忘記的。文台兄若是占領了江東，還請派人通知我一聲，陸路不暢通的話，文台兄可以走海路，幽州有許多地方靠近海域，可以將消息送到我幽州。如果可以的話，我們還可以通過海運進行貿易，也可以增加我們彼此的感情，你說是不是？」

孫堅笑道：「賢弟的提議很好，南方少馬，吳越一帶多鑌鐵、米、鹽，幽州苦寒之地，恐怕吃不到南方的米，我可以給賢弟運過去一些。當然，賢弟必須給我兩年的時間，兩年內，我必定會獨霸江東六郡，到時候再進行海運如何？」

高飛笑道：「很好，那咱們就以兩年為約，南船北馬，到時候還希望文台兄能帶一批造大海船的工匠來，我打造了海船之後，就可以通過海路給文台兄運送馬匹了。」

孫堅點點頭，伸出手，笑道：「好兄弟，咱們一言為定！」

高飛緊緊地握住孫堅的手，也開心地道：「好兄弟，一言為定。」

兩個人又互相擁抱了一下，良久才分開，最後孫堅告辭，高飛親自將孫堅送出轅門，這才回到營帳。

這時，高林走進營帳，對高飛道：「主公，士孫佑讓人送來了消息，北宮那裡已經有動靜了，袁紹、劉表、袁術帶著人先後進去了，後來劉繇、袁遺、孔伷、張邈、張超、王匡、張揚等人都先後帶著人秘密潛入。」

高飛笑道：「很好，讓士孫佑繼續監視，並且讓他告訴他老爹士孫瑞，儘快鼓動富紳做好離開洛陽的準備。」

高林遲疑道：「主公，士孫瑞商人出身，凡是商人，沒有一個不奸猾的，這樣的人可以相信嗎？」

「放心，我已經和士孫瑞私下說過了，只要他肯跟我回幽州，我就能讓他擺脫掉商人的身分，對士孫瑞來說，何進、袁紹、董卓，他都巴結過，可是這三個

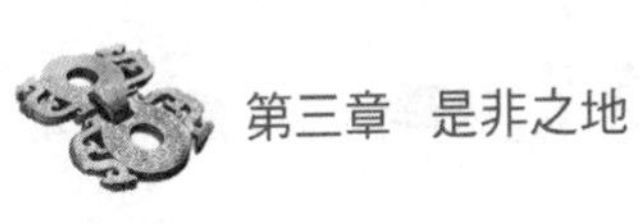

人幾乎都是拿了錢不辦事，看中的只是他的錢財，而不是他的人。他想讓他兒子士孫佑有個好出路，如今洛陽勢必會發生火拼，他是洛陽首富，只要他肯帶頭跟我回幽州，其餘的富紳、百姓也會跟著走。**我和士孫瑞之間是互相利用，他利用我擺脫幾輩子都無法改變的身分，而我則利用他吸引財富和人口**，好了，你不用多慮，照我說的去做就是了。」

「諾！不過，還有一件事，呂布的手下張遼來了，剛才屬下見主公在會見孫堅，便讓他在屬下的營房裡休息，主公要不要見他？」

「張遼？他也來了，難道是來投靠我的？」高飛心花怒放地道，「快讓他過來。」

高林退出營帳，再次回來的時候，身後便多了一個人。他將那個人送入營帳後，自己便守在了帳外。

「文遠……你怎麼來了？」高飛一見到張遼，顯得很高興，親自相迎。

張遼也很高興，當下拜道：「參見高將軍！」

高飛一把拉住張遼的手，走到一邊的座位上，歡喜地道：「文遠，你深夜到訪，必有緣故，是不是有什麼事要告訴我？」

張遼眉頭突然皺了起來，臉上的喜悅也消失了，嘆了口氣：「我家主公追擊董卓至今未歸，董卓軍十分強大，而且人多勢眾，這萬一我家主公有什麼意外……高將軍，我今夜前來，是想請高將軍出兵助我一臂之力的。」

「哦，原來是為了呂布而來，不是為了來投靠我。」高飛心裡暗暗想著，臉上的喜悅也消失了。

張遼繼續說道：「明日我家主公若是再沒有回來，我就會帶領並州所有兵馬前去尋找主公，可是騎兵都已經被我家主公帶走了，剩餘的只是步兵，整個聯軍裡擁有騎兵最多的人，就只有高將軍一人而已，所以，我想……」

「奉先確實勇猛無匹，堪稱當世一絕，可是他太過嗜殺，當初在虎牢關時，他縱容魏續姦殺那些手無寸鐵的女人，而且他還曾經為了一匹赤兔馬想殺掉丁刺史，若不是我及時出面制止的話，恐怕他早已鑄成大錯了。這樣一個貪財、反覆的小人，難道值得你如此留戀？不如這樣吧，我的軍隊裡正好缺少你這樣的人才，你跟我回幽州，如何？」

張遼面無表情，沉默良久，才緩緩地道：

「將軍的好意，文遠心領了。呂將軍是我的救命恩人，若是沒有呂將軍，文遠不會活到現在。呂將軍雖然有過錯，但是他的心是善的，他之所以那樣做也是為了我們，他是真心為我們這些部下著想。並州是個苦寒之地，比幽州還不如，所以人們都很窮，加上並州境內還有歸附漢朝的匈奴人，所以漢人常常受到欺負，是呂將軍幫助我們這些並州的男兒，讓匈奴人為之害怕。我欠呂將軍一條命，我就要還給他，**如果連我也走了，那以後誰還敢在呂將軍面前說半個不字？只有我留下來，時常提醒呂將軍，呂將軍才能時刻保持清醒**，所以，我不能跟高將軍走，請高將軍原諒。」

高飛聽了，對張遼的忠義感到很欽佩，他想，可能只有等呂布死了，張遼才會另謀出路。

他朝張遼道：「文遠忠義，我十分敬佩。但是我高飛也不是一個無情無義的人，如果文遠在呂布那裡有何不妥的話，就請到我這裡來，我永遠對你敞開大門。出兵的事我也答應你，如果明天午時呂布還沒有回來，我就親自帶兵向西而去。」

張遼拱手道：「文遠代表我家主公謝過高將軍。」

高飛隨後又和張遼談了片刻，這才送走張遼。

看著張遼走後，高飛嘆了口氣，淡淡地道：「今夜過後，天下便會發生巨變，我也該儘早離開這裡，以免受到波及。」

第二天，陽光曬得大地鍍上金色，高飛尚在大帳中熟睡。

或許是因為昨天郭嘉等人的投靠，又或是昨夜去探望魏延、徐晃時和他們愉快的聊天，總之他睡得很沉，太陽升起的時候，他還沒有醒來。

「主公……主公……主公……」

聽到喊聲，高飛迷迷糊糊地睜開眼，渾渾噩噩間看到賈詡的臉，夢囈地道：「軍師，你那麼早啊，現在什麼時候了？」

賈詡還是第一次見到高飛起那麼晚，看著臉上略顯疲憊的高飛，道：「主公，已經辰時三刻了，主公，你快些起來吧，現在整個洛陽城都快要鬧翻天了……」

「你說什麼？」高飛精神為之一振，直接從床上坐了起來，問道：「你剛才說什麼？洛陽城怎麼樣了？」

賈詡道：「正如主公所料，昨夜那些諸侯在皇宮裡找傳國玉璽的時候發生了混戰。混戰一開始，劉繇第一個跑了出來，連夜帶兵走了，皇宮裡，袁紹殺了張邈、張超，袁術殺了孔伷、喬瑁，劉表殺了王匡，張揚殺了袁遺。最後劉表、張揚見勢不妙逃了出來，袁紹和袁術兩兄弟在皇宮內互鬥，結果，袁紹帳下，顏良、文醜殺了袁術的四名戰將，袁術被紀靈保護著逃了出來。」

「那玉璽呢？落到誰的手裡？」高飛急忙問道。

賈詡道：「這個不是很清楚，總之，現在洛陽城內外已經鬧翻了天。張邈、張超兄弟一死，張邈手下的陳宮便帶部下歸附了並州兵，呂布不在，並州兵便暫時由張揚帶領，先是兼併了袁遺的兵馬，接著為王匡報仇，便和劉表打了起來。而袁術兼併了孔伷、喬瑁的兩支兵馬，張超手下的臧洪為了給張超報仇，便帶兵依附袁術，和袁紹進行混戰。發展到最後，混戰變成了兩撥人，一撥是並州兵和袁術，另外一撥是袁紹和劉表，兩撥人從昨夜卯時開始打，一直打到現在，在洛陽城南的洛水一帶誰也不讓誰，打得難解難分。」

「孫堅呢？」

「孫堅一早便走了，好像是跟劉繇一起走的。」

高飛急忙穿上衣服，一邊問賈詡道：「我不是說讓士孫佑守好皇宮的大門，誰也不准放出去的嗎，為什麼還是跑了那麼多人？」

「士孫佑確實是將宮門守得死死的，裡面的人出不來，外面的人進不去，可是誰想到朱俊會在夜裡進行巡視，他一聽到皇宮發生混戰，便帶兵過來，讓人把南門打開，放這些人出去，之後他接管了整個城門的防務，不許任何人進城。」

賈詡答道。

「媽的，人算不如天算，朱俊這個時候跟著起什麼鬨？如果他不出現的話，估計袁紹他們也該早死了。唉，都怪我，士孫佑雖然敢作敢為，可是遇到朱俊這樣剛正的人難免會弱三分，如果當時我讓趙雲、太史慈任何一個去守著皇宮的大門就好了。」

賈詡勸道：「事已至此，也只能另圖他策了。屬下已經接到奏報，曹操帶著兵馬直接返回兗州了，根本不來湊這個熱鬧。另外，安插在呂布軍中的細作傳回消息，說昨夜馬騰陣前倒戈，殺了韓遂、牛輔、董旻、李儒，收降張濟、樊稠、楊奉，後來又取來董卓的人頭，將董卓的人頭交給呂布，呂布拿著董卓的人頭便放棄了追逐，直接返回。回來的路上遇到公孫瓚和陶謙，他們知道董卓死了，也都一起回來了，這會兒多半快到洛陽了，看來一會兒又要有場大戰了。」

「小皇帝呢？回來沒有？」高飛披上鎧甲，戴上頭盔，問道。

「沒有，似乎被馬騰劫持了。」賈詡幫高飛繫上後背的鎧甲繩帶，順口回道。

「馬騰？看來他會取代董卓，稱霸關中和涼州了，你速速傳令趙雲、太史慈、黃忠、陳到、文聘，讓他們集結五千騎兵隨我入洛陽城，你和公達、奉孝留在營中，讓高林、李鐵負責守住營寨，只要有人敢進攻此營寨，不管是誰，一律射殺。」高飛伸手取來遊龍槍，一邊對賈詡吩咐道。

賈詡「諾」了聲，道：「主公尚需小心，現在控制城門的是朱俊……」

「朱俊在南門觀戰，我從北門進，應該不會有問題，只要進了洛陽城，見了士孫瑞，就立即從這裡撤退。你再派個人去通知劉虞，告訴他這裡發生的一切，以他的性格，一定會去勸阻的。」

賈詡陰笑道：「屬下今天早上就派人去了，現在劉虞也該快到了。」

「很好，讓士兵也做好撤離準備，我派人通知你後，就立刻撤離，北渡黃河，走河內回幽州。」

高飛出了大帳，點齊五千騎兵，帶著趙雲、黃忠、太史慈、陳到、文聘直奔洛陽城。

大夏門的城樓上，蓋勳受朱俊的邀請，守禦洛陽北門，他在得知昨夜群雄在皇宮內混戰爭搶玉璽的時候，便在擔心高飛。

他不知道高飛的兵馬有沒有捲入城外的混戰，出於對朋友的擔心，一個人急得團團轉。若不是朱俊給他下了死令，不許任何人進出洛陽城，他早就策馬揚鞭地跑出去了。

城外進行混戰，城內也是人心惶惶，畢竟城外有十幾萬兵馬在混戰，和洛陽城只有咫尺，而城中的兵馬少之又少，萬一波及到洛陽，那就糟糕了。

若不是朱俊一早便請求盧植、皇甫嵩、蓋勳駐守另外三個門，任何人不得進出洛陽城的話，恐怕城門一開，外面的兵就會入城了。

一些唯恐天下不亂的世家、豪族迅速分成了兩派，一派支持袁術、一派支持袁紹，在上東門附近展開了殊死搏鬥。

如今洛陽城內一片混亂，百姓都躲在家裡不敢外出，因為街道上到處都是死人。唯獨東南一隅的士孫府一片寧靜。

士孫瑞早就和高飛商量好了，也做好了防禦工作，並且召集了洛陽城內十大富商，共同將洛陽城東南、西南兩塊地方控制住，不許外人進入，讓豢養的門客分散在外圍，將這兩塊地方的百姓都保護起來。

十大富商在士孫瑞的提議下，立刻擰在一起，等待高飛帶兵到來。

高飛奔馳到大夏門外，看到守門的是蓋勳，急忙停住背後的兵馬，策馬向前，朗聲喊道：「蓋兄，請打開城門，讓我進去，城外已經亂作一團了。」

蓋勳正猶豫要不要打開城門，只見一個人氣喘吁吁地跑了上來，上氣不接下氣的，他見那個人是他派去打探城內消息的，便問道：「城內情況如何？」

「啟稟大人，十大富商聯手禦敵，用他們豢養的數千名門客將東南、西南全部防守起來，其餘的世家、豪族還在上東門一帶進行械鬥，那裡的百姓已經全部逃到相對穩定的城南，而西門附近的一些人想出門，被盧大人給逼退了，南門一切正常，朱大人正在觀察城外混戰。」

蓋勳聽後，尋思道：「城內士兵極少，光是守城就夠吃力的了，而且城內還發生了嚴重的械鬥，這種局面如果再不及時制止的話，一旦殃及到十大富商所居住的城南，只怕會演變成更厲害的械鬥……」

高飛看蓋勳在猶豫，便道：「蓋兄，既然城門也發生了械鬥，就必須制止，我的部下可以平息城內械鬥，還可以幫助守城，你快打開城門，讓我進去。」

蓋勳想了一會兒，當即吩咐道：「打開城門，放高將軍進城！」

這些士兵本來就在士孫佑的說服下投靠了高飛，只是因為高飛給過命令，不得對朝廷大員無禮，這才一直聽令於這些人的話，不然的話，早就打開城門了。因此一聽到要打開城門，二話不說，立即開了門。

高飛帶兵入城，五千騎兵魚貫而入，浩浩蕩蕩的入了城後，還來不及和蓋勳打招呼，便帶著兵去平息城內械鬥，怎麼說這也是他挑起來的。

當時他算得好好的，如果朱儁不出現的話，袁紹等人就會死在皇宮內，根本沒有機會出去。可是，就因為朱儁的無心之過，使得他的計畫泡湯，還引發了這場大混戰。

「趙雲、太史慈、文聘、陳到，你們各自帶領一千人在北城進行搜索，凡是遇到有械鬥的人，都將他們全部趕到洛陽城正中間的廣場上，要是有不聽從的，可以殺雞儆猴。」高飛下令道。

「諾！」四人答道。

「等等！」高飛忽然想起太史慈喜歡殺俘虜的事來，急忙道：「黃老將軍，你代替太史慈，讓他跟著我走！」

太史慈不解地道：「主公，這是為何？」

高飛道：「你有殺俘虜的惡習，我對你不放心，你跟我走，到城南去找士孫瑞。」

太史慈喊道：「主公，子義已經改了，不會再隨便殺俘虜了，而且……而且這些人根本不是兵，我就更沒有殺他們的理由了。我保證不會隨便殺一個人，就請主公相信我這一次吧！」

趙雲見狀，勸道：「主公，請相信子義一次吧！」

高飛考慮了一下，道：「好吧，如果你今天再隨便殺人，我就砍掉你的腦袋。」

太史慈抱拳道：「請主公放心，子義不敢了。」

高飛扭頭對黃忠道：「老將軍，你跟我走，咱們去士孫府。」

黃忠點點頭，跟著高飛，沿著城內的大道朝城南奔馳而去，趙雲、太史慈、陳到、文聘則各自帶人四散開來。

過不多時，高飛便來到城南，看見百姓都湧向士孫府避難，反倒讓他對士孫瑞另眼相看了。

士孫家的家丁都認識高飛，高飛帶著兵馬來也不阻攔，直接放他進去。一到士孫府，士孫瑞便急忙出迎，拱手道：「高將軍，你可來了，我等得著急死了。」

翻身下馬，高飛凝視了一下士孫府周圍前來避難的百姓，對士孫瑞道：「士孫大人，這件事已經超出了我所能控制的範圍，誰想到半路會殺出來一個朱儁，攪亂了我的整個計畫。士孫大人，你準備好了嗎？」

士孫瑞道：「高將軍，我兒士孫佑都已經將事情告訴我了，事已至此，也只能一走了之了，我已經命人裝載了我的全部家產，連同十大富商一起跟高將軍走，只是可惜了我士孫家百年來在洛陽打拼的基業啊……」

「士孫大人請放心，你在洛陽所擁有的，到了薊城之後，我會加倍的補償你。如今群雄已經開始混戰，洛陽遲早會受到波及，以後更會處在諸侯混戰的最中心，只要你們一起走，無論到哪裡，都能讓那個城池變得和洛陽一樣繁華的。」

「將軍說得對，我士孫家傳到我已經是第四代了，只要我士孫家到哪裡，就能讓那裡變得富有起來。高將軍，啥也不說了，我這就通知另外九大富商和我一起走，跟隨高將軍到幽州。」

高飛朝士孫瑞拱拱手：「辛苦大人了，將這些百姓也一起帶走，你們先在這裡準備準備，等一會兒城中的械鬥停止了，我會派人通知你們的，先告辭了。」

洛陽城的廣場上，此時聚集了許多被趕來的家丁，四千多名穿著各種衣服的家丁分成了兩列，中間被高飛軍的騎兵所隔開，外圍有騎兵看守，誰要是不聽話，就會被立刻處死。

高飛帶著黃忠，從城南浩浩蕩蕩的來到廣場，見到廣場上那麼多人，其中有不少傷患，二話不說，立刻讓趙雲、太史慈將這些人趕到司隸校尉的衙門，統統

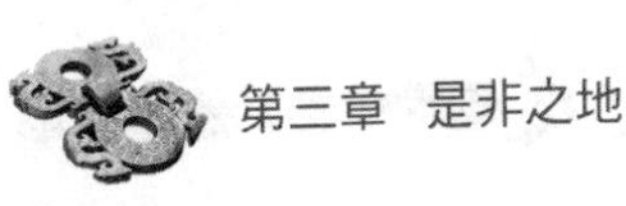

關入大牢，省得這些人再出來鬧事。

處理完這些事情後，高飛讓陳到、文聘去城南幫助士孫瑞等人，然後自己率部回到大夏門。

大夏門那裡的蓋勳早已得到消息，城內的械鬥停止，他也寬心了。見高飛過來，急忙迎接：「高將軍，這次多虧了你，不然的話，城內無人管理，那些人不定會鬧出什麼事情來呢！」

高飛握蓋勳的手，道：「蓋兄，洛陽不可久留，以袁紹、袁術為首的群雄正在城外進行激戰，如果現在不撤離的話，到時候兩撥人一旦打起了洛陽的主意，那洛陽就無法守住了。城內的十大富商已經商量好了，準備一同攜家帶口的出城，百姓們也會跟著出城，而北門是目前唯一安全的地方，我希望蓋兄能打開城門，放他們出城。」

蓋勳想都沒想，立刻答應下來，道：「高將軍，還有什麼需要蓋某做的，儘管吩咐，現在已經到了這個節骨眼上了，陛下不在洛陽，這種局面無法收拾，只有盡可能的轉移城中百姓了。」

「董卓已經被馬騰殺死了，陛下無礙，被馬騰保護著退回了關中，蓋兄不用擔心陛下的情況。如今呂布提著董卓的人頭，和公孫瓚、陶謙的兩路兵馬一起回來，或許他們能夠制止住混亂的局面，又或許也會加入混戰，曹操已經回兗州了，我也想趁這個時候回幽州，不知道蓋兄可願意隨我一起回幽州？」

蓋勳想了片刻，道：「陛下既然無礙，我的心也放下了，馬騰一心忠於漢室，或許能夠保護陛下不再受到傷害。我的家室已經全部遷徙到了洛陽，以目前的情況來看，洛陽很有可能會成為群雄爭奪的一個重要的地方，如果繼續留在洛陽的話，肯定會受到波及。高將軍，我跟你一起回幽州，我蓋勳並沒有什麼大才，治理地方或是帶兵打仗我都可以勝任。」

聽到蓋勳的這番話，高飛不勝感激，看來這個朋友沒有白交。

他擁抱了一下蓋勳，緩緩地道：「蓋兄，洛陽城乃整個大漢最大的城池，容納百姓二十萬人，這些人必須在這一兩天內轉移出去，暫時遠離戰亂中心，等戰亂平息之後再回洛陽，糧食方面，可以打開城內的官倉，發放給百姓。蓋兄在洛陽城中人脈不錯，我想請蓋兄出面，動員全城百姓分批次撤離，我這次帶來五千名士兵，也正是為了這件事而來的。」

蓋勳二話不說，立刻拱手道：「高將軍，你放心，為了洛陽城這二十萬人的安全，我會去動員全城百姓撤離，請高將軍借我五百騎兵，一個時辰後，我定然會組織百姓有秩序的進行撤離。」

高飛道：「嗯，出了大夏門，向北二十里便是北邙山，那裡可以當作百姓暫時的棲息之地。另外，如果有願意跟我一起回幽州，遠離這個是非之地的，還請蓋兄分開撤離。」

蓋勳咧嘴笑道：「高將軍，你可真是個精明的人啊，在這個時候還不忘記增加幽州人口，你可比幽州牧劉虞更適合當州牧啊。」

高飛哈哈笑了起來，朝蓋勳拱手道：「我在此靜候蓋兄佳音！」

蓋勳抱了一下拳，隨即帶上高飛分給他的五百騎兵，便回到洛陽城中。

「老將軍，你在此駐守城門，我帶著二百騎兵去城中看看。」高飛對黃忠道。

黃忠道：「主公放心，老夫一定守好此門。」

高飛翻身上馬，帶著二百騎兵直奔國庫而去，既然要走，還不忘在臨走前將國庫中的寶物洗劫一番。

在城中奔馳了一會兒，這才來到北宮附近的國庫，此時負責守衛的人只有寥寥數十人，是朱俊的部下。

「打開國庫！」

高飛一聲令下，這些守衛不敢不從，畢竟高飛人多勢眾，而且官位也高，只能照著辦。

當國庫打開的那一瞬間，高飛大吃一驚，**國庫中竟然空空如也，什麼東西都沒有了。**

「這是怎麼回事？國庫裡的東西呢？」高飛指著空空如也的國庫，厲聲問道。

士兵哪裡知道國庫是空的，紛紛下跪，祈求饒命。

高飛見這些士兵也不知情，腦海中忽然閃過了一個念頭，失聲道：「**難道是董卓臨走時把國庫中的東西都帶走了**？不好！」

「去洛倉！」高飛揚鞭大喝，飛馳而出。

三百騎兵跟著高飛身後朝西南跑了過去，那裡有一個糧市，糧市背後就是整個洛陽城存放糧食的洛倉。

敖倉是整個司隸的屯糧重地，而洛倉裡的糧食則是來源於敖倉，基本上，每半年從敖倉朝洛倉通過水運輸送一次糧食，以供給整個洛陽城的糧食需要。

高飛一見國庫都空了，立刻想起了糧草，害怕洛倉再空了，那洛陽城裡的二十萬人就要去喝西北風了。

好不容易奔到洛倉，見洛倉有兩千多人正在朝馬車上搬運糧食，搬運糧食的人雖然穿著漢軍的衣服，卻是士孫瑞的部下。這才知道，士孫瑞早已暗中控制了洛倉，那些士兵也都是他所豢養的。

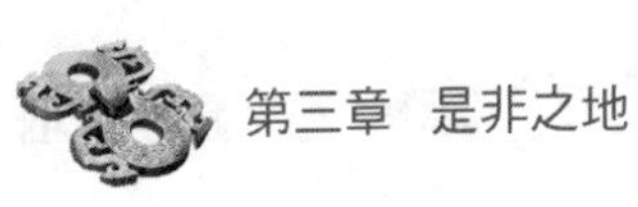

他看到這一幕，打心眼裡瞭解到金錢的可怕，也暗自慶幸自己極力拉攏了士孫瑞，否則的話，這樁大事，他還真的幹不成。

他的心裡也在想另外一個問題，**對富可敵國的士孫家來說，他要如何處理，到了幽州之後，是卸磨殺驢，還是繼續利用？**

最後，他做出了決定，**還是暫時先利用士孫家的財力，替他在政治和軍事上鋪出一條道路來**，因為打仗打的就是國力，如果有士孫家這樣的財富，戰爭將會變得相對簡單的多。

他的擔心放下之後，便讓負責裝運糧食的人儘快完成此事，然後讓他們把糧食直接運抵北門，從北門運出城，而他則帶著二百騎兵馳回北門。

再次回到北門時，一路上所遇見的都是百姓攜家帶口，收拾行李的樣子，其中有不少沒有參加械鬥的文武大臣、世家豪族，都在蓋勳的勸說下派出自己的家丁維持著城內的秩序，在司徒楊賜、太中大夫許靖、大司農陳寔這幾個在洛陽城乃至整個大漢都有著極高威望的人的指揮下，對百姓進行撤離。

北門已經被打開了，離城門最近的百姓先行撤離，在蓋勳、黃忠的維護下，一場大遷徙就此展開……

九月初一，秋高氣爽。

這一天是個不平凡的日子，二十萬居住在洛陽城中的人開始撤離洛陽城，浩浩蕩蕩的朝北邙山而去，第一次遠離了他們的家園。

正午的時候，大夏門的街道上顯得很是擁擠，一開始有秩序的撤離變得有點混亂，幸好有高飛、蓋勳、黃忠在城門邊極力的維護秩序，才沒有發生踩踏事件。

楊賜、許靖、陳寔等人也紛紛將自己的家眷遷徙而出，混雜在撤離的百姓隊伍中，形成了一條人龍。

大夏門是洛陽最大的城門，但是應付這些撤離的百姓仍顯得不夠，無奈之下，只能將北門的城門全部打開，這才加快了撤離的速度。

到正午的時候，城北的百姓已經撤離的差不多了。

午時三刻，有斥候來報，說呂布、公孫瓚、陶謙的兵馬回來了，劉虞也帶著士兵來了，混戰在劉虞出面的調停下暫時告一段落。

緊接著，又有斥候來報，說呂布聽到袁紹殺了不少并州兵，便帶著得勝之師進攻袁紹，袁紹拉攏公孫瓚一同抵禦呂布，袁術和劉表又打了起來，陶謙則表示中立，見混戰不止，便撤兵回徐州。

高飛正忙著進行全城撤離，哪裡顧得上這些事，知道情況後，命斥候繼續打探，只要那些人不來北門，不影響到百姓撤離，他就不會出手。

又過了一會兒，斥候再次回報，說劉虞為了勸說雙方罷鬥，邀請朱俊、皇甫嵩一起進行調停，結果惹怒了雙方，竟然將劉虞、朱俊、皇甫嵩一起殺了。

這邊斥候剛奏報完，那邊劉虞帳下的田疇滿身是血，帶著劉虞部下的八千多步兵跑到高飛的營寨，求高飛出兵為劉虞報仇，賈詡暫時將田疇安排在軍營裡，讓荀攸指揮高林、李鐵緊守營寨，自己則騎著快馬趕到了北門。

「主公……主公……」

高飛正在指揮百姓撤離，突然聽到賈詡的叫喊，回頭看見賈詡策馬而來，便讓黃忠、蓋勳繼續維護治安，自己迎了上去。

「軍師，你不在營寨好好的守衛大營，怎麼跑到這裡來了？」

賈詡來不及行禮，便急道：「劉虞身亡，部下的田疇帶著八千多部下前來依附主公，祈求主公出兵，替劉虞報仇。」

高飛一臉的淡定：「嗯，我只想知道，劉虞是死在哪個人的手上？」

賈詡道：「據田疇說，當時劉虞、朱俊、皇甫嵩設立了一個大帳，宴請呂布、袁術、袁紹、劉表、公孫瓚五個人，本想勸說兩方就此罷兵，哪知道氣氛變得尤為僵硬，呂布一怒之下先殺了朱儁，緊接著袁紹殺了皇甫嵩，公孫瓚和劉虞早有嫌隙，便趁機殺了劉虞。

「劉表當時大驚，一見到這種情況，立刻便逃回到軍營，撤兵回荊州了。鮮于銀、田疇當時在場，公孫越殺了鮮于銀，嚴剛要殺田疇時，田疇死命脫逃，帶著一萬士兵進攻公孫瓚，可是部下的士兵都是步兵，打不過公孫瓚的白馬義從，便帶著殘餘的士兵來投奔主公。」

高飛沉思片刻，對賈詡道：「你回去告訴田疇，此仇必須報，但不是現在，必須在公孫瓚前面趕回幽州。你讓他帶幾名親隨回幽州，將劉虞被公孫瓚殺了的消息散布出去，讓他回去找張郃、鮮于輔，一起起兵攻打右北平，絕不能讓公孫瓚回到幽州。」

賈詡轉身便飛奔了出去。

高飛暗暗想道：「洛陽一場混戰，天下群雄便死了大半，現在有實力的就剩下曹操、馬騰、呂布、袁術、袁紹、劉表、孫堅、劉繇、公孫瓚、陶謙、韓馥、劉焉等人，看來今後會陷入真正的爭霸之中，我必須儘快回到幽州才行。」

洛陽城南的洛水沿岸，屍體遍布各地，血流成河。

洛水呈東西走向，在進入洛陽這一段後，河道轉了一個彎，形成了南北走向。於是，呂布、袁術的兵馬陳兵在西岸，袁紹、公孫瓚、劉表的兵馬在東岸。

劉表因為公孫瓚殺了劉虞，心中懼怕，便主動撤兵回荊州，使得本來占有極大優勢的袁紹、公孫瓚和呂布、袁術形成了對峙，暫時停下打鬥。

黃昏時分，夕陽西下的時候，天邊出現了一道火紅的晚霞，將整個洛陽城上空籠罩得一片血色。

呂布的大營裡，呂布和眾將正在進行商議，暫時的休戰讓這些硬朗的並州漢子們得到了一定的休息。

「稚叔，這到底是怎麼一回事？為什麼我們的兵馬會和袁紹他們打起來了？」

呂布剛從函谷關提著董卓的人頭回來，便聽說袁紹在進攻自己的部下，他二話不說，立刻展開戰鬥，可是從午到晚，他一直還搞不清楚到底是為了何事開打。

張揚支支吾吾地回答不出來，面色有點難堪。

這時，帶著張邈部下前來投靠的陳宮便站了出來，朝呂布拱手道：「將軍，當時事發突然，只知道各位諸侯都在皇宮裡面爭奪玉璽，結果在皇宮裡展開了廝殺，才導致了這場混戰。」

「你是……張邈部下的陳宮？」呂布問道。

陳宮點點頭道：「不過，從今天起，我就跟隨將軍左右了。將軍的並州兵勇猛善戰，驍勇異常，可唯獨缺少的就是一位謀士，如果能夠得到我的輔佐，將軍必然能夠稱霸天下！」

張揚附和道：「是啊奉先，你不在的時候，幸虧有公台在這裡，在他的謀略之下，我們並州兵才減少了不少損失。」

呂布看了眼陳宮，笑道：「好吧，那你就留下吧。你剛才說玉璽，可是傳國玉璽嗎？」

陳宮點點頭。

「奇怪，小皇帝明明在馬騰的手裡，怎麼連傳國玉璽都忘記帶了。」呂布想不通，問道：「那玉璽呢？現在何處？」

張揚道：「我去爭奪了，可是沒有搶到，只知道最後出來的人是袁術和袁紹，至於那玉璽在誰的手裡，二袁互相指責，都說在對方的手裡，可是到底在誰的手裡，誰也不知道。」

呂布暴怒道：「死了那麼多人，就是為了搶玉璽，可是到現在連玉璽在誰的

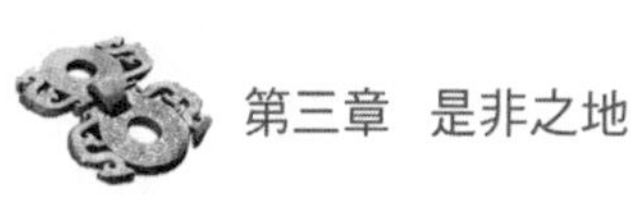

手裡都不知道，你們還打什麼仗?!萬一玉璽在袁術的手裡，那我們豈不是白和袁紹打了嗎？王匡是劉表殺的，現在劉表走了，我們再打下去也徒勞無功。

「別忘了，你殺了袁遺，那袁遺和袁術、袁紹是兄弟，現在袁術表面上和我們友好，可誰知道這個人會不會對我們下黑手。袁術連自己的兄弟都要殺，更別說我們了。傳我命令，撤軍回並州，要不要玉璽對我來說都無大礙，我要是真的想當皇帝，不要玉璽也照樣能當。」

陳宮道：「將軍此話言之有理，如今天下群雄中，孫堅、劉繇、曹操、高飛都沒有參戰，而且劉繇、孫堅、曹操都已經撤兵回去了，我們也該儘快撤離這裡，回並州休養一段時間，招兵買馬，再另行他圖。」

「就這樣定了，全軍連夜拔營起寨，讓二袁在這裡打吧。義父的仇已經報了，我也沒有什麼好牽掛的了。義父說過，洛陽雖好，卻不是我該久留的地方，我們回並州。」呂布聽了，立即做出決定道。

第四章

有子當如司馬懿

司馬懿一踏進大廳，便讓高飛有一種刮目相看的感覺，小小的司馬懿站在那裡，一張略顯稚嫩的臉龐，那雙深邃的眸子裡散發著一股極其孤傲的自信感。

高飛打心眼裡便喜歡上這個孩子，不禁嘆道：

「有子當如司馬懿……」

命令下達後，呂布軍剩下的兩萬多人便連夜拔營，悄悄撤退了。

與此同時的洛陽城裡，百姓還在不斷地撤離，和袁氏有染的世家、豪族一出來之後，便立刻被暫時控制了起來，不讓他們去給二袁通風報信，而朱儁一死，士孫佑便頂替了朱儁的位置，帶領士兵緊守南門。

盧植知道高飛在秘密撤離百姓之後，也加入了指揮百姓撤離的行列當中。子時，十大富商井然有序地帶著全部家產，用騾馬拉著馬車，將他們的財物全部運出了洛陽城。

到了初二的辰時，洛陽城已經成了一座空城，高飛下令撤軍回幽州，並且公告百姓願意隨他回幽州的人就跟著，不願意走的就留下，最後，除了十大富商之外，還有三萬多百姓願意相隨。

士孫佑撤離了城中的士兵，和高飛的部下以及十大富商豢養的門客共同擔任護送任務，浩浩蕩蕩地朝北撤去。臨走時，高飛還特意釋放了袁紹、袁術、公孫瓚和其他諸侯前來打探消息的斥候。

彎曲的道路，漫漫的歸途，高飛帶著十大富商、三百多名百姓，以及兩萬六千多士兵開始踏上了歸程。除此之外，尚有蓋勳、盧植這樣厭倦了在京畿生活的官員相隨。

高飛騎在馬背上，看著長長的人龍，心中不禁感慨道：「我來討伐董卓，沒想到回去的時候卻變成了百姓大遷徙，**有十大富商的財富作為支柱，稱霸天下的日子也不會太遠了。**」

高飛走後不久，洛陽突然失火，火光沖天，籠罩著整個洛陽城，將洛陽城化為了一片焦土……

高飛單馬矗立在黃河岸邊，看著那滔滔的黃河，心裡一陣的惆悵，看著那些艱難邁著步子的百姓，心裡更是多了一分責任感。

洛陽的一場大火，讓躲藏在北邙山的十幾萬百姓無家可歸，立國二百多年的東漢王朝徹底化為烏有，文武百官絡繹不絕地向長安方向流動，而京畿附近的百萬百姓則紛紛向鄰近的州郡避難。

已經一天了，洛陽的大火仍舊在熊熊地燃燒中，南北二宮，官宅民舍，統統在火龍的吞噬下燃燒殆盡。洛陽城的十幾萬百姓紛紛逃難，有大約五萬人緊緊地跟隨著高飛的腳步而來，願意跟隨他一起到幽州、冀州一帶避亂。

高飛看到這種情況，腦海中忽然浮現出劉備攜民渡江的場面來，不同的是，他沒有追兵，面對的是波濤洶湧的黃河水。

碼頭可供渡河的船隻很少，阻隔了高飛渡河的腳步，無奈之下，高飛只得下令暫時駐紮在黃河岸邊，命令士兵加緊打造渡船。

「得得得……」

一匹快馬從山坡下面駛來，馬背上的騎士翻身下馬，急忙登上高飛所在的高崗，抱拳道：「主公，斥候已經打探到消息了，**是袁術放的火**。」

「袁術？這個該死的王八蛋，老子辛辛苦苦拯救洛陽百姓於水火之中，他卻一把火燒了洛陽城，老子……」高飛氣得滿臉通紅，忍耐許久的怒氣在此刻完全爆發出來，口中不停地罵著袁術。

前來報信的騎士是高林，他半跪在地上，用驚訝的眼神看著高飛，他是頭一次見高飛如此動怒。

高飛胡亂地罵了一通，當他氣喘吁吁地罵完後，看見高林一臉驚訝，這才意識到自己的失態，定定神，平息心裡的怒火，問道：「洛陽方向還有什麼動靜？」

高林道：「呂布撤軍了，走的是孟津，走的時候也沒有和袁術說，以至於袁術被袁紹、公孫瓚的聯軍打得大敗，不得已退兵，朝南陽方向去了，臨走時揚言不讓袁紹占領洛陽，便讓人一把火把洛陽城給燒了。如今袁紹、公孫瓚暫時駐紮在河南城，他們兩路兵馬也是元氣大傷，估計要整修好一段時間。」

「知道了，讓李鐵繼續密切監視袁紹、公孫瓚的動靜，我們現在被黃河阻隔，又新來了五萬百姓投靠，沒有一天的功夫，無法將近十萬的軍民擺渡到黃河北岸。」

「諾！」

「對了，你去叫賈詡、荀攸、郭嘉過來，我有事情吩咐他們。」

「諾，屬下這就去叫軍師和幾位先生。」

高飛翻身下馬，耳邊風聲呼嘯，眼前一片蕭條，趙雲、太史慈的兩路兵馬駐守在道路兩邊，黃忠則帶人在黃河岸邊紮營，陳到、文聘負責帶著士兵和從百姓中招募來的工匠砍下樹木打造渡船，蓋勳、盧植、許攸、崔琰、鍾繇、荀諶則安撫百姓，士孫瑞、士孫佑和十大富商則負責派發食物，一切都是那樣的繁忙。

不多時，賈詡、荀攸、郭嘉三人陸續到來。

高飛看到人到齊了，也不講究那麼多了，一屁股坐在一塊大石上，對面前的三人道：「洛陽大火到現在還沒有熄滅，如今又增加了五萬百姓跟隨我們，這個數字超乎了我的想像，渡過黃河之後，必須先找個落腳點進行一番休整。對岸就是河內郡的溫縣，我想讓你們先行渡河，去一趟溫縣，說服縣令，為我們準備好一個寬闊的落腳點，你們誰願意去？」

郭嘉搶先道：「主公，小可願意去。」

賈詡搖搖頭：「還是我去吧，聽說溫縣有個司馬氏，一門才俊，我順便去拜訪一下司馬氏，如果能說服他們歸順主公，對主公治理幽州而言會大有裨益。」

荀攸的臉上浮現出一絲笑容，習慣性地捋了捋下頷的青鬚，緩緩地道：「我看你們都別爭了，這件事就交給我去做吧，河內司馬氏和我有故交，司馬防曾經擔任過京兆尹，我擔任黃門侍郎時曾經有過數面之緣。聽說董卓進兵三輔時，司馬防寧死不降，董卓覺得他有氣節，便將他放了，司馬防回到了溫縣老家，而溫縣的縣令便是司馬防的族弟，要勸說司馬氏投靠主公，此事非我莫屬。」

高飛笑道：「好吧，那就由公達去吧，順便替我問候一下司馬防的第二個兒子司馬懿，就說我非常欣賞他。」

荀攸臉上一怔，問道：「主公也認識司馬防？」

「呵呵，聽說過。公達，你替我好好觀察一下他的次子司馬懿，現在他應該有……」高飛頓了頓，便伸出手指頭數了數，道：「應該差不多七歲了吧？」

荀攸很是驚訝，他和司馬防是故交，對司馬防有幾個兒子，他也不是很清楚，見高飛如此欣賞司馬防的次子，心道：「主公一向有識人之能，一個七歲大小的孩子居然讓主公產生如此濃厚的興趣，看來這個小孩必然有過人之處。」

「主公放心，公達一定幸不辱命。」

高飛道：「另外，再派人提前回幽州，告訴張郃，讓他全權指揮對右北平的戰鬥，儘量讓公孫瓚的部下投降，並且讓他派出一支小股兵力，駐守涿郡的范陽，以便隨時迎接我們。」

「是，主公。」

商議完畢之後，高飛便派了四個飛羽軍的士兵護送荀攸先行渡河，自己則帶著賈詡、郭嘉一起下了高崗，視察百姓和營地。

高飛先從離自己最近的地方進行視察，一路走到了樹林邊，看到百姓們拖家帶口的，心裡也感到自己責任頗重。

就在這時，遠處傳來了一陣琴音，打破了這份沉寂。

琴音悠揚而又深遠，在落日的餘暉下，傳出來的琴音聽起來十分的感傷，讓人的心裡不知不覺便攏上一種淒涼。

「是誰在彈琴？」高飛隨口問道。

賈詡、郭嘉都搖了搖頭。

高飛順著琴音一路走了過去，剛走一段路，沿途看到前來投靠的百姓都流出了眼淚，就連他自己也被這琴音深深地感動著，看著沿途百姓流離失所的情形，

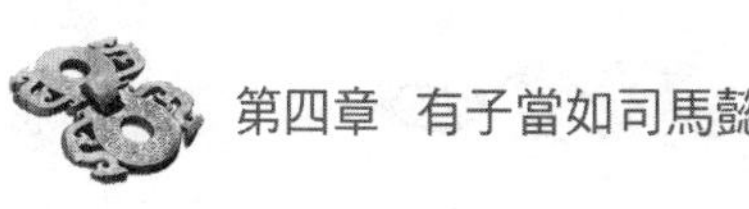

心中也多了一份沉重。

一曲輕快的笛音突然響起，攪亂了那悠揚而又顯得淒涼的琴聲，笛音高亢而又歡快，瞬間便將那琴音壓制了下去。笛音聲聲入耳，讓聽者彷彿覺得有無數隻蝴蝶在周圍環繞，簇擁著你撲向那美麗的百花叢中。

高飛停下了腳步，他聽到琴音慢慢地變得輕快起來，配合著那笛音一起演奏出最為美妙的和音。兩種本來代表著不同心情的樂曲一經響起，便迅速擰成了一種樂音，琴音、笛音相互配合著，顯得十分的默契，讓聽者心頭原本那份沉重也頓時消散得無影無蹤，換來的是一種輕快的喜悅。

兩種聲音都來源於一個地方，高飛稍稍聆聽了一會兒，向前走了過去。

又向前走了一段路，高飛終於在一棵枯萎的大樹下找到了樂曲的合奏者，映入眼簾的是一個兩鬢斑白慈眉善目的老人，和一個長相清秀的妙齡少女，老人手扶一尾七弦琴，少女吹奏一支長笛，兩個人一唱一和相互配合，使得所合奏出來的音律美妙絕倫。

周圍圍了不少聽眾，他們大多面帶喜悅地閉著眼睛聆聽，靜靜地坐在地上，母親抱著剛剛幾個月大的嬰兒，父親牽著幾歲大孩子的手，老翁和老嫗相互依偎，在這個落日的餘暉下顯得一派祥和。

高飛也閉上了眼睛，站在那裡靜靜地聆聽著，絲毫不願意去打斷這種人間至美的樂曲，也害怕打破了這種祥和的氣氛。

又過了好一會兒，琴音、笛聲都停了下來，一曲樂曲也就此合奏完畢。

高飛睜開眼睛，看著坐在枯樹下面的老人，迎了上去，拱手道：「在下高飛，拜見蔡大人。」

老人不是別人，正是當朝身為議郎的蔡邕。

他見高飛對他進行參拜，急忙站了起來，回禮拜道：「高將軍不必行此大禮，老夫可承受不起。」

高飛道：「蔡大人海內名士，譽滿天下，高飛身為晚輩，自當前來拜謁。今日若非蔡大人撫琴一曲，在下還不知道蔡大人也在這隊伍之中。在下未能察覺此事，怠慢了蔡大人，還請蔡大人恕罪！」

蔡邕急忙道：「高將軍，老夫已經辭官了，不再是什麼大人了，只想遠離中原這是非之地，跟隨將軍到幽州避亂。」

「既然如此，那就請蔡先生聽我安排吧……」

高飛斜眼看見蔡邕身邊就只有那位吹奏笛子的妙齡少女，見那少女的穿著十分樸素，身邊堆放著行李，雙手攙扶著蔡邕，看起來很是清秀可人，便問道：

「這位姑娘是……」

「民女**蔡琰**，拜見高將軍！」少女微微欠了下身子，輕聲道。

「原來她就是蔡琰……」

高飛見她十分有禮數，年紀也不過十五六，便不由得多留意了兩眼。

蔡琰一手握著橫笛，另外一隻手攙扶著蔡邕，見高飛沒來由地看著她，潔白無瑕的臉蛋上透著一絲紅暈，低下頭，不敢直視高飛，目光在地上四處遊走，心中卻莫名的加快了跳動。

高飛見蔡琰一副害羞的模樣，這才意識到自己的唐突，當即收回目光，見蔡邕單手抱著一張尾部有燒焦痕跡的琴，便朝蔡邕拱手道：「剛才先生的一曲合奏，著實令在下欣賞，請問先生手中所抱的就是焦尾琴嗎？」

蔡邕笑道：「將軍好眼力，這正是焦尾琴。剛才我見日落西山，又見百姓罹難，心情十分沉重，便不由得撥弄琴弦，彈奏了一曲悲音。幸好小女及時吹奏柯亭笛，將我從悲憫的情緒中拉了出來，這才有了恰才的一曲琴笛的合奏，讓將軍見笑了。」

高飛再一次打量了那焦尾琴，以及蔡琰手中握著的柯亭笛，他喜愛聽古人的軼事，**蔡邕救琴**，**製造柯亭笛**的事很早就知道了，只是從未見過，今日不但親眼目睹了這兩個樂器，還親耳聆聽了一曲合奏，真是太幸運了。

他見蔡琰纖細修長的小手一直握著柯亭笛，一聯想起這位站在他面前的少女便是有名的才女蔡文姬，不知道為何，心中發出一聲感慨：

「蔡琰的命運在不知不覺中被改變了，不知道以後那聞名天下的胡笳十八拍還會不會被她創作出來……」

蔡琰一頭黝黑發亮的長髮，彷彿靜止的瀑布一般；一雙不大卻圓得如同杏核的眼睛，黑白分明，沒有一絲的渾濁；那對彎彎的眉毛，只那彎曲的弧度，放在任何一個女人身上，都能成為亮點；大小適中的鼻子，如同畫龍點睛一般，把她姣好的面容完全襯托了出來。

她瞥了高飛一眼，見高飛的臉上帶著傷痕，一臉冷峻，身上散發著吸引人的男性氣息，心裡就彷彿有一頭亂撞的小鹿，弄得她心亂如麻，呆呆地站在那裡，不知道該如何是好。

「先生，你們一行人就兩個人嗎？」高飛收回在蔡琰身上的目光，對蔡邕道。

蔡邕點點頭：「老夫早年得子，不幸夭折，後來晚年才有了這個女兒，但是老妻卻遠離塵世了，只有我和小女相依為命而已。」

高飛轉身對賈詡道：「軍師，你帶先生父女二人回營地，一定要妥善安排，我帶奉孝再巡視一下。」

賈詡「諾」了聲，便向蔡邕拱手道：「晚生賈詡，請蔡先生隨晚生來。」

高飛見蔡琰手上提了幾個包袱，便對一旁的士兵吩咐道：「你們兩個，從現在起，就暫時擔任蔡先生的親衛，好好照顧蔡先生，不得有誤。」接著順手從蔡琰的手中拿過包袱，柔聲道：「蔡姑娘，這些粗活，就讓他們去做吧。」

蔡琰的手不經意碰觸到高飛的指尖，立刻感到渾身一陣酥麻，急忙收回手，臉上也泛起一陣紅暈，慌亂道：「多謝……多謝將軍……」

高飛輕聲一笑，對郭嘉道：「奉孝，我們再到前面去看看。」

蔡琰攙扶著蔡邕，見高飛的背影消失在人群中，激動的心這才慢慢平靜下來。

入夜後，由於高飛的妥善安置，所有的百姓都沒有受到饑餓，河岸邊負責打造渡船的人仍在不停地工作，在大家的努力下，已經造成近三百多艘渡船。

簡易的傷兵營寨裡，高飛也親自視察一番，對傷兵進行了安撫。

經過末尾的帳篷時，高飛掀開捲簾，大步走了進去。

營帳裡躺著徐晃和魏延，兩人一個趴著，一個仰面躺著，全身都被繃帶纏住，活像兩個木乃伊。

「主公？」

魏延斜躺在臥榻上，看見高飛來，驚喜地道：「屬下參見主公！」

徐晃聽到魏延的話，側臉看到高飛，試圖起身，奈何身上的傷口並未痊癒，只能有氣無力地趴在那裡，道：「主公到來，屬下未能遠迎，還請主公恕罪。」

高飛笑道：「你們都這個樣子了，還怎麼起來？傷筋動骨還一百天呢，這次你們跟我回幽州，路上可能會吃些苦頭，畢竟還有大批的百姓也要跟著我走。對了，你們兩個的傷，軍醫檢查得如何了？」

魏延道：「多謝主公關心，我這些都是皮外傷，算不得什麼，我身子骨硬朗著呢，不出十天就可以活動自如了。」

徐晃也道：「不礙事，就是受傷的地方在後背，只要上身一動就會受到牽連，不過，不到幽州我的傷勢就可以痊癒了。」

「呵呵，話雖如此，你們也要聽軍醫的話，好好養傷，按時換藥，到了幽州，還有許多事情等著你們去做呢。」

高飛走到魏延身邊看了看，見魏延此時臉上已經沒有當初的稚嫩，很是欣慰。

對於魏延，高飛很是欣賞，認為他有大將之才，羅貫中的《三國演義》中，說他腦後有反骨，這個純屬羅氏為了提高諸葛亮而胡寫的，**魏延謀反的事，在歷史上可以說是一件冤案**，如果他真的要謀反的話，楊儀根本不是他的對手，只是為了想取得蜀漢的大權罷了。

高飛隨即又和徐晃、魏延聊了些家常，這些小舉動，讓兩人深受感動。

第二天太陽升起的時候，高飛便開始著手準備渡河，讓士兵在岸邊指揮百姓慢慢地登船，然後經過一次次的來回，將糧草、錢財全部運到黃河北岸。

到達黃河北岸後，高飛便重新整理隊伍，讓士兵和百姓相互夾雜，井然有序地朝溫縣而去。

中午的時候，高飛帶著郭嘉、高林和三十騎兵為前隊，先行馳往溫縣。

在距離縣城還有十里的一處山坡上，荀攸和司馬防，以及溫縣縣令司馬敬並排站立在那裡，向遠處眺望著官道，在他們的身後，則是司馬防的長子司馬朗和縣衙的一幫衙役。

午時一刻，荀攸便見前面的官道上塵土飛揚，緊接著，雜亂的馬蹄聲便傳入他的耳裡，他凝視著那團土霧，見高飛一馬當先的馳來，歡喜地道：「來了來了，我家主公到了。」

司馬防穿著十分的樸實，身材高大，面目清秀，下頷帶著幾縷青鬚，順著官道望去，見一個戴盔穿甲的人向這邊策馬而來，便不住地打量起高飛來，也想一睹這個馳騁北方疆場的將軍。

不多時，高飛帶著隨行的人員便奔馳了過來，荀攸、司馬防、司馬敬、司馬朗和一班衙役都下了山坡，靜候在官道上。

「主公，前面的人是荀攸，看來他已經成功說服了司馬氏。」郭嘉指著前方不遠擋住道路的人群說道。

高飛道：「嗯，公達出馬，必然不會讓我失望。」

說話間，一行人便碰面了，高飛當先跳下馬背，一臉笑意地走了上去。

「參見主公！」荀攸、司馬防、司馬敬、司馬朗和那一幫子衙役，都異口同聲地道。

高飛歡喜道：「免禮，軍師，快給我介紹介紹吧。」

荀攸當即拉著司馬防介紹道：「主公，這位便是司馬建公……」又指了指背後的一個中年漢子和一個少年，道：「這位是溫縣令司馬敬，這少年是司馬建公的長子，叫司馬朗，字伯達。」

高飛聽後，哈哈笑道：「好啊，河內司馬氏人才擠擠……咦？怎麼不見司馬仲達？」

司馬防急忙道：「啟稟主公，仲達年幼無知，此等場面，怕冒犯了主公，所以我並未讓仲達前來，把他留在了家裡。」

高飛看了看司馬朗，將司馬朗只有十五六歲，身材已經和他父親司馬防一般高大，而且面目俊朗，看起來十分的瀟灑，便笑著對司馬朗道：「伯達英俊不俗，和司馬大人倒有幾分相似，只可惜未能見到仲達……」

司馬朗道：「主公勿憂，仲達就在縣城，如果主公想見仲達的話，簡直是易如反掌，只是屬下怕仲達會污染主公視聽，所以未能讓父親大人直接帶來拜謁，還請主公恕罪。」

高飛見司馬朗彬彬有禮，便想起了「**司馬八達**」這個名號，隨口問道：「司馬先生，不知道你膝下現在有幾個子嗣？」

司馬防對高飛很好奇，他當初雖然曾經在三輔做官，他為京兆尹，高飛是陳倉令，但是兩人卻從未見過，見高飛對次子司馬懿如此上心，更是奇上加奇。

此時，聽到高飛問起他有幾個兒子，便道：「哦，現在我的膝下只有三個兒子，長子司馬朗，次子司馬懿，三子司馬孚。」

「哦，才三個兒子啊，那看來你要多加努力了，我見你滿面紅光，印堂深紅，這一生當多子多孫……」

高飛伸出手指，裝個樣子掐算了一下，道：「嗯……我算出來，你這一生中當有八個兒子，如今才三個兒子，看來要想湊齊『司馬八達』，還需要幾年功夫。」

司馬防一臉的驚詫，他沒想到高飛會說出這番話，但是多子多孫是福氣，他能有八個兒子，這也是別人想有而沒有的，當即笑道：

「承蒙主公吉言，建公在此謝過主公了，如果以後我真的有八個兒子，我一定帶領著所有的兒子們一起當面拜謝主公。」

高飛笑道：「那倒不必，只要你們司馬氏都跟隨在我身邊，為我效力便可以了。額……建公應該三十有七了吧？」

司馬防驚道：「主公真神人也……」

「我也只是瞎猜的。」

司馬朗見父親和高飛侃侃而談，拉了拉父親的衣袖，朝高飛拱手道：「主公，如今午時剛過，主公一路辛苦，還是到城內先休息一番吧。」

高飛見司馬朗比他父親司馬防要有眼色的多，覺得司馬朗是個人才，準備回到幽州後便給司馬朗一個縣令先幹著。

實際上，他對司馬防沒啥興趣，只不過他有個很出名的兒子司馬懿，而現在

司馬懿還小，未必有什麼大智慧，而先搞定司馬防，就可以擁有司馬懿，就算當兒子一樣的養著吧，以後說不定能夠培養出一個忠心於他的牛人出來。

聽到司馬朗的提議後，高飛便答應下來。

十里的路不算太遠，邊走邊聊，一行人便到了溫縣縣城。縣城外面有許多工匠正在搭建營寨，這是荀攸招募的民工，準備給到來的百姓和軍隊留宿用的。

進城之後，高飛詢問荀攸是怎麼說服司馬防的，荀攸便將實情告訴了高飛。原來，司馬防曾經欠荀攸一個人情，荀攸一到溫縣，直接說明了來意，司馬防也聽過高飛的名聲，便爽快答應了下來，根本沒有費什麼力。

司馬防將高飛迎入自己的府邸，司馬府十分的簡單，並不是什麼大富大貴的人家，沒有任何豪華的裝飾，與一般民舍差不多，只是院落比一般民舍要大一點而已。

一進入司馬府，司馬防便將高飛迎入大廳，大廳裡擺了酒菜，將高飛請到上座。

眾人坐定後，司馬防朗聲道：「大漢遭逢董卓之亂，民不聊生，幸得有將軍這樣的人，才能使得董卓授首，今日寒舍能夠有幸迎接將軍到來，實屬蓬蓽生輝。」

高飛笑道：「天下興亡匹夫有責，我只不過盡自己的一點綿薄之力罷了。如今到了建公府上，不知道能否讓我見見你的次子司馬懿？」

司馬防臉上略有遲疑，目光中也充滿了不安，問道：「主公一定要見仲達嗎？」

高飛點點頭，心道：「若不是為了司馬懿，我才不來你的家呢。」

司馬防看了眼長子司馬朗，欲言又止。

司馬朗會意，抱拳道：「主公，仲達還是不見的好，萬一冒犯了主公，只怕……」

聽到司馬防、司馬朗如此藏著掖著，他越是來了濃厚的興趣，想想一個七歲小孩，能有什麼冒犯的，當即打斷了司馬朗的話：「去叫司馬懿吧，我倒要看看他如何冒犯我？你們放心，就算他真的冒犯了我，我也不會將他怎麼樣的。」

司馬防見高飛如此堅持，便朝司馬朗使了個眼色，司馬朗嘆了口氣，起身朝高飛拜了一拜，然後轉身離開了大廳。

高飛端起酒杯，他第三杯酒正喝到一半，見司馬朗從外面牽著一個小男孩走了進來，忍不住「噗哧」一聲笑了出來，將酒水噴灑在身邊的草席上。

在座的司馬防、司馬敬以及司馬朗都是一臉的尷尬，就連荀攸也不禁皺起了眉頭，心中暗暗想道：「這小孩就是主公說的司馬懿嗎？實在太可笑了，可是主公對他如此上心，為何司馬懿會是這副模樣？」

司馬朗鬆開那小男孩的手，朝高飛拱手道：「啟稟主公，司馬懿帶到。」

就見站在眾人面前的，是一個七歲大的小男孩，蓬頭垢面，一身的污泥，稚嫩的臉龐上看不出一絲的智慧，滿臉灰塵，兩條鼻涕掛在鼻子下面，隨即被他「咻」的一聲吸進了鼻孔，過不多時，那軟綿綿的兩條鼻涕再次從鼻孔滑了下來，然後又被他給吸進了鼻孔，如此反覆了好幾次。

他站在大廳裡，就像一個乞丐，身上的衣服破破爛爛的，上衣的胸口、袖子都被撕得粉碎，露出兩條麻杆似的胳膊，下身穿的褲子由於腰圍太大，不停地向下滑落，因而他得不時地提著褲腰，卻仍然無法制止褲子的鬆落。

再往下看，他光著腳，褲腿捲到了膝蓋上面，腳上沾滿黃泥，黃泥還帶著濕氣，像是從泥漿裡踩過一般。

他的頭髮則是遮住了半邊臉，只露出一隻大大的眼睛，目光盯著坐在上座的高飛，看了一會兒，突然嘿嘿一笑，指著高飛道：

「父親大人，你從哪裡弄來的這身盔甲，穿上之後倒顯得年輕許多，讓我差點沒有認出來……咦？父親大人，你的鬍鬚哪裡去了？」

此話一出，震驚全座，就連高飛也是一臉吃驚，心想司馬懿好歹也是個牛逼人物，怎麼小時候會是這個樣子，竟然把他當作了自己的爹。

司馬朗急忙拉了下司馬懿，喝道：「仲達，不許胡說，父親大人坐在左首，坐在上首的是我們的主公，你還不快跪下參拜主公？」

司馬防無奈地喊道：「仲達，我在這裡……」

司馬敬嘆了口氣，嘀咕道：「這個傻孩子……」

高飛站起身，走到司馬懿的面前，道：「你就是司馬懿？」

司馬懿的臉上現出一絲的驚喜，用手撥弄了下遮住半邊眼睛的頭髮，雙目炯炯地盯著高飛，毫不懼怕道：「看來我又認錯人了，父親大人哪裡有你威武哦……」

高飛也不在意司馬懿身上的泥漿，將手按在司馬懿的肩上，問道：「**既然我比你父親還威武，那你願不願意以後跟在我身邊，也變得如此威武？**」

司馬懿目光轉動著，想了一會兒後，反問道：「跟著你，真的能變得威武嗎？」

高飛點點頭道：「當然，我不光能讓你變得威武，還能讓你變得聰明，你可願意？」

司馬懿睜大眼睛看著高飛，沒有說話。

「怎麼，你不願意？」

「我本來就很聰明了，根本不用跟著你，威武也是衣服襯托出來的，等我長大了，我穿一身盔甲，也能像你一樣變得很威武，既然自己能辦到的事，我何苦去求別人呢？」

司馬防斥道：「仲達……」

高飛打住司馬防將要說的話：「小孩子嘛，童言無忌，無所謂。司馬懿，我問你，別人都乾乾淨淨的，你怎麼滿身淤泥，還有，你的鼻涕是不是也該擦一擦了？」

司馬懿伸手擦了擦流出來的鼻涕，嘿嘿笑道：「我說怎麼那麼難受呢，原來是鼻涕。我一向都很乾淨的，剛才是去抓泥鰍了，結果泥鰍沒有抓到，倒弄了一身泥，身上的衣服也給弄破了。」

「抓泥鰍？你在哪裡抓泥鰍？」

「就在我養泥鰍的黃泥潭裡，那裡有好多條泥鰍，牠們太滑了，我抓不住。」

「呵呵，如果你想抓泥鰍的話，就一定要用對方法，如果不用腦子的話，你是抓不到泥鰍的，就算抓到了，也會很費力。你有想過要用什麼方法去抓泥鰍嗎？」

「想過，但都不可行，剛才我正想到一個好辦法，就被兄長給帶來了，說要見什麼主公，你就是兄長的主公嗎？」

高飛點點頭，見司馬懿一點都不畏懼他，而且說話也隨心所欲，看著十分憨厚，**但是他卻從司馬懿炯炯有神的眼裡，看出那份隱藏在眸子最深處的睿智。**

他問道：「你兄長的主公，不也是你的主公嗎？」

司馬懿搖搖頭：「不一樣，兄長是兄長，我是我，兄長的主公不是我的主公。我聽說洛陽有對袁氏兄弟，兩個人有著同一個父親，可是他們兩人還不是在洛陽打得不可開交！所以，我是我，我是司馬仲達，而兄長則是司馬伯達，不能相提並論。」

高飛聽後，很是欣賞這句話，便問道：「**那怎麼樣的人才能成為你的主公呢？**」

「鎮北將軍高飛知道嗎？」司馬懿瞪大了眼睛，臉上帶著一絲羨慕，大聲地道，「你要是能成為他那樣的人，我就跟你。」

眾人聽後，都哈哈地大笑了起來。

司馬懿見眾人大笑，一臉的迷茫，道：「笑什麼笑，有什麼好笑的，我司馬仲達豈能隨意讓人恥笑？」

司馬朗急忙將司馬懿按跪在地上，在司馬懿的耳邊小聲說道：「仲達，站在你面前的就是鎮北將軍高飛。」

司馬懿帶著不敢相信的表情道：「兄長，你也來譏諷我？」

司馬朗正色道：「傻小子，為兄什麼時候騙過你？如果不是鎮北將軍，父親和我又怎麼會輕易投靠呢？」

「你……」司馬懿抬起頭看著站在他面前的高飛，不可置信地道：「你真的是鎮北將軍高子羽？」

高飛點點頭，一臉笑意地看著司馬懿。

司馬懿急忙向高飛叩頭道：「草民司馬仲達，久仰將軍大名，今日能得一見，實屬三生有幸。高將軍聲名赫赫，功績卓著，是仲達心目中的真英雄，如蒙將軍不棄，仲達願意從此跟隨將軍，望將軍收留。」

「起來吧，**你父親、兄長都已經歸順於我，如今你又歸順於我，可謂是三喜臨門**。」

高飛頓了頓，轉過身子，看著司馬防道：「不知道你們是否願意跟隨我一起到幽州定居？」

司馬防拱手道：「求之不得。」

司馬朗道：「就算主公不派荀先生來說服我父子，我父子也是準備要去幽州的，前幾個月，幽州烏桓人叛亂的事已經傳遍了河北，將軍不費吹灰之力便收降了烏桓人，還將所有的烏桓人遷徙到昌黎郡，加上劉使君治理幽州有方，看來以後幽州當是避亂的最佳之地。河內離京畿甚近，一旦京畿發生什麼爭鬥，河內必然會受到牽連，遷徙他地才是上善之策。」

司馬懿一聽說要出遠門，便顯得很高興，道：「很好，那我就去收拾行李，主公，咱們什麼時候去幽州？」

高飛呵呵笑道：「不急，我尚有近十萬軍民還未到達這裡，等他們到了之後，休息整頓一番再回幽州。仲達，你身上太髒了，快去洗洗，換身乾淨衣服來，一起進行酒宴，我和你父兄在大廳內等你。」

司馬懿轉身離去，高飛走回座位上，對司馬防道：「司馬仲達一向如此嗎？」

司馬防不好意思地說道：「仲達一向貪玩，有時候幾乎癡狂，今日為了抓泥鰍，更是將滿身弄得都是泥漿，有礙主公的視聽，建公在這裡向主公賠禮道歉，還望主公不要見怪。」

「小孩子嘛，貪玩是很正常的，可是，你們沒有發覺他的言行舉止幾乎接近大人了嗎？」

司馬防、司馬敬、司馬朗面面相覷，三個人都和司馬懿朝夕相處，除了知道司馬懿是個瘋小子外，倒沒有感覺到他有哪裡與常人的不同之處。

「可能是你們朝夕相處，因而未察覺到。」高飛端起酒，咕嘟一聲喝下了肚，吆喝道：「來，大家吃酒，估計仲達尚需一會兒才到。」

過了好一會兒，司馬懿換了身衣服出來，一踏進大廳，便讓高飛有一種刮目相看的感覺，小小的司馬懿站在那裡，十分的端正，稍顯白皙的皮膚烘托出一張略顯稚嫩的臉龐，但是那雙深邃的眸子裡卻散發著一股極其孤傲的自信感。

高飛一邊喝酒，一邊打量著司馬懿，見司馬懿面相並不出眾，看起來有點木訥，頗有一種大智若愚的姿態，言行舉止中透著文士的禮節，武人的不羈，不覺打心眼裡便喜歡上這個孩子，不禁嘆道：「**有子當如司馬懿……**」

隨後的幾天，高飛一直停留在溫縣。

十萬從洛陽帶來的軍民都臨時駐紮在縣城外的曠野，稍作休整之後，高飛將百姓每一百人編成一個小隊，每個小隊交給一個士兵帶領，糧草、輜重都派遣重兵看護，然後帶上司馬防一家，踏上回幽州的歸途。

一行人經過幾天的行程，來到冀州魏郡地界。

剛進入魏郡，便有斥候來報，說冀州刺史韓馥在前面帶著大軍迎接高飛。

接到這個消息，高飛對身後的賈詡道：「我們和韓馥素無瓜葛，也沒有任何來往，韓馥此時帶著大軍前來迎接，這事恐怕沒有那麼簡單。」

賈詡腦中快速思考著，對高飛道：「主公，他恐怕是為了我們所押運的財富和糧草而來的。」

「韓馥是袁氏的門生故吏，能夠做到冀州刺史的位置，也是袁紹一手操辦的，我軍駐紮在河內的時候，李鐵便從洛陽回來了，表面上，袁紹和公孫瓚暫時沒有什麼動靜，難保袁紹不會耍什麼陰招。」

郭嘉分析道：「主公從洛陽帶走十大富商，十大富商所擁有的財富可說是富可敵國，這筆財富不論流入到誰的手中，都會讓那個人一躍成為最具雄厚實力的諸侯，袁紹帳下，審配、郭圖之輩向來喜歡在人的背後使刀子，看來韓馥是衝著這筆財富來的。」

高飛覺得郭嘉分析得一點都沒錯，光一個士孫瑞身上帶的黃金就滿滿地裝了數十輛車，別說其他的銀子、珠寶了。

除此之外，其他九名富商也都身懷巨款，可以說高飛這一路上所押運的財富，足夠大漢國庫開支三年的，誰見了能不眼紅?!

「主公，以屬下看，韓馥雖然有這個心，未必有這個膽，韓馥帳下並無良將，如果主公能先給韓馥一個下馬威，必然能夠使得他不敢亂動。李鐵帶著二百名斥候一直在大軍的後面，密切關注袁紹、公孫瓚的行動，只要我們能夠通過鄴城，就可以安全通過冀州。」荀攸也提出建議。

高飛道：「你們三個負責帶領大軍繼續前進，我帶著高林和二百騎兵去前面看看，讓趙雲、太史慈、黃忠、文聘、陳到維持好隊形，並且加強糧草和輜重的看護。」

「主公，韓馥帶了上萬兵馬，主公才帶二百騎兵，只怕多有不妥，不如讓太史慈帶三千騎兵跟隨主公一起前去吧。」郭嘉擔心地道。

高飛笑道：「不用了，看護好這些百姓和糧草輜重也是同等大事，文和、公達，這裡就交給你們兩個了，奉孝去通知一下士孫佑，讓他們做好警惕工作，並且待在他那裡，萬一有什麼突發狀況，你也好隨機應變。」

「諾！」

高飛隨即帶著高林和二百騎兵直奔前方不遠處的鄴城。

第五章

幽州十八驃騎

高飛任命趙雲、黃忠、太史慈、張郃、徐晃、龐德、魏延、陳到、文聘、盧橫、胡彧、管亥、周倉、廖化、高林、褚燕、卞喜、夏侯蘭同為將軍，合稱幽州十八驃騎。在俸祿上，原本的五虎將則比其他人要略微高一點點。

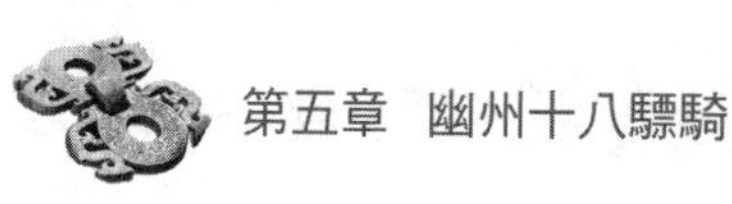

沿著官道，高飛等人一路奔跑了十餘里路，看到韓馥帶著大約一萬五千人的馬步軍堵住了道路，他便放慢前行的速度，緩緩地向岔路口駛去。

討伐董卓時，韓馥的兵馬一直未曾參戰，在冀州一帶調度糧草，成為袁紹的堅實後盾。

就在前兩天，他接到袁紹派人送來的密報，要他在冀州攔截北歸的高飛，他雖然不太願意，可是出於以前袁氏對他的恩情，他也就答應了下來，這才在今天帶著大軍堵在這個岔路口，不讓高飛從魏郡通過。

韓馥騎在一匹戰馬上，披著一身的戰袍，身後幾員將軍依次排開，右手邊則站著冀州別駕沮授。

「高飛果然來了，要想去鉅鹿，這裡是必經之地，在這裡堵住他們，比什麼都管用。」韓馥一臉的喜悅，看到高飛只帶著二百騎兵前來，便對身邊的沮授道。

沮授嘆了口氣，看著曾經和他有過一面之緣的高飛，朝韓馥拱手道：「大人，高飛怎麼說也是鎮北將軍，如今幽州牧劉虞已死，陛下又被馬騰帶到了長安，幽州已經成為無主之地，但是前幾次派去幽州的斥候回報，卻看不見幽州有一絲的動亂，究其原因，是高飛的部下在幽州駐守的結果，我們就這樣唐突的攔截高飛，只怕會招來天下的唾罵，還請大人三思啊。」

韓馥執意道：「你不用說了，我知道這樣有點不夠仁義，可是我也沒有辦法啊，我欠袁氏太多，這次權當是我償還袁氏以前對我的恩情吧。我讓你跟我來是對付高飛的，不是聽你說那些沒用的話。高飛驍勇，尚有許多騎兵，他現在只帶了二百騎兵，肯定有詐，你快想個辦法，擒殺了高飛之後，你也是大功一件。」

沮授看著一馬當先的高飛正朝這邊馳來，想起以前和高飛見面時的情形，雖然只有一面之緣，可那時他就把高飛看成了忘年交。

他為人剛正，見韓馥一意孤行，自已也無法勸阻，便策馬轉身，對韓馥道：「高飛和我是舊識，我不能這樣害自已的舊友，高飛只帶了二百騎兵，沒有埋伏，我能為大人做的就只有這些了，大人請為所欲為吧，我回鄴城了！」

話音一落，未等韓馥搭腔，沮授便拍馬飛馳而去，將韓馥氣得不輕。

「這個沮授，脾氣如此臭，等我解決了高飛，回去再找你算帳。」韓馥看著沮授的背影，恨恨地道。

「大人，高飛只帶了二百騎兵前來，我們有一萬多大軍，以屬下看，不如一擁而上，將高飛四面圍定，他一定無法脫逃。等解決了高飛，再派大軍去襲擊他的部隊，一定能夠將高飛隨軍運送的糧草和錢財全部搶奪過來。」一名戰將朗聲道。

韓馥搖搖頭，臉上揚起一絲陰笑：「區區二百來騎，何必動用大軍？我有上將**潘鳳**在此，區區高飛，何足掛齒？」

韓馥背後的戰將一起看向最左側的一個大漢，那大漢虎背熊腰，身體魁梧，手握一柄開山大斧，胯下騎著一匹栗色戰馬，身上披著一身重鎧，頭戴熟銅盔，一臉猙獰之色，在光天化日之下，讓人看了也不禁產生一絲懼意。

那大漢一臉的得意，正伸出猩紅的舌頭舔了舔嘴唇，幾個人都不禁朝一邊退了退，同時吞下一口口水。

那大漢雙目炯炯有神，來到韓馥面前，朗聲道：「主公放心，有我潘鳳在此，不出三個回合，便能將高飛一斧頭劈成兩半。」

韓馥滿意地道：「很好，這才是我冀州兵的實力……」

說話間，高飛帶著二百騎兵在韓馥的正前方停了下來。

高飛全身披掛，手持遊龍槍，看著前方一字擺開的韓馥大軍，策馬上前道：「這不是冀州刺史韓馥韓大人嘛，韓大人如此勞師動眾，可是為了迎接我？」

韓馥道：「高飛，我奉袁太尉之命在此攔截你，你殺害洛陽十大富商，並且捲走了十大富商的財產，還逼迫洛陽百姓跟你回幽州，這樁樁惡事，我韓馥豈能容你？識相的，就把所押運的糧草、錢財全部留下！」

「哦？」高飛冷笑一聲，「原來袁紹是這樣跟你說的啊，那他有沒有告訴你，他為了爭奪玉璽，不惜和群雄開戰，弄得洛陽城一片火海，至今餘火尚未熄滅，這種惡行，不知道你韓馥容得容不得？」

「哼！太尉大人有先見之明，讓我不要聽你的花言巧語，看來是說對了，你如此污衊太尉大人，到底是何居心？」

高飛突然表情猙獰，兩隻眼睛瞪得如同銅鈴一般，怒吼道：「少廢話！你到底想怎麼樣？」

他的吼聲將韓馥座下戰馬弄得驚慌不已，險些讓韓馥從馬上跌落地上。

韓馥強作鎮定，心中慨然道：「高飛平黃巾，定涼州，殺十常侍，又在幽州收服了幾十萬烏桓人，在討伐董卓時也是一馬當先，這樣驍勇的人確實不簡單，看來只有派潘鳳去殺他了……」

韓馥隨即策馬回到本陣，對身後那個手持大斧的大將喊道：「潘鳳！此時不去將高飛砍殺，更待何時？」

話音一落，便見潘鳳拍馬而出，掄著一柄開山大斧朝高飛衝了過去，口中還兀自地大叫著：「高飛納命來！」

高飛手中緊握遊龍槍，心中暗道：「原來他就是上將潘鳳，正好拿他來給韓馥一個下馬威……」

剛準備策馬而出，高飛背後的高林便飛馬而出，同時大喊道：「主公勿動，高林在此，此等無名小卒，不值得主公動手！」

高飛見高林衝了出去，便沒有再動，只靜觀其變。

高林手握長槍，見潘鳳舞著大斧衝了過來，便舉起手中長槍，臨近之時，但見潘鳳一斧頭劈了下來，高林順勢架住大斧，然後手中長槍陡變，一連刺出了三槍。

只聽潘鳳身上「噗、噗、噗」三聲悶響，胸前已經被長槍透入，高林一槍將他整個人給挑了起來，接著刺了個透心涼，順勢摔在地上，便一命嗚呼了。

潘鳳一死，韓馥大吃一驚，萬萬沒想到高飛還沒有出手，自己手下最值得信賴的大將便被高飛手下一個不起眼的親兵屯長給一個回合殺了。

他驚慌失措之中，急忙大叫：「殺了他，你們幾個人一起上去殺了他。」

韓馥背後的幾員戰將不進反退，就連士兵也都倒退一步，在他們的心中，潘鳳已經被韓馥豎立為軍中支柱，支柱一倒，其餘皆驚，都不敢向前。

高飛策馬來到高林身邊，衝高林讚道：「好樣的，沒有給我丟臉，我們高氏就應當如此。」

高林道：「區區無名之輩而已，主公乃萬民之主，賈軍師曾經交代過我，讓我好好保護主公，以後還請主公不要再以身涉險。」

「無妨，我心中有數。」高飛朝韓馥道：「韓大人，你我無冤無仇，何必為了一些小事動刀動槍的？袁紹跟你說的都是假話，我並未殺害十大富商，更沒有威逼利誘洛陽百姓，這一切都是他們自願跟隨我的，冀州之民超過三百萬，韓大人不想著如何治理冀州，卻道聽塗說，再次攔截我，若不是因為怕傷了和氣，我早帶領大軍前來和你一戰了。烏桓突騎天下聞名，我的部隊中更是有不少烏桓突騎兵，試問韓大人，若是我派遣五千突騎兵前來攻打你，以你現在的這些部下，又該如何抵擋？」

韓馥支支唔唔地道：「這……這……那……我……」

「韓大人，不如這樣，你現在就退兵回鄴城，繼續做你的冀州刺史，我回到幽州之後，便會繼任幽州牧，到時候幽州和冀州彼此和平，豈不很好？」

韓馥早已經丟了魂了，烏桓人叛亂的時候，他因為害怕烏桓人會殃及到冀州，而冀州刺史所在的高邑城離幽州很近，於是他就將州刺史的治所遷徙到魏郡的鄴城去。

他一想到高飛部下有令人喪膽的烏桓突騎，整個人便害怕起來。此時，一聽到高飛的提議，急忙道：「好好，就這樣辦，我一時糊塗，受人唆使，差點和高將軍起了衝突，我這就撤軍回鄴城，咱們以後井水不犯河水。」

高飛笑道：「韓大人果然是個聰明的人，這樣做就對了。」

韓馥隨即對身後的士兵喊道：「全軍撤退，回鄴城！」

「等等！」

韓馥正要策馬後退，突然聽到高飛的叫聲，心下一驚，以為高飛反悔了，急忙低聲下氣地問道：「高將軍還有何吩咐？」

高飛道：「韓大人，袁紹乃狼子野心，他雖然貴為太尉，做的事情卻讓人所不恥，如今洛陽城毀於一旦，京畿一帶的百姓也都流離失所，洛陽恐非久留之地。相反，冀州相對安定，民多地廣，很有可能會遭到其他人的覬覦，袁紹、公孫瓚、曹操都非尋常之輩，還請韓大人早做準備，以應對不測。

「另外，右北平太守公孫瓚和袁紹待在一起，如果他要是北歸幽州的話，還請韓大人予以攔截，當然，如果韓大人沒有那個能力的話，也無所謂。公孫瓚殺了幽州牧劉虞，全幽州的人都等著殺他呢，如果韓大人能施以援手的話，那我就感激不盡了。」

「一定……一定……不知道高將軍還有何吩咐？」韓馥一改開始的強硬態

勢，低頭哈腰地道。

高飛笑道：「沒了，韓大人請回吧。」

韓馥帶著大軍一溜煙地順著左邊的道路回鄴城了，連地上潘鳳的屍體也來不及帶走。

「主公，韓馥如此懦弱的人，如果主公趁這個時候殺了他，那冀州不就是歸主公所有了嗎？」高林不解地道。

「不，韓馥雖然懦弱，可是冀州的城池很難攻打，咱們數次路過冀州，所過之處，城池的城牆都很高厚，加上冀州的兵馬也很多，如果我們這個時候攻打冀州，兵力上肯定不足，而且我們還帶著富商和百姓，只有先帶領著他們回到幽州之後，才能慢慢的蠶食冀州。只要冀州還是韓馥為主，那就不難攻打。」

「那萬一別人先我們一步占領了冀州呢？比如袁紹，他現在可是已經成了喪家之犬，肯定要找地方棲身的。」

「我把話都說到這個份上了，韓馥應該會對袁紹有所防範，總之，不管怎麼樣，我們現在一定要先回到幽州，冀州的地形我都掌握得差不多了，以後要想占領冀州易如反掌。你回去通告兩位軍師，讓大軍加速前進，必須迅速通過冀州，儘快趕回幽州。」

「諾！」

已經是深秋了，森林裡一望無際的林木都已光禿，老樹陰鬱地站著，無情的秋天剝下了它們美麗的衣裳，它們只好枯禿地站在那裡。

高飛帶著十萬軍民終於要抵達幽州了，歷經二十多天的長途跋涉，一行人都十分的疲憊。

深秋的季節讓一切都變得蕭條起來，越臨近幽州，天氣就變得越涼，給這些還穿著單薄夏衣的人們帶來了意想不到的困難。

太陽被向前推進的碎雲遮住，一大片厚實的淺灰色雨雲從西方地平線上湧來。不遠處，斜飄的大雨已經傾注在田野和樹林上。

從雨雲那邊吹過來濕潤含雨的空氣，雨雲偶爾被電光切開，雨雲越來越近，極亮的晴午忽然變成黑夜似的。

閃電撕碎濃重的烏雲，巨雷在低低的雲層中滾過之後，滂沱大雨鋪天蓋地的壓下來，像是要將龜裂的大地進行一次徹底的灌溉，只小會兒的時間，地上便有了積水。

「還有多遠到范陽？」高飛整個人都已經濕透了，問了下身邊的賈詡。

賈詡道：「不足二十里，高林已經帶著親隨去范陽通知張郃了，一會兒就會前來迎接主公的。」

高飛回頭看了看長長的隊伍，百姓、軍隊、牲口都在滂沱的大雨中艱難的行走著。

「軍師，我到後面看看，張郃若是帶人來了，就讓他立刻幫忙著將百姓帶走。」高飛衝賈詡喊道。

高飛策馬朝後面走去，一邊向人群喊話打氣道：「前面就是幽州了，大家再加把勁，堅持一下，到幽州之後，就能睡個好覺，吃頓好飯了。」

突然「喀喇」一聲巨響，高飛剛剛經過的一輛馬車轟然斷裂開來，車轅和馬匹脫開，馬車內也傳來一聲女子的驚叫聲。

馬車側翻在道路中央，阻斷了後面車輛的繼續前進，高飛急忙下馬，對周圍的士兵喊道：「快，將馬車扶正，推到路邊，不要擋住了後面車輛的前進。」

十幾名士兵和高飛一起將馬車扶正，然後將馬車推到路邊，士兵則回到道路中央，繼續帶領著百姓向前趕路。

高飛來到馬車邊，未曾多想，急忙掀開車輛的捲簾，想看看車內的人有沒有大礙，誰知道捲簾剛一掀開，便見蔡琰在車內，身上單薄的衣服早已經被勾破了，露出胸前一片雪白的春光，身子也被地上的積水浸濕，濕漉漉的衣服緊緊地貼在身上，將她玲瓏的曲線完全烘托了出來。

「啊——」蔡琰剛剛經歷翻車的驚嚇，還在驚慌失措時，見捲簾突然被掀開，急忙用雙手擋在胸前，同時大叫了一聲。

高飛急忙合上捲簾，他哪裡知道車內的女子會是如此狼狽，更不知道車內的女子就是蔡琰，急忙賠禮道：「蔡姑娘，實在對不起，我不是故意的，剛才我只是想看看你受傷了沒有，沒想到……都怪我，我冒犯了姑娘，還請姑娘恕罪！」

「琰兒……琰兒……」

蔡邕這時從前面頂著風雨，朝這邊跑了過來，他聽到女兒的驚呼聲，擔心女兒出了什麼事。

高飛一臉的尷尬，自從在黃河岸邊見過蔡氏父女後，他讓賈詡好好地安排蔡邕和蔡琰的起居，一路上便忙著去處理棘手的事，就將蔡氏父女的事拋到了腦後。

這時他見蔡邕愛女心切的跑了過來，也不知道該怎麼解釋，只朝蔡邕拜了拜，就愣在了那裡。

蔡邕看到高飛也在，向高飛行禮道：「高將軍也在啊，請恕老夫眼拙，剛才愛女心切，未能及時看到將軍的身影。」

「不妨事……不妨事……只是剛才我不小心冒犯……」

高飛的話還沒說完，便見蔡琰從馬車裡探出頭來，臉上帶著羞紅，目光閃爍，不敢直視高飛，說道：「高將軍，父親大人，我沒事，請不要為我擔心。」

聽到蔡琰的話，蔡邕這才安心下來，對高飛道：「高將軍，我父女二人一路上承蒙將軍照顧，衣食住行無憂無慮，老夫在這裡謝過高將軍了。」

高飛瞥見蔡琰在偷偷地看自己，可當他看過去的時候，蔡琰急忙移開了目光。他對蔡邕道：「先生乃海內名士，如果我不以國士之禮相待，只怕會被天下人恥笑。先生，這裡風雨頗大，還是請先生到車內稍坐，這輛馬車是不能用了，還請先生和姑娘同乘一輛車，前方不足二十里便是范陽城了，到那裡就可以暫時歇息一番，停上幾日再回薊城不遲。」

「父親大人，請您去取一件女兒的衣物來，女兒身上的衣服被劃破了，這樣無法見人。」馬車內響起蔡琰溫柔的聲音。

蔡邕應了聲，朝高飛施禮過後，這才離開。

「高將軍，剛才的事實屬偶然，請將軍不要掛在心上，小女子一路上有幸得到將軍的照顧，已經心滿意足了，請將軍切莫為此事耿耿於懷。」

蔡琰的聲音充滿了知性，知書達禮的她並不埋怨高飛，她只怕這件事讓她父親知道，畢竟她還是個待字閨中的少女，要是此事傳了出去，她估計以後也沒臉見人了。

「哦，好的，既然姑娘沒事，那我就放心了，等到了范陽，我一定好好的補償姑娘。」高飛順口道。

馬車內的蔡琰此時心跳不已，她聽高飛說起到「補償」，心裡不禁蕩起陣陣漣漪，暗自想道：「你看到了我的身體，**從今以後，我就是你的人了，娶我是最好的補償……**」

蔡邕這時走了回來，手裡拿著油紙傘，關心地道：「將軍，雨水大，風涼，將軍站在風雨中恐怕身體會有恙，還請將軍保重。」

高飛接過蔡邕遞過來的油紙傘，道：「多謝先生好意，先生也別著涼了，我那邊還有事，就先告辭了。」

蔡邕也不挽留，見高飛走了，便將衣服遞給車內的蔡琰，對裡面的蔡琰道：「琰兒，你覺得高將軍為人如何？」

蔡琰心中一跳，卻不知道該怎麼回答，紅著臉道：「父親大人，您怎麼突然問起這個了？」

蔡邕道：「高將軍是個雄主，以後一定會成為力挽狂瀾的人物，你若是覺得他可以的話，為父便托人打聽一下，看看他是否有妻室……」

「父親大人……」

「我這也是為了你好，你母親死得早，你是我唯一的親人，只有把你安排妥當了，為父才算真正的省心。高將軍一路上對我們父女照顧有加，而且他又是個極有作為的人，**為父想把你許配給高將軍，不知道你意下如何？**」

「……」蔡琰沒有回答，心中卻是歡喜不已。

蔡邕也不是傻子，他能夠從女兒的舉止中看出一絲異樣，見女兒不答，他也不再問，心裡盤算著到了幽州之後，該如何向高飛提出這件事。

高飛翻身上馬，手持油紙傘，算是擋住了劈頭蓋臉而來的雨水，不經意間看到握著的傘把上刻著一個「琰」字，笑了笑，什麼都沒說，繼續鼓舞士兵前進。

雨水還在不停地下，高飛帶著部隊已經離范陽越來越近了，但見前方的道路上駛來一彪騎兵，為首一人便是張郃，側後方則是龐德、高林、盧橫、管亥等將。

高飛迎了上去，向著在風雨中奔來的張郃等人大聲喊道：「怎麼來得那麼晚？」

張郃、龐德一行人拜道：「請主公恕罪！」

張郃帶來兩萬多騎兵，還拉來了許多輛馬車，讓百姓們和傷兵都坐在馬車裡，在士兵以及十大富商的配合下一起向范陽駛去。

半個時辰後，高飛從洛陽帶來的十萬軍民都到了范陽，住進早已準備妥當的營寨，算是有了一個遮風擋雨的棲身之地。

如今的范陽還只是一個小縣，屬於涿郡，縣城雖小，卻讓高飛感到很舒適。

他先洗了一個熱水澡，換了一身乾淨的衣服，將張郃、龐德、盧橫、管亥叫來，問道：「公孫瓚在右北平的舊部如何？」

張郃是指揮這次戰鬥的全權負責人，向前跨了一步，道：「屬下幸不辱命，在鮮于輔、田疇、龐德、盧橫、管亥的配合下攻下了右北平，並且收服了公孫瓚的舊部，單經、田楷、王門、鄒丹皆仰慕主公大名，率領舊部歸附，如今鮮于輔、田疇、周倉、廖化正在駐守右北平，田軍師也已經親臨薊城坐鎮。」

「北方的鮮卑人沒有什麼動靜吧？」高飛接著問道。

盧橫答道：「主公放心，丘力居、烏力登、難樓、蹋頓、烏力吉都率部駐守在長城一帶，鮮卑人並不知道幽州的情況，就連互市也暫時關閉了，在主公離開的日子裡一切正常。」

「很好，如此一來我就放心了，如今劉虞已死，幽州暫時無主，鮮于輔、田疇是劉虞舊部，公孫瓚也成為了塚中枯骨，已經是窮途末路，必然不敢回到幽州，我們等於不費吹灰之力占領了幽州，剩下就該好好進行一番休整了。」

「田軍師讓屬下轉告主公，請主公一回到幽州就立刻趕赴薊城，儘快繼任幽州牧，以穩定幽州百姓的心。」盧橫拱手道。

高飛道：「不急，我軍剛剛回來，尚需休整幾日，有田豐坐鎮薊城，我沒有什麼好擔心的。盧橫，范陽是你的老家吧？」

盧橫點點頭，道：「主公是不是有什麼事想讓屬下去做？」

高飛道：「既然范陽是你的家鄉，那你從今天起就留在范陽，我聽說范陽有盧氏、鄒氏、簡氏、燕氏、苑氏、邵氏、祖氏七姓望族，我留給你一萬兵馬駐守此地，好好的安排那些洛陽來的百姓，並且修建村鎮，擴建城池，以你對范陽的熟識，在范陽內部招攬人才，你可能做到？」

盧橫見高飛對自己如此器重，立即抱拳道：「屬下定當不負主公厚望。」

高飛道：「范陽乃南出幽州的門戶，與冀州的中山、河間相臨，而且河流遍地，土地肥沃，極適合在這裡進行開墾，我要你將范陽打造城軍事重鎮的同時，進行必要的農事生產，讓百姓在范陽進行屯田，你能做得到嗎？」

「主公放心，盧橫一定竭盡全力的完成主公交託的事。」

「很好，那我現在就任命你為建威將軍、范陽令，留給你一萬馬步駐守此地。」

「多謝主公！」

張郃、龐德、管亥也都替盧橫感到高興，他們都知道盧橫是跟隨高飛最久的人，而且無論在政務上還是在軍事上都有顯著的功績，同時，三人也感到高飛如此安排的重大意義，幾個人都暗自摩拳擦掌，期待著對冀州的戰鬥何時開始。

高飛又詢問龐德、管亥有關瀋陽、遼東以及樂浪的情況，還有周邊高句麗的動靜，知道一切都正常之後，這才放下心來。

之後三天，高飛等人在范陽進行了一番休整，留下盧橫帶領著一萬馬步軍以及那些跟隨著高飛到幽州來的洛陽百姓，自己則帶著十大富商和剩下的兵馬回薊城。

兩天後，高飛一行人回到薊城，田豐帶領著部下出迎，幾句寒暄後，將高飛一行人迎入了薊城。

薊城並不大，相比之下，要比洛陽城小很多，甚至比高飛擴建後的遼東城還要小，對十大富商來說，這樣的一座城，他們要住在什麼地方。

高飛早已看出十大富商所擔憂的事，於是在進城之後，便召集了所有的人，齊聚在州牧府的大廳裡。

大廳裡此刻高朋滿座，蔡邕、盧植、賈詡、荀攸、田豐、郭嘉、許攸等文士坐在高飛的左手邊，依次排成兩排。右手邊則是蓋勳、趙雲、張郃、黃忠、太史慈等武將。

富商們則坐在文武兩列，左右各擺放了兩排蒲團，大家均以正坐就席，面前的小几案上放著一些酒菜。

看到群賢畢至，高飛向侍立在身後的高林抬了抬手。

高林會意，快步地跑出大廳，再次回來的時候，便帶來一群能歌善舞的妙齡少女，還有幾名宮廷樂師。他朝那些人小聲吩咐了一下後，再次回到高飛的身邊，湊在高飛的耳邊道：「啟稟主公，一切準備妥當。」

高飛點點頭，朗聲道：「諸位，今日我們難得共聚一堂，就請我們共同舉杯，先滿飲此杯，欣賞完一段歌舞後，再慢慢暢談。請！」

於是，在座的人共同舉杯，就連司馬懿也舉杯喝下了生平的第一口酒。

一杯酒下肚之後，高林拍響了巴掌，掌聲三響之後，那幾位宮廷樂師便開始演奏起來，那群由二十個少女組成的舞蹈隊也翩翩起舞。

輕歌曼舞，佳音妙曲，美人起舞，大廳裡充滿了歡樂的氣氛。

當曲終人散，舞蹈停止後，那群樂師和舞女便離開了大廳。高飛朗聲道：「諸位，前幽州牧劉使君被公孫瓚所害，命喪洛陽，如今陛下西都長安，洛陽也化為了一片焦土，幽州不可一日無主，我高飛不才，願意鐵肩擔道義，暫時擔當幽州牧之職，好讓幽州一百九十多萬的民眾安居樂業，也希望在座的諸位給予支持和協助。」

眾人都沒有異議，鮮于輔、田疇是劉虞舊部，自然知道劉虞對高飛器重，而且高飛也似乎更擅長處理周邊的外夷關係，加上他的部下作戰實力不容忽視，對他們來說，高飛接任幽州牧自然是最佳人選。其餘的人都是高飛的部下，那就更加沒有異議了。

盧植看到昔日的部下成為幽州牧，沒有一絲的嫉妒心理，反而顯得很高興，當下拱手道：「子羽接任幽州牧是萬民所向，幽州以後必然能夠成為一片樂土，當真是可喜可賀。」

蓋勳道：「幽州地處大漢邊疆，北有鮮卑，東有高句麗、扶餘等外夷，將軍這個鎮北將軍不足以威懾外夷，我和盧公、蔡中郎已經商議過了，準備聯名上表朝廷，奏請陛下冊封將軍為驃騎將軍、燕侯，以統領河北軍政，威懾外夷。」

蔡邕一生仕途不順，便苦苦專研文學、書法、音律等，再者，他想將女兒嫁給高飛，自然也要出來說上一兩句話，當即道：「將軍救民於水火，此等義舉必然能夠成為天下人的楷模，若能冠以驃騎將軍、燕侯統領河北軍政，必然能夠威懾外夷，使得外夷不敢窺我華夏，實乃萬民之幸，大漢之幸也。」

賈詡、荀攸、趙雲等人異口同聲地道：「請主公就任幽州牧，執掌幽州，我等願意聯名上奏朝廷，懇請陛下冊封主公為驃騎將軍、燕侯。」

高飛也不客氣，緩緩地站了起來，朗聲道：「既然是眾望所歸，那我高飛從今天起，便就任幽州牧，執掌幽州！」

大廳裡，所有人都洋溢著喜悅，高飛也不例外，他看了一眼蓋勳，見蓋勳這個傢伙倒也不是十分的迂腐和死忠，關鍵時刻還是能夠給他帶來好處的。他心裡很明白，蓋勳所提議的驃騎將軍、燕侯是什麼概念。

驃騎將軍是將軍銜中僅次於大將軍的第二等將軍，在任命軍職和處理軍務上也有頗多的許可權，比鎮北將軍高出許多倍，甚至可以直接挪用其他州郡的兵馬，當然，其他州郡要是同意的話。

而燕侯這可是一個重量級的侯爵，幽州一帶乃是古燕國舊地，就任燕侯，也就等於是把整個幽州都封給他作為食邑，也就是說，**只要他願意，他可以隨時讓幽州改稱燕國**。

高飛的心裡美滋滋的，舉起酒杯朝蓋勳笑了笑，心中不禁道：「蓋勳果然是一位值得深交的好友，從涼州認識他以來，他沒少幫助我，如果傅燮不死的話，估計也應該可以作為我的一個很好的幫手，以後治理一州之地，這樣的人才是少不了的。」

酒宴還在繼續，所有的文士和武將都放懷暢飲著。

高飛端起酒杯，一個接一個的敬酒，他敬完所有的人之後，回到座位上，道：「幽州共有十一郡，其中以遼東、樂浪、上谷、代郡、昌黎、漁陽、右北平七郡最為主要，既然我已經執掌幽州，那就該重新任命一下當地的太守……」

眾人都放下了手中的酒杯，看著高飛。

高飛接著道：「幽州剛剛經歷過烏桓之亂，百姓大多還沒有恢復生產，加上今年有遭逢大旱，使百姓在農事上受到了嚴重的損失。為了防止出現饑荒，和鼓勵百姓恢復生產，我現在任命合適的太守人選。」

「我等洗耳恭聽！」眾人一起朝高飛拱手道。

高飛經過一番深思熟慮，將自己心目中的人選給公布了出來：

「張郃，你繼續帶領部下駐守上谷，並且擔任上谷太守。」

「諾！」

「崔琰出任代郡太守、司馬防出任右北平太守，鍾繇出任漁陽太守，鮮于輔出任遼西太守，蓋勳出任昌黎太守，遼東太守由國淵擔任，樂浪太守仍由胡彧擔任，盧植出任涿郡太守，士孫瑞為廣陽郡太守，以上幾人，希望你們能夠擔起太守重任，使得百姓安居樂業。」

被任命為太守的人都站了出來，異口同聲地答道：「我等定當不負主公厚望。」

高飛點點頭，掃視了一下眾將，又道：「趙雲率五千騎兵趕赴代郡駐守，龐德率部五千繼續屯駐在瀋陽，以確保遼東的安全。」

趙雲、龐德異口同聲地答道：「諾！」

高飛看了一眼十大富商，這才緩緩地道：「薊城太小，在近日內要進行擴建，還請士孫大人在財力上予以協助，爭取將薊城建設成為北方巨城，一切街市的營建，就按照洛陽城內的布局來建築，這件事交給你沒有問題吧？」

士孫瑞當然不會拒絕，他有的是錢，此時不僅得到了太守的職務，還讓他擴建薊城，對於建築城池，他是最拿手的了，因為他又可以在擴建的時候打造出一個新的士孫府來。

他當下回應道：「沒有問題。」

高飛也很清楚士孫瑞想要什麼，他讓士孫瑞出錢，自己出力，這是個很好的主意，不僅可以恢復士孫府的原有容貌，甚至可以通過士孫瑞造出一個巨大的城池，也順便能夠將他的燕侯府一併建造起來。

他相信，**有錢能使鬼推磨**，士孫瑞和十大富商都過慣了錦衣玉食的生活，建造新的城池，自然會更加賣力，畢竟洛陽已經化為一片廢墟，他們想回也回不去了。

隨後高飛又設立了一個智囊團，以賈詡、荀攸、郭嘉、田豐、荀諶、許攸、司馬朗七人為團員，共同擔任參軍之職，而以賈詡為首席軍師。

他這樣做是為了回報賈詡，自從賈詡跟隨他以來，沒少給他出主意，而且他曾經答應過賈詡，無論他有多少謀士，都會讓他擔任謀主，何況賈詡也是智囊中年紀最大的。

除此之外，高飛重新任命了將軍，以趙雲、黃忠、太史慈、張郃、徐晃、龐德、魏延、陳到、文聘、盧橫、胡彧、管亥、周倉、廖化、高林、褚燕、卞喜、夏侯蘭同為將軍，官位同在一列，合稱幽州十八驃騎。但是在俸祿上，趙雲、太史慈、張郃、龐德原本的五虎將則比其他十三個人要略微高一點點。

高飛宣布完任命後，又和眾人暢飲了一會兒，之後便散會了。

會議散去，高飛已經有些醉意，被高林扶著進了自己的房間，剛躺下不久，便聽見門外高林在和誰說話，隱約聽到高林說道：「主公已經睡下了，有什麼事，明日再來吧。」

高飛很是好奇，這麼晚了，誰會來找他，便打開房門，見蔡邕正好轉身要走，趕忙喊道：「是蔡先生啊，這麼晚了，找我有什麼事嗎？」

蔡邕道：「哦，有些私事想找大人計議一下……」

「進來吧，反正我這會兒也睡不著。高林，以後蔡先生來，不得阻攔。」

高林「諾」了聲，做了個請的手勢，然後將房門給關上。

蔡邕和高飛坐定之後，高飛給蔡邕倒了碗熱茶，道：「蔡先生，高林剛才冒犯了蔡先生，我在這裡給先生賠禮。」

「不妨事……」蔡邕不以為意地道：「高將軍也是為了大人著想，他對大人忠心耿耿，並沒有冒犯老夫。」

高飛道：「先生此來，不知道有何見教？」

蔡邕略微遲疑了一下，這才緩緩地道：「哦，是有一點私事想找大人……」

高飛見蔡邕欲言又止，目光閃爍，便道：「先生不必拘禮，有什麼話儘管直說。」

蔡邕深思了一下，這才說道：「我聽說大人已有正妻，不知道大人可曾想過再娶一位側妻？」

高飛聽了，暗暗想道：「蔡邕深夜到訪，只和我談及娶妻的事，難不成是為了他女兒蔡琰來做媒？」

見高飛若有所思，蔡邕接著道：「我膝下有一小女，大人也見過，雖然談不上是傾國傾城之色，可也略有幾分姿色，而且從小受到薰陶，琴棋書畫樣樣精通，才學也頗為過人……」

蔡邕說到這裡，頓了頓，見高飛聚精會神的聽他說話，便繼續說道：「我聽說大人成婚兩年，至今尚未有子嗣，小女有旺夫益子之相，更兼賢良淑德，如果能夠嫁給大人，必然能夠給大人增加幾個子嗣。所謂不孝有三，無後為大，大人也該早點有個子嗣才是。」

高飛笑笑道：「先生是想將女兒許配給我做側室？」

蔡邕雖然沒有說的那麼直白，但是他確實就是這個意思，在范陽時，他一直找不到機會說，這次跟隨高飛一起來到薊城，瞅準機會，這才深夜造訪。

他一臉慈祥地道：「老夫正是此意，不知道大人以為如何？」

白送上門的女人，高飛自然不會不要，何況還是歷史上有名的才女，又是待字閨中的美少女，他沒有理由拒絕。

高飛笑道：「那蔡姑娘同意嗎？」

蔡邕聽到這話，知道高飛已經同意了，歡喜道：「當然同意，小女和大人有過兩面之緣，對大人一見鍾情，正是因為這樣，老夫才親自為小女前來說媒，大人的意思是同意了？」

高飛道：「同意。不過，現在正值薊城擴建期間，而且我剛剛執掌幽州，幽州還不太穩定，這個時候我沒有心思去辦理自己的終身大事，以我看，不如就先和蔡姑娘訂下婚約，等幽州穩定下來後，再舉行盛大的婚禮，廣邀天下英傑共聚幽州慶祝，不知道先生以為此事如何？」

只要高飛答應下來，女兒就等於是高飛的未婚妻了，什麼時候成婚不過是一句話的事，蔡邕點點頭，雙方就算談定了。

高飛送走蔡邕後，躺在床上，腦海中不禁浮現出貂蟬的身影來，自言自語地道：「不知道貂蟬知道我要再娶，會作何感想？她跟著我沒少吃苦，也是時候把她從遼東接到薊城來了。」

高飛執掌幽州後，便開始著手治理幽州，他將薊城作為整個幽州的行政中心，向各郡縣發布命令，重新更換各縣的縣令，兵力也部署得十分得當。

士孫瑞也開始擴建薊城，他用自己的錢財招募民夫，要將薊城建造成比洛陽城還要大的城池，並且和九大富商一起協力建造一個新的家園。

除了擴建薊城外，高飛還招募民夫修建遼西走廊，他要打通從薊城到遼東的道路，修建出一條寬闊的大道出來。

他還在薊城內設立了聚賢館，讓人從遼東將管寧、邴原接來，和蔡邕在聚賢館內開設學堂，另一方面，還設立了武館，取名為「北武堂」，專門負責招募弓馬嫻熟、作戰驍勇的士兵。

整個幽州都在大興土木，臨近寒冬的天氣卻沒有受到影響，反而能夠看到工地上的民夫幹得是熱火朝天。

今年的大旱讓許多百姓無法進行播種，荒蕪的土地也龜裂了，只有少數靠近河流的地方才沒有受到影響，百姓便應募成為民夫，為建設幽州貢獻力量，最主要的是，不僅有工錢拿，還有飯吃，這種好事，沒有人不喜歡。

州牧府中，高飛這半個月來忙得不可開交，一面要任命合適的人選擔任各縣的縣令，還要關心軍事、政務以及百姓的衣食住行，他恨不得自己能夠有無數個分身，在不同的地方親自主持工作。

政務大廳裡，信使往來不斷，各個州郡新上任的太守和縣令發來回函，高飛和他的七位智囊們快速回信，並且頒布新的命令。

「好累啊……」高飛伸了個懶腰。

他的眼睛都要睜不開了，半個月來，光看各個郡縣上報來的任命狀，以及蓋上州牧的印綬都讓他快吃不消了，剛蓋完最後一個縣的印章，便忍不住叫了出來。

大廳裡，賈詡、荀攸、田豐、郭嘉、許攸、荀諶、司馬朗七人聽了也是一陣感慨，不管是誰，在這種政務交替的時候，都是最為繁忙的時候，而且將近年底，還要清點各地府庫的存糧、錢財、人口、賦稅等事務，讓他們都有點吃不消。

「主公，再忙再累，一年中也就只有這段時間，只有這樣，才能瞭解一個州的地方政務，等過了這段時間，主公就可以清閒了。」賈詡勸道。

高飛擺擺手道：「好了，大家都忙了一上午，現在休息休息吧。高林，給各位大人準備一些點心。」

「諾！」高林拱拱手，出了大廳。

「報——」一名斥候拉長聲音，手裡捧著一封信，喊道：「啟稟主公，范陽令、建威將軍盧橫急報！」

高飛忙道：「快呈上來！」

斥候將手中書信遞給高飛。拆開後，高飛看了一眼，臉上便顯出憂色，道：「諸位，冀州已經易主了……」

賈詡七人面面相覷，道：「請問主公，冀州為何人所占？」

「袁紹！」高飛恨恨地說道：「盧橫在信中說，袁紹帳下的謀士前去說服韓馥，讓韓馥將冀州讓給袁紹，並且收編了韓馥的部下，公孫瓚也一起歸順了袁紹，袁紹在冀州招兵買馬，借助袁氏的名聲招攬了不少人才和兵將。」

許攸曾經想去投靠袁紹做門客，正好遇到董卓進京，袁紹被打跑了，他也意外結識了郭嘉，並成為至交。後來，他在郭嘉勸說下，和荀諶、崔琰、鍾繇一起投靠了高飛，雖然知道高飛對他們不錯，但是他卻寸功未立，想成為高飛信任的謀士。

此時他聽到袁紹占領了冀州，便獻策道：「主公，袁氏四世三公，門生故吏遍天下，冀州乃富庶之地，若是袁氏在此久居下去，只怕會根深蒂固。屬下以為，主公當乘此機會，趁袁紹立足未穩之際，以騎兵發動快攻，將袁紹趕出冀州。」

「嗯，這確實是一個不錯的辦法。其他人怎麼看？」高飛沉思道。

荀諶反對道：「啟稟主公，屬下以為不妥……」

許攸聞言道：「有何不妥？」

不祥預感

「仲業、叔至，你們兩個立刻去城中打聽一下李移子這個人，我要知道他的背景，我有一種不祥的預感……」高飛腦中突然閃過一個念頭，對陳到、文聘道。

陳到、文聘諾了聲，立即丟下包袱，徑直出了大廳。

荀諶和荀攸是親戚，和荀彧是兄弟，都是潁川荀氏傑出的人才。歷史上，他錯投了袁紹，而袁紹帳下的謀士都互相勾心鬥角，拉幫結派，也曾經為了袁紹立嗣的問題彼此相爭。

荀諶不愛這種爭名奪利的事，誰也沒投靠，因而受到審配、郭圖等人的排擠，並且在袁紹面前誣陷荀諶，致使袁紹不再聽荀諶任何建議，導致荀諶鬱鬱而終，以至於英才早逝，未能留下什麼建樹，也就自然沒有荀攸、荀彧出名了。

此刻他見許攸急功近利，擔心高飛會聽從許攸的策略，忍不住道：

「如今主公剛剛執掌幽州，根基未穩，在許多劉虞舊部的心裡尚沒有威信可言，而且北方鮮卑人知道幽州易主之後，能否和主公和平相處尚未可知，加上幽州正處在建設的過渡期，擴建薊城、修建遼西走廊、生產兵器等等，需要很大的開支。現在正值隆冬，一旦天降大雪，道路便會變得行走不易，屬下以為，此時攻打冀州還尚早，一來我軍多以騎兵為主，攻城器械不夠，二來攻打冀州也沒有什麼藉口，無端向袁紹開戰，只怕會引來非議。」

許攸辯解道：「主公，如果現在不出兵，一旦等到袁紹在冀州站穩了腳跟，再想攻打就難了，隆冬時節雖然對我軍不利，卻同樣也對敵軍不利，而且冀州現在尚未做出任何防禦態勢，只要主公出兵，占領半個冀州不成問題，先和袁紹對峙，等來年開春，再全力進攻冀州，兵臨鄴城城下，一戰便可以將袁紹徹底趕出冀州，望主公三思啊。」

賈詡、荀攸、田豐、郭嘉、司馬朗都沒有說話，高飛看了看他們，心中早已有了主意，可是他很想知道賈詡五人是什麼想法，便道：「許子遠的話很有道理，可是荀友若的話也一樣有道理，五位大人，你們都有什麼意見？」

郭嘉沒有做任何表示，坐在那裡一動不動，對他來說，許攸、荀諶都是他的好友，無論怎麼說，勢必會得罪一邊，不如就坐在那裡不動。

司馬朗還很年輕，被高飛列入智囊無非是為了司馬氏著想，七歲小娃司馬懿還是個小屁孩，根本無法參與這種大事，司馬防的能力似乎還不如長子司馬朗，也一言不發，靜待其他人的發言。

荀攸是荀彧的從子，荀彧是荀諶的弟弟，荀攸自然就是荀諶的從子。所謂的從子，就是從兄弟的孩子，說白了，荀攸就是荀諶的侄子。

古人的家族觀念很濃，通常會追溯到曾祖父，有共同曾祖父的兄弟、從兄弟的孩子，稱為從子。曾祖父再往上追溯的同族子侄輩，則不稱從子，而稱族子了。

荀攸雖然是荀諶的侄子，但是他並不謀私，持平地道：「啟稟主公，屬下以為荀大人的話在理，主公此時剛執掌幽州，根基尚未穩定，不宜出兵，就算要攻打冀州，也應該在幽州徹底穩定下來才能進行，而且我軍確實兵力不足，和冀州近十萬的兵力比起來，尚有一點懸殊。」

高飛知道荀攸不會徇私，可是別人就不一定會那麼看了，於是問賈詡和田豐，道：「兩位大人是何意見？」

田豐、賈詡都是以大局為重，根本不贊成出兵進攻冀州，而且對賈詡和田豐在遼東待過的人來說，與其向南去和強敵爭奪冀州，不如拓展邊緣，蠶食外夷。

兩個人互相對視了一眼，一起拱手道：「屬下以為此時不宜出兵，應該潛心招兵買馬，打造兵器、戰甲，製造攻城器械，積蓄力量，發展實力為上。」

許攸的臉一陣抽搐，僵在當場，他沒想到自己的提議會被全盤否決，帶著一絲的悔恨以及沒來由的怒氣，站在那裡一言不發。

高飛察覺到許攸的感受，謀士之間意見不和也是很平常的事，他對賈詡道：「軍師，就請你給盧橫寫一封回信吧，讓他密切注意冀州的動向，並且好好的治理范陽，爭取在短時間內將范陽打造成一個軍事重鎮。」

賈詡「諾」了聲，隨即大筆一揮，洋洋灑灑的寫了好幾張紙。

高飛看了看桌上擺的粗糙的紙張，再看看一旁堆積著的竹簡，腦中忽然閃現一個念頭，道：「我想建一個造紙廠，你們覺得如何？」

對高飛提出的這個新奇的想法，眾人都頗感詫異，這些人只知道用紙，其中一部分還習慣在竹簡上寫東西，因為紙張要比竹簡貴，而且能夠生產紙張的工藝，只有朝廷開設的匠坊裡才有，生產能力也很有限，並未普及開來。

眾人是智謀之士，多局限於軍事上和內政上，卻從未有人對手工藝這些東西進行過收集，也很少有人去關心這種事。

看到眾人驚詫的表情，高飛緩緩地道：「紙張是最為輕便的東西，而且體積很小，比起沉重的竹簡，比布帛要便宜許多，如果能夠生產出紙張加以推廣，以後印刷術也會應運而生，比起手抄書本要簡潔和快速的多。」

一句話便將整個氣氛給扭轉了，大廳裡的人都被高飛的提議給吸引住了，異口同聲地問道：「主公，什麼是印刷術？」

「額……簡單的說，就是拓片。」高飛簡單解釋道。

眾人聽後都明白了過來，但是該怎麼做，仍是一頭霧水。

造紙術、印刷術、指南針、火藥，這四大發明在中國歷史上占有相當高的地位，對高飛來說，前三種都不難，他自己可以弄出來，可是火藥這玩意他還真沒接觸過，只是小時候放過鞭炮。既然他提出造紙和印刷術，就要去做。

「嗯……這些你們不要擔心，現在只要你們好好的處理政務，並且幫我將命令傳達下去，讓各郡縣裡只要有一技之長的，如木匠、鐵匠、泥瓦匠之類的人，都召集到薊城來，我要開設翰林院，開始進行工業改革。」

高飛心裡燃起了雄心壯志，準備集思廣益，用他腦中的知識灌輸給那些工匠，幫助他做出一些能夠應用於生活之中的小發明。智囊們都面面相覷，不明白高飛所要開設的翰林院是什麼機構。

不等智囊們發問，便聽高飛道：「另外頒布一個法令，**凡是屬於我勢力範圍內的百姓，一律平等，農、工、商沒有等級之分，全部是平等的。**」

「諾！」

高飛沒有將「士」這一階層納入平等範圍，因為他面前的這七個人，都是士人出身，都是知識分子，管理地方、處理政務肯定要比其他人略高一籌，他不想因此廢除士人的特有身分，而且他還需要他們的協助。

士人一般都自視清高，作為士、農、工、商的領頭人物，他們出身便帶著一種優越感，一旦士人和下面三層階級平起平坐了，勢必會激起士人的反感。

一口吃不了胖子，路要一步一步的走，高飛不會那麼愚蠢。

中國是世界上最早養蠶的國家，古人以上等蠶繭抽絲織綢，剩下的惡繭、病蘬等，則用漂絮法製取絲綿。漂絮完畢，篾席上會遺留一些殘絮，當漂絮的次數多了，篾席上的殘絮便積成一層纖維薄片，晾乾後剝離下來，可用於書寫，這是最古老的造紙術。

東漢元興元年，蔡倫改進了造紙術，他用樹皮、麻頭及敝布、魚網等植物原料，經過挫、搗、抄、烘等工藝製造的紙，是現代紙的淵源。

改進後的造紙術並未進行廣泛的流傳，一般只專供貴族使用，而且蔡倫是東漢宦官，這項改進後的造紙術便成為了東漢朝廷所有，每年生產也極其有限。

物以稀為貴，東漢朝廷的這種炒作，無形中提高了紙張的價格，雖然比布帛便宜，卻比極易得到的竹簡貴，這就是為什麼很少見到紙張的原因。

高飛安排下這些事情之後，便出了政務大廳，直接去找負責擴建薊城的士孫瑞。

在高林的陪同下，他騎馬出城，來到薊城西南的一處建築工地上。

士孫瑞動用大批的民夫正在修建自己的士孫府，他以薊城為中心，東南西北向外擴充十里，光修建城池的架構就比洛陽城的規格要大了許多。

石匠將不規則的巨石打磨成長方形，不遠處豎立著一座磚廠，一些民夫正在進行磚塊和瓦片的燒製，另外一些民夫則進行挖地基的工作。士孫瑞用高飛教給他的水泥製作法，在一旁帶領著民夫製作水泥，他站在那裡加以指點，忙得不亦樂乎。

高飛老遠便看到一處豪華大宅的雛形，勒住馬匹，對高林道：「去將士孫瑞叫過來。」

「參見主公，不知主公駕到，未能親自遠迎，還請主公恕罪。」士孫瑞慌忙跑了過來，見到高飛，參拜道。

高飛看到這個比他還富有的人，心裡有一絲不爽。他之所以讓士孫瑞負責擴建薊城，就是要消耗他的財力。

他完全是可以直接將士孫瑞殺掉的，可是那樣做，只會給自己扣上不仁不義的罵名，他勤政愛民的名聲好不容易建立起來，正是要發展實力的時候，又怎麼會給自己添倒忙呢。

他一下馬，便上前握住士孫瑞的手，呵呵地笑道：「士孫大人正忙著擴建城池，辛苦的是士孫大人才對，今日我來找士孫大人，是有一件非常重要的事想讓士孫大人幫忙，不知道士孫大人可否願意？」

士孫瑞道：「主公的事就是屬下的事，主公有什麼事情儘管吩咐就是，屬下一定竭盡全力的去完成。」

高飛笑道：「我就知道士孫大人一定會幫助我的，而且這件事也非士孫大人莫屬。聚賢館、北武堂在士孫大人的帶領下，半個月內便已經接近了尾聲，就差進行一番裝飾了。我現在還想請士孫大人幫我再建造一座翰林院，地方要有聚賢館和北武堂加在一起那麼大，因為這次容納的人要多更多，不知道士孫大人可否在一個月內完成這項建築？」

士孫瑞想道：「主公一來還真是沒有什麼好事，不過他確實是一個雄主，雖然一直在用我的錢擴建薊城，可是卻不像其他人那樣對我進行敲詐和勒索，還讓我做官，讓我兒子做了中郎將，我士孫家歷代想擺脫的商人身分，也只能靠他了。」

想了想，士孫瑞便道：「不就是一座翰林院嘛，花不了多少錢，我可以建造，二十天內就能完工。不過主公，你之前答應我的事……」

高飛瞭解士孫瑞，因為他也是個不折不扣的商人，對商人間的利益很清楚，當即一把將士孫瑞攬在臂彎裡，笑道：「我說老哥哥，你放心，我答應你的事一定會辦到，你只需安心的負責擴建薊城就好了，你兒子我已經派到漁陽去了，漁陽的泉州縣靠近大海，他應該到達那裡了，打造海船的事也在進行了，一旦海船打造完畢，我就會派他出使徐州，進行貿易往來，這徐州過來的鹽鐵不就可以被你壟斷了嗎？」

士孫瑞問：「那我開設牧場的事呢？」

「放心，我已經讓人去給你選擇合適的牧場了，你也知道，烏桓人從原來的地方遷徙到昌黎，白檀、平岡一帶的天然牧場就可以無條件的送給你。只是，北方的鮮卑人還不太安定，尚需進行一番交涉，你耐心等待一下即可。」

士孫瑞道：「主公，我可是一次招募了八萬民夫，為了加快擴建薊城的進度，我沒少花費，可以說是把家底全部貢獻給主公了，主公答應我的事情一定要做到啊。」

高飛道：「放心，我高飛說一不二，白檀、平岡兩地會封賞給你的，而且你也會作為我帳下第一個封侯的人，鹽鐵生意，我們一人一半，牧場我們也一人一半，賺了大家平分，至於那九家富商嘛，他們的財富到最後還不是要落到我們的口袋裡嘛！」

士孫瑞一陣陰笑，露出了商人奸詐的嘴臉。

高飛在洛陽的時候，和士孫瑞進行過一次密會，為了說服士孫瑞離開洛陽，死心塌地的跟著他，他便同意了士孫瑞的提議，那就是平分九大富商的財富。

洛陽的十大富商雖然均以士孫瑞馬首是瞻，但是在生意上，和士孫瑞有著極大的衝突。若要問商人最大的利益是什麼，對士孫瑞而言，沒有比讓九大富商一夜消失更來得痛快的了，這樣一來，他的競爭對手沒有了，他的生意才會越做越大。

十大富商富甲天下，士孫瑞因為連年想買官從政，可是每個剛買的官做上去還不到一個月就被罷免了，他沒少花冤枉錢，表面上還是那麼的財大氣粗，實際上已經在走下坡路。

九大富商的財富總和是士孫瑞總資產的兩倍，高飛提出的讓士孫瑞做壟斷生意，大大的刺激了士孫瑞，士孫瑞這才甘願拋棄洛陽的家產，鼓動九大富商到幽州，目的就是要**借助高飛的手，奪取九大富商的財富，然後將其平分**。

高飛很明白做這筆交易的好處，不僅可以將九大富商的財富據為已有，還會得到士孫瑞這個巨大財閥的鼎力支持。

打仗其實是在打國力，其中最重要的一向就是錢財，沒錢發軍餉，士兵吃不飽飯，誰願意去給你打仗?!正因為如此，高飛才選擇了士孫瑞這個經濟上的戰略夥伴，他甚至還能依靠士孫瑞商人的頭腦，利用錢財生出更多的錢財，欲望無止境，錢財也無止境，**坐擁天下財富，才是富國強兵的關鍵**。

從工地回到政務大廳，高飛便將許攸叫了過來，因為他知道許攸的性格，絕對不能讓許攸因為意見不和而跑掉了。

許攸來到大廳後，見高飛一個人坐在上座，便朗聲道：「屬下參見主公，不知道主公喚我何事？」

高飛道：「其實你提出的意見十分正確，只是現在我們幽州到處都在動工，正處在發展階段，兵器戰甲也不夠齊備，所以我希望你不要為了此事而怨恨我不用你的建議。」

許攸忙搖手道：「屬下怎麼敢怨恨主公，屬下對主公一向忠心耿耿，還請主公明察！」

高飛點了點頭，道：「我知道你的忠心，所以我特別將你叫到這裡來，因為我有一件事想去做，卻不知道該怎麼做。」

「主公請直言，屬下定然能夠想到一個好辦法。」

高飛道：「你說……**要用什麼樣的辦法，可以在一夜之間讓洛陽來的九大富商全部消失的無影無蹤呢？**」

許攸聽到高飛的話後，不禁背脊後面冒出了冷汗，他哪裡想得到高飛如此心狠手辣，好不容易將洛陽的富商帶了過來，這才剛過半個月，就要對他們下黑手了。

高飛冷笑了一聲，見許攸不答，便接著道：「子遠兄也是足智多謀的人，難道這點小事就難倒子遠兄了？」

「這……主公……我是在想……」許攸吱吱唔唔地道。

高飛呵呵笑道：「我知道你在想什麼，你是在想我怎麼會如此心狠手辣，對不對？」

「屬下萬萬不敢！」許攸嚇得跪在地上，向高飛不斷叩首，「屬下對主公忠心耿耿，絕對不敢如此想主公……」

「人心隔肚皮，你想什麼我也不知道，但是我只想讓你知道，既然跟隨了我，就不應該有任何的三心二意，意見不合也是常識，大家求同存異就是了。另外我對自己人都很不薄，有什麼好處都會恩賞給你們，但是對待敵人，就應該心狠手辣。我的話，你明白嗎？」

「明白……明白……屬下明白……」

「你起來吧……」

許攸戰戰兢兢的，他還是第一次遇到這樣厲害的主公，居然能把他的心思看穿，可是他已經上了這條賊船，想下也下不去了。

正如高飛向他說明的一樣，其中的意思就是不想看到有人反叛，他的家室還沒有接來，獨身一人在薊城，想什麼時候走都成。可是這次他算是徹底地打消了東方不亮西方亮的念頭，因為他一旦逃跑，很可能會有生命危險。

看到許攸身體有點不由自主地發抖，高飛便對許攸道：「子遠兄請坐，高林，看茶！」

許攸落座，高林親自奉送上一碗香茗，熱氣騰空，正如許攸此時的紊亂心緒一樣。

「子遠兄，咱們私下我就這樣叫你吧，沒有意見吧？」

「沒……沒意見……只是主公這樣叫屬下，倒是讓屬下無地自容了。」

高飛道：「子遠兄的年紀比我長，稱呼一聲兄長也是理所當然的。子遠兄和曹孟德也是故交吧？」

許攸點點頭：「少時玩伴，袁本初、曹孟德皆和我有總角之交。」

高飛道：「嗯，我和曹操以兄弟相稱，自然也和你以兄弟相稱了。子遠兄，我們繼續剛才的話題，你可有什麼辦法能夠讓九大富商一夜之間全部消失嗎？」

許攸道：「只要主公想做，這件事就不難辦。九大富商雖然各有私兵，可對他們並非真心相投，只要能給予他們恩惠，就能讓這些私兵投靠主公，主公殺九大富商可是為了這九家的財富嗎？」

「聰明！」

高飛見許攸已經不再那麼害怕了，便道：「九大富商的財富無論誰擁有了都能富甲一方，其資產總數是洛陽首富士孫瑞的兩倍還多，只可惜九大富商並不像士孫瑞那樣對我死心塌地，為了防止萬一，還是先殺掉為妙。」

許攸道：「主公，那士孫瑞不殺？」

「不殺！他我還有用，除了九大富商外，整個幽州的富紳名單也在我手裡，我也想讓你進行一番調查，調查他們為非作歹的事情，除了九大富商要秘密進行殺害之外，其餘的完全可以依靠大漢律例來執行。」

許攸想了想，道：「屬下明白，主公想讓九大富商什麼時候死？」

「越快越好，這件事只有三個人知道，你、高林和我，我不希望這樣秘密的事情被其他人知道，你明白嗎？」

許攸道：「屬下明白。」

高飛道：「很好，高林這一段時間會聽從你的安排，需要什麼儘管對他說，此事完成之後，我定當重重封賞你。一旦翰林院建造完，就會用到很多錢，沒錢

是萬萬不行的。」

「翰林院……翰林院到底是什麼樣的地方，為什麼會很吃錢？」

「我不妨告訴你吧，**翰林院是研究發明的地方**，我從四處召集具有一技之長的工匠，就是要讓他們在翰林院裡，按照我的思路發明出一些可以用在生活上，軍事上實用的東西，只有掌握了先進的科技，才能減少人員的傷亡，提高糧食的產量。」

許攸「哦」了一聲，也沒繼續問，他感覺高飛說話很深奧。

高飛和許攸又聊了些家常，之後許攸提議去南陽接自己的家室來，高飛自然不會拒絕。除此之外，高飛還特地派給許攸一百個人，讓他徹底去做九大富商的事。

許攸見高飛對自己如此器重，這才真正的安下心來，告辭了高飛之後，便開始苦思冥想，準備對九大富商下黑手。

高飛待許攸離開後，自己一個人去了司馬懿家。

司馬防去上任了，高飛沒讓他帶走自己的兒子，在城中給司馬懿安排了一個住處，將他和丘力居的兒子樓班放在一起，就住在原來劉虞給他安排的府宅裡。

高飛在街上踱著步，看到城中人來人往的，多是九大富商的私兵，不停地搬運東西，而且時不時會見到九大富商。

九大富商不像士孫瑞那樣對高飛死心塌地，高飛進行募捐的時候，九大富商每個人只拿出一點點，士孫瑞則是慷慨解囊，直接把一半的家產都拿了出來，出資六億五銖錢，作為擴建薊城的一切花費。

單從這一點上，高飛就對九大富商很不爽。此時走在路上，看到九大富商的人各忙各的事，心裡更加不平衡，暗暗想道：

「老子拼死拼活的將你們帶了出來，一路上還派人保護你們的財產，你們卻這樣薄情寡義，如果不對你們下手，以後一旦和袁紹爆發了戰爭，難免你們不會通敵賣國，**你們死了以後，財富歸我所有，用來當作研究費和擴軍，以後統一天下的時候，我一定會讓人在史書上寫上你們一筆的。**」

其實，**九大富商和袁紹之間的關係才是高飛最擔心的**，本以為將九大富商帶到了薊城他們就會死心塌地的跟著自己，可是袁紹一占領冀州，負責監視這九家富商的人便報告了他們的異常，這不能不引起高飛的猜忌。

不知不覺，高飛來到一座府宅裡，門口只有兩個士兵把守，見到高飛來了，便急忙行禮。

高飛推門進去，遙見司馬懿和樓班在一起玩耍，院子裡不知道從哪裡弄來一匹小馬，年紀比司馬懿大的樓班正在教司馬懿騎馬。

司馬懿興奮地騎在小馬的背上，嘴裡不停地喊著「駕」的聲音，可是那小馬哪裡聽從司馬懿的喊聲，一直在樓班的控制下緩慢的邁著蹄子。

看到這一幕，高飛咧嘴笑了，樓班十二歲，司馬懿七歲，一個是烏桓人，另一個是漢人，小孩子的性子在此時完全顯露出來。

「仲達，學多久了？」高飛踱步進了院子，問道。

樓班、司馬懿見高飛來了，立刻停了下來，樓班力氣比司馬懿大，身體也比司馬懿高，將司馬懿從小馬的背上抱了下來，和司馬懿一起參拜道：「參見主公！」

「免禮免禮，我最近實在是太忙了，沒顧得上來看你們，現在看到你們相處如此和睦，讓我心裡十分的欣慰。」

司馬懿畢竟年歲小，上前抱住高飛的大腿，問道：「主公，你怎麼來了？有沒有帶什麼好吃的？」

高飛笑道：「你就知道吃，吃的沒帶來，好玩的倒是帶來了。」

司馬懿瞅了瞅高飛，一把鬆開了高飛的大腿，噘著嘴道：「上次主公不是說要帶好吃的來嗎？怎麼說話不算話？大丈夫當一言九鼎，不是嗎？」

高飛怔了一下，見司馬懿年歲雖小，可是已經透著聰明睿智，相比他身旁駑鈍的樓班要好多了。

「唉！要是裴元紹在這裡就好了，他能夠做出許多好吃的……」高飛嘆了口氣，不禁想起了大光頭裴元紹來。

司馬懿問：「裴元紹是誰？」

「哦，我以前的一個部下，是最佳的廚子，什麼菜都能做得出來，而且味美可口。」

「看主公如此傷心，那裴元紹一定是早早就戰死了吧？」司馬懿猜道。

「聰明，他戰死有一年多了，現在想起來都有點心痛，還有華雄，死的也太不值得了……」

司馬懿見高飛如此傷感，拍拍胸脯，道：「主公勿憂，有我司馬懿在，以後定能讓主公的愛將保全，我現在正在看孫子兵法，等我將兵法完全融會貫通，我塚虎就能指揮兵馬了，替主公橫掃六合，席捲八荒。」

「呵呵，有志氣。」高飛欣慰地摸了下司馬懿的小腦袋，拉著司馬懿和樓班的手朝府裡走去，邊走邊道：「來，我教你們一樣好玩的東西，這叫活字印刷術……」

進了大廳，高飛讓司馬懿從外面弄了點泥巴過來，然後教司馬懿和樓班怎麼做反體字，反正小孩子的時間多，他讓司馬懿和樓班先做一些簡單的字，然後放在外面曬乾，權當實驗了。

教會司馬懿和樓班做反體字之後，高飛便出了府，雖然他知道活字印刷術基本上是這樣做出來的，但是真正做的時候還需要很多工序，單憑兩個小孩是無法完成的。

中國字太多了，而且還要進行排版，他只是讓這兩個小孩做個示範，等翰林院建成之後，他就會投入極大的熱情去弄一些可以對農業生產、軍事戰爭有幫助的發明出來。

今天上午忙完，下午就顯得清閒多了，薊城內的各個官員都在忙自己的事，太史慈、黃忠這些武將已經入駐北武堂，平時沒事的時候在那裡切磋一下武藝，選拔選拔軍司馬、軍侯之類的基礎幹部，這是很有必要的。

一邊走，一邊欣賞著薊城內的一切，不知不覺便來到薊城的南門。

高飛登上薊城的城樓，向外眺望，但見薊城外面建築工人們幹得熱火朝天，低溫壓不住內心的火熱，北風吹不倒矗立在城外的大纛，一派繁忙的景象呈現在他的面前。

「也不知道薊城擴建完之後，會成什麼樣子？」

高飛對未來充滿了憧憬，畢竟這次擴建要比洛陽城還大，雖然沒有去刻意建築宮殿，可是這是遲早的事，他腳下站立的地方可是以後的北京城啊。

「主公，你怎麼在這裡啊，讓我一陣好找！」賈詡也登上城樓，看到高飛手扶城垛向前眺望，道。

高飛轉過身子，道：「軍師找我何事？」

「士孫佑派人回來了，說已經到達泉州，並且按照主公的指示在泉州的海濱建立碼頭。另外，周倉、廖化也接管了泉州、雍奴一帶的鐵廠和鹽廠。」賈詡報告道。

「很好，你讓荀攸去一趟漁陽城，和鍾繇見一面，幫助鍾繇改造漁陽城的鐵廠，我去一趟泉州和雍奴，處理鐵廠改造和新建碼頭的事。」

「主公要親自去泉州和雍奴嗎？」賈詡感到有些驚訝，「薊城正處在擴建階段，主公一走，誰來主持大局？」

高飛笑道：「薊城是整個幽州的政令中心，同時也是整個廣陽郡的政令中心，上有軍師、田豐、荀諶、郭嘉、許攸、司馬朗在，下有士孫瑞和各級官員在，我沒有什麼好擔心的。」

「可是……」

高飛從懷中掏出一個刻著金色羽毛的純金權杖，遞給賈詡，交代道：「這個給你，我走之後，整個幽州的軍政大權交給你處理。」

賈詡看到那個權杖，直接跪在地上，雙手舉過頭頂，接住權杖道：「主公對屬下如此信任，屬下必當竭盡全力完成主公之所託。」

高飛忙將賈詡給扶了起來，笑呵呵地道：「你我亦師亦友，已經是彼此知心，我對你自然是十萬個放心。我是怕太史慈、黃忠、徐晃、魏延他們這些將軍們不聽你的話，你有了這個權杖，他們必定聽從你的調度。卞喜、夏侯蘭、丘力居、烏力登、難樓、烏力吉都已經被我調回來了，這幾日估計就會抵達薊城，等他們到了，你就讓他們全部加入飛羽軍，按照我制定出來的方法進行訓練。」

賈詡道：「屬下遵命。」

高飛笑道：「如今我軍一共八萬，一萬在樂浪郡，一萬在遼東，一萬在瀋陽，一萬在范陽，上穀、代郡、右北平、遼西、昌黎、漁陽各五千人，而廣陽郡這裡只留了一萬人，薊城光十大富商的私兵就有近一萬人，如果沒有軍隊來威懾住他們的話，只怕薊城會亂。另外，我讓許攸和高林秘密進行對九大富商的剷除，你睜一隻眼閉一隻眼即可，如果九大富商一夜之間全部暴斃身亡了，該怎麼處理，你心裡要有個數。」

「屬下明白，主公去泉州和雍奴就不帶幾個隨從嗎？」

「呵呵，人選我也已經選好了，就陳到、文聘兩個人吧，正好我也想多瞭解他們一點。」

「那……主公何時出發？屬下好讓人準備一下路上必要的東西。」

「明天吧，你去通知一下陳到和文聘，讓他們兩個人也準備準備。」

「諾，屬下告退！」

高飛點點頭，看著賈詡離開的背影，自言自語道：「或許等我從泉州和雍奴回來之後，九大富商就已經消失得無影無蹤了……」

第二天一早，高飛帶著陳到、文聘出了薊城，朝漁陽郡的泉州縣而去，將整個幽州的軍政大權全部交給了賈詡，以田豐、郭嘉、荀諶、許攸、司馬朗、太史慈、黃忠、徐晃、魏延等人為輔，而荀攸則帶著親隨奔赴漁陽郡的漁陽城，指導漁陽太守將鐵廠改造成煉鋼廠。

泉州指的是漁陽郡的泉州縣，並非是今天的福建省的泉州市。泉州縣是個古縣名，西漢時置縣，縣城的治所在今天的天津市武清區西南城上村，屬於漁陽郡管理。泉州縣靠近渤海，這裡的人大多會製鹽，所以東漢在這裡設立有鹽官，只是，鹽官早已經淡化了，東漢朝廷腐敗，鹽官跑了，官鹽也就成了私鹽。

幾個月前，前幽州牧劉虞籌集了整個幽州的富紳共同出資建造鐵廠和鹽廠，就是想借助漁陽的這兩項資源振興幽州。可惜劉虞的死訊一傳到幽州，那些富紳便霸占了泉州的鐵廠和鹽廠，前漁陽太守鮮于輔因為坐鎮漁陽城，所以漁陽城的那一座鐵廠沒有受到影響。

高飛執掌幽州後，聽鮮于輔說泉州當地的富紳霸占了鐵廠和鹽廠，他便立刻派士孫佑以及周倉、廖化出兵泉州，當地富紳不敢和軍隊叫板，乖乖地把鐵廠和鹽廠送了回來。

他之所以要親自去泉州，一來是要去改造鐵廠，二來是為了剷除當地的富紳，他對周倉、廖化、士孫佑的辦事能力不是很放心，又想帶著陳到、文聘歷練，便決定自己親赴泉州。

出了薊城，一路向東南行走，途經安次，便進入了漁陽的地界，再走不多遠，便來到泉州。

泉州城不大，百姓卻很多，高飛帶著陳到、文聘進了泉州城，直奔泉州縣衙。

到了縣衙，高飛三人翻身下馬，陳到、文聘簇擁著高飛徑直朝縣衙裡走。

「站住！」守門的衙役立刻將高飛、陳到、文聘給攔了下來，「知道這裡是什麼地方嗎？」

高飛、陳到、文聘三個穿著一身布衣，十分的樸素，見被衙役給攔了下來，陳到、文聘臉上露出了猙獰之色，卻被高飛制止了。

高飛帶笑道：「知道，是縣衙！」

「對了，這裡是縣衙，官字兩個口，有理沒錢你莫進來……」衙役說著話，一邊攤開自己的手掌，一副傲慢的神情。

「這是什麼意思？是要錢嗎？」高飛明知故問。

衙役凶巴巴地道：「知道還問！告訴你，沒有一百錢，別想進這個門，縣令大人正在裡面忙公務呢，沒時間接待外客。不過，要是有錢的話，我就能通融一下。」

陳到擼起袖子，指著衙役的鼻子大聲喊道：「你知道……」

「給錢！」高飛打斷了陳到的話，對身後的文聘道。

文聘、陳到對視一眼，不知道高飛是什麼意思。

文聘不情願的掏出了一百錢，塞進衙役的手裡，嘟囔道：「這總可以了吧？」

衙役拿了錢，歡天喜地的，直接讓開了身體，朝縣衙裡擺擺手，示意高飛、陳到、文聘三個人可以進去了。

進了縣衙，高飛、陳到、文聘又遇到了三重門卡，每次都是掏錢才讓進，而且每進去一個門，就要多掏一倍錢。

好不容易真正進入了縣衙，大廳裡卻沒有一個人。

這時，三人聽見一陣嬉笑的聲音，便順著聲音轉入後面的一個院子，看見院子裡一個男人蒙著眼睛，正在和十幾個妙齡少女在戲耍玩樂。

陳到、文聘看了，都皺起眉頭，兩人看見高飛陰鬱的臉，都暗想一會兒該有火山爆發了。

哪知高飛的臉上只拉下來一會兒，便立刻展現出和顏悅色，朝院裡的男人喊道：「士孫佑……玩得那麼開心，怎麼也不叫上我啊？」

縣令不是別人，正是士孫家的大公子士孫佑，他爹當了廣陽郡的太守，他也撈了一個縣令，被派到了泉州來。

士孫佑玩得正爽時，卻突然聽見一個很熟悉的聲音，心中便是一驚，急忙拉下蒙在雙眼的布，定睛看見高飛、陳到、文聘三人，急忙參拜道：「屬下士孫佑，參見主公，屬下不知道主公駕到，未能遠迎，還請主公恕罪！」

高飛看到士孫佑身後的十多個少女，再看看面前站著的士孫佑似乎有恃無恐，冷笑一聲：「士孫家貴公子好逍遙自在啊，我讓你來當泉州令，是讓你來這裡玩女人的嗎？」

士孫佑這才意識到高飛生氣了，連忙朝後擺手道：「下去下去，統統都下去，快讓管家在大廳備下酒宴……」

「不用了，士孫大人，我有幾句話想說。」

士孫佑急忙道：「主公有話但講無妨，屬下洗耳恭聽。」

「進一次縣衙可真不容易啊，每過一道門都要交錢，你的這個衙門是鑲金的嗎？」

「主公，屬下不明白主公什麼意思……」士孫佑一頭霧水地看著高飛。

「不明白？」高飛轉頭對陳到道：「叔至，你說給他聽！」

陳到「諾」了聲，道：「我和仲業護衛主公到此，進你這個衙門，守門的衙役找我們要錢，每進一道門，要的錢也會增長一倍，如果不是你這個縣令大人給他們撐腰，他們哪裡有這種膽子？」

「有這回事？」

士孫佑臉上一陣驚訝，顯得對此事並不知情的樣子，對高飛道：「主公到大廳稍歇，屬下讓人把那幾個看門的人叫進來，咱們當場對質，屬下雖然好色，還不至於糊塗到這種地步，請主公明察。」

「好，我就相信你這一次，你去把那四個看門的衙役叫來，我倒要看看，是誰有這麼大的膽子，敢收我的過路費。」高飛伸手拍在士孫佑的肩膀上，用力狠狠地捏了一下。

「唔……主公……主公放心，屬下……」

士孫佑肩膀被高飛捏得生疼，從小到大，還沒有人敢這樣捏他，痛得他臉上一陣鐵青。

高飛鬆開手，笑道：「你的身子骨太差啦，我只輕輕捏那麼一下，你就痛成這個樣子，好色乃男人本性，只是縱情聲色卻不好，你身為縣令，應該有許多政務等著你去處理，以後還是少泡在女人的溫柔鄉裡，多幹點實事，別丟了你老爹的臉。」

「一定……一定……」士孫佑一迭連聲地說道。

高飛、陳到、文聘三人被士孫佑迎入後院的一座大廳裡，大廳裡的裝飾得富麗堂皇，從各種傢俱的擺設和做工上，不難看出士孫佑是一個生活很講究的人。

眾人坐下沒多久，便有四個衙役走了過來，臉上都帶著喜色，還沉浸在剛才得到錢財的快樂當中，想著一會兒要到哪裡逍遙自在呢。

「參見大人！」四個衙役一進大廳，便參拜道。

「跪下！」士孫佑從座椅上站了起來，指著那四個衙役怒吼道。

四個衙役還渾然不覺，在士孫佑的一聲怒喝下跪在了地上，異口同聲地問道：「大人，我等犯了何事？」

「何事？瞎了你們的狗眼，連主公到來都不認識，還敢妄自收錢？」

士孫佑氣得快步走上前去，抬起腳便踹倒一個衙役，大罵道：「說！你們背著我收錢有多長時間了？」

四個衙役偷偷抬頭看了眼大廳正中央坐著的高飛，又見士孫佑一臉的怒氣，急忙求饒。

士孫佑這時倒顯出了自己的男兒本色，每個人打了好幾巴掌，然後又進行一番威逼，終於讓那四個衙役吐出了實情。

原來，這四個衙役是士孫佑豢養的門客，可是因為貪財，被縣裡的李姓財主給收買了，讓他們逢人便收錢，而且還每個月給他們好幾萬錢。

聽完四個衙役的供述之後，士孫佑便讓人將這四個衙役關入了囚牢，自己向高飛跪拜道：「主公請恕罪，屬下管教無方，冒犯了主公，還請主公責罰。」

高飛朝士孫佑擺擺手，示意他站起來，問道：「這李姓的財主叫什麼名字？」

士孫佑道：「一定是李移子幹的，除了他就沒有別人了！」

「李移子？這名字似乎在哪裡聽過……」高飛喃喃自語道。

士孫佑急忙道：「啟稟主公，這李移子是幽州富商，靠販賣絲綢為生，家資上億……」

不等士孫佑說完，高飛便恍然大悟，急忙道：「原來是他！劉虞當時宴請幽州富商豪族的時候，我見過一面，此人不是在右北平嗎，什麼時候跑到泉州來了？」

士孫佑道：「主公，霸占泉州鹽廠和鐵廠的就是他，屬下率兵抵達這裡的時候，這李移子因為害怕，便主動讓出了鐵廠和鹽廠，還送給了屬下十幾個美女，就是剛才主公見到的。他聽說我要建造碼頭，便主動出資、出人替我建造，屬下覺得強龍不壓地頭蛇，看他也對我軍服服貼貼的，便沒有動他，沒想到他……」

「仲業、叔至，你們兩個立刻去城中打聽一下李移子這個人，我要知道他的背景，我有一種不祥的預感……」高飛腦中突然閃過一個念頭，對陳到、文聘道。

陳到、文聘諾了聲，立即丟下包袱，徑直出了大廳。

雪中送炭

李鐵答道：「廖將軍發來密函，說泉州會有公孫瓚的人在此活動，恰好別駕荀先生抵達漁陽，說起主公來了泉州，便讓太守大人和我一起奔赴到此。」

高飛哈哈笑道：「我正要辦理此事，你們恰巧來了，真是雪中送炭啊。」

士孫佑問道：「主公，是不是有什麼事？」

高飛道：「幾個月前，劉虞讓那些富商出資建造鐵廠和鹽廠的時候，這個李移子便推三阻四的，怎麼這個時候卻不惜財力替你建造碼頭？他先送你美女，後又收買了你的屬下，此人很可疑，我剛剛執掌幽州不久，劉虞的舊部、公孫瓚的舊部都沒有心悅誠服的歸附，所以我不得不小心，何況袁紹已經占領了冀州，他和我之間有那麼一點嫌隙……」

「糟了！」士孫佑突然大叫道。

「怎麼了？」高飛見士孫佑一臉的驚恐，急問道。

士孫佑道：「前些日子，周將軍和廖將軍分別接管了鐵廠和鹽廠，李移子便給他們兩個人送去了幾個美女，還每天酒肉不斷地送到周將軍和廖將軍的軍營裡，我曾經去過一次，看到士兵們都喝得酩酊大醉，便沒有在意，現在回想起來，**一定是李移子在暗中搗鬼**，說不定兩位將軍的部下已經被李移子收買了，如果李移子真的想反叛主公的話，一定會先控制周將軍和廖將軍的兵馬，那兩位將軍豈不是……」

聽士孫佑這麼一說，高飛意識到事情的嚴重性，周倉和廖化是他從右北平調過來的，而泉州的兵馬只有一千人，分別駐守在鐵廠和鹽廠那裡，士孫佑帶來的只有一百個門客，家資過億的富商一定豢養了不少私兵，如果真的反叛，那還了得。

高飛急忙站起身子，對士孫佑道：「鐵廠和鹽廠在什麼地方？」

士孫佑道：「鐵廠在縣城西北二十里，鹽廠在縣城東南五十里，周將軍在鐵廠，廖將軍在鹽廠，各屯兵五百人。」

高飛道：「你立刻集結你所有的人，陳到、文聘回來以後，你們就死守衙門，不等我回來，任何人不得外出，如果有什麼人敢進攻縣衙的話，你們就殺無赦！」

「諾！那主公呢？」

「我先去最近的鐵廠調集兵馬。」

話音一落，高飛便奪門而出，快速地出了衙門，策馬朝西北方向的鐵廠而去。

高飛心裡有一種不好的預感，士孫佑帶來的一千軍隊根本就是不堪一擊的烏合之眾，周倉、廖化從右北平來泉州，也只不過帶了幾名親隨而已，萬一那個叫什麼李移子人將兵馬全部收買了過去，周倉、廖化一定會有危險。

他坐鎮幽州，表面上看著風平浪靜，實際上卻是**暗藏殺機**，那些幽州的富紳、豪族們以前對劉虞很恭順，有一部分也和公孫瓚很要好，現在劉虞死了，公孫瓚被趕跑了，難保他們不會和冀州的袁紹勾結。

一路狂奔，高飛馬不停蹄地朝西北方而去，過了好一會兒時間，一路上詢問了一些路人，這才總算趕到了鐵廠。

鐵廠背後靠著一座小山，沒有高飛在遼東的鐵廠大，但是生產兵器、戰甲卻一點都不含糊。還沒有走進鐵廠，便能聽見鐵廠裡傳來的嘈雜聲，鐵廠自從被周倉接管之後，鐵廠裡的工人也就全部逃走了，現在處於歇業階段，沒有進行生產。

幾名士兵站在瞭望樓上看見高飛到來，他們都認識高飛，便打開了鐵門，放高飛進去，幾下寒暄後，便帶著高飛朝鐵廠裡走，去找周倉。

鐵廠裡面的士兵大多都抱著一罈子酒，三五成群的聚在一起，整個鐵廠裡籠罩著一股酒氣，有的士兵更是喝得東倒西歪，一點也沒有士兵的樣子。

看到這一幕，高飛憂心忡忡起來，他在士兵的帶領下，來到周倉所在的營帳，聽見裡面有靡靡之音和女人的嬉笑聲，而且帳外沒有人守護。

他打發了那個帶他來的士兵，一把掀開營帳的捲簾，看到三個女人倒在周倉的懷抱裡，幾個樂師坐在一邊吹奏樂曲，便朗聲叫道：

「周倉！」

一聲巨吼，打斷了營帳中的一切，周倉撥開擋在他面前的美女，赫然看見高飛立在營帳門口，臉上大吃一驚，急忙將帳內的樂師、美女都轟了出去。他整理了一下凌亂的衣衫，走到高飛面前，拜道：「屬下參見主公！」

高飛聞到周倉一身的酒氣，看到周倉滿臉通紅，冷笑道：「周將軍好興致啊，聽著美妙的樂曲，懷抱美女，喝著美酒，這種生活倒是逍遙快活啊。」

周倉一臉的羞憤，聽著外面的士兵還在猜拳喝酒嬉笑，更是無地自容，他低著頭，不敢直視高飛的眼睛，也不敢說一句話，只是默默地站在那裡，一動不動。

「我問你，你可知道我讓你來這裡幹什麼嗎？」

「啟稟主公，屬下奉主公之命，前來接管鐵廠，並且鎮守此地，等待主公到來對鐵廠進行一番改造。」

「可是你都幹了什麼？」

高飛很不滿意，但是強壓住內心的怒火，畢竟是人都有弱點，他也不準備責罰周倉，因為**這一切都是有人在暗中搗鬼**。

「我……屬下……屬下辜負了主公的厚望，還請主公責罰！」

「從下曲陽開始，你就一直跟在我身邊了，在我的印象中，你一直是忠實可靠的人，而且沒有犯過什麼錯誤，還是個重情重義的鐵血漢子。從前刀槍箭雨、水裡火裡的，我們都一起闖了過來，怎麼你卻擋不住這沉迷的生活呢？」

「……」

「好了，我不多說什麼，你也老大不小了，也是時候成家立業了，那三個美女既然你喜歡的話，就給你當妻子好了。不過，現在你要召集所有的人跟我走。」

「主公讓屬下去哪裡，屬下就去哪裡，請主公下命令吧！」周倉見高飛並沒有責罰的他的意思，心裡一陣莫名的感動，抱拳道。

高飛命令道：「你去集結鐵廠內所有的人，不論男女，全部帶走，跟我回泉州城。」

「鐵廠……鐵廠不要了？」周倉有些驚詫。

「要，但不是現在，現在有更重要的事情要去做，快去執行我的命令，那些喝得爛醉如泥的，走不動的，抬也要抬回去。」

「諾！屬下明白，請主公稍候！」

周倉轉身出了營帳，沒多久，帳外便傳來一通鼓聲。

高飛站在營帳邊，看到周倉披上戰甲，頭上戴著熟銅盔，手中握著一柄大刀，威風凜凜地站在那裡，心中暗道：「看來要把周倉帶回薊城才行，留在這裡會受到糖衣炮彈的毒害，在自己的眼皮子底下總能給他找點事情做。廖化，你頗有智略，希望你別像周倉這樣沉迷。」

鐵廠裡的所有人都集結完畢，在周倉的一聲令下之後，一支醉醺醺的軍隊，東倒西歪地朝泉州城而去。這五百多人都是步兵，只有周倉和他的幾名親隨是騎兵，在高飛的帶領下，返回了泉州城。

將近午時，這支隊伍才被帶回了泉州城，就地留在泉州城外，繼續由周倉帶領，高飛則隻身一人進入泉州城，直奔縣衙。

縣衙裡一切正常，高飛進入縣衙之後，陳到、文聘、士孫佑便迎了上來。

陳到將他們打聽到的消息娓娓道來：「主公，李移子的背景已經調查清楚了，此人和公孫瓚是把兄弟，一直在財力上給予公孫瓚支援，右北平被我軍占領之後，李移子便從右北平搬遷回老家泉州，並且占領了鐵廠和鹽廠，和商賈樂何當、卜數師劉緯台準備暗中迎回公孫瓚。」

高飛聽後，淡淡地道：「**果然有陰謀**，李移子現在在哪裡，又有什麼動靜？」

陳到抱拳道：「屬下抓來李府的一個管家，那管家說李移子讓他儘量麻痺士孫佑、周倉、廖化三個人，李移子則借修建碼頭的名義招募了一萬民夫，暗中在海邊進行訓練，聽說是由公孫瓚的弟弟公孫範帶領著。根據那管家的話，說公孫瓚已經被袁紹任命為渤海太守，正帶著兵馬前往渤海郡上任，說是等公孫瓚的兵馬一到渤海，他們便聯合起來先占領泉州，然後用泉州的鐵廠生產兵器，開始對主公進行反攻。」

高飛冷笑一聲：「沒想到這幾個人竟然計畫如此周詳，若不是我親自到了泉州，恐怕還發現不了這件事。既然這件事被我們撞上了，就不能任由他們胡作非為，李移子、樂何當、劉緯台三個人現在都在泉州嗎？」

「在，都在泉州的海濱，朝東八十里便是修建碼頭的地方。」士孫佑道。

此時，一個斥候跑了過來，抱拳道：「啟稟主公，漁陽太守鍾繇、長史李鐵率三千騎兵正朝泉州城趕來，距離此地不足十里。」

「鍾繇、李鐵？他們怎麼來了，難道是洞悉了李移子等人的計畫？」高飛對陳到、文聘、士孫佑道：「都跟我來，去北門看看。」

眾人跟著高飛一起來到北門，讓周倉帶人入城，關閉縣城的四個城門，不讓任何人進出。

過了一會兒，正北的官道上捲起一陣塵土，李鐵一馬當先，背後的烏桓籍騎兵更是一臉的猙獰。

李鐵看到高飛等人等候在泉州城門外，立刻快馬加鞭，趕到城門口，翻身下馬，拜道：「屬下李鐵，參見主公！」

高飛心裡很納悶，扶起了李鐵，問道：「李鐵，你怎麼會突然帶兵到此？」

李鐵答道：「廖將軍派人發來密函，說泉州會有公孫瓚的人在此活動，恰好別駕荀先生抵達漁陽，說起主公來了泉州，便立刻讓太守大人和我一起帶三千突騎奔赴到此，屬下來遲一步，還請主公恕罪！」

高飛哈哈笑道：「不遲，來得正是時候，我正要準備著手辦理此事，你們恰巧來了，真是**雪中送炭**啊。鍾大人呢？」

「太守大人在後面，我率領前部五百先來了，太守大人不一會兒便到。」

又等了一會兒，鍾繇果然率領兩千五百騎兵抵達了北門，兩下相見，鍾繇下馬拜道：「屬下參見主公！」

高飛急忙扶起鍾繇，沒想到一個小小的泉州城居然會牽扯出這麼大的動靜來。他和鍾繇，相互寒暄了幾句，便讓所有人進城，當下吩咐李鐵、陳到、文聘、士孫佑帶兵將李移子的家人全部抓起來，並且將其家底抄沒，他自己則和鍾繇進了縣衙。

泉州城頓時亂作一團，士兵全城搜捕李移子的家人，以及和李移子有過密切聯繫的人，這一抓不要緊，倒是讓城中的老百姓都拍手稱快。

縣衙內，高飛、鍾繇分別坐定，鍾繇首先道：「李移子等人在屬下的眼皮子底下幹出這種事情來，屬下竟然渾然不覺，若不是廖將軍派人送來密函，恐怕漁陽就成為公孫瓚的地方了，屬下還請主公恕罪！」

高飛道：「這事不怪任何人，都怪我，要是我半個月前便下令將像李移子這樣的人給全部抓起來，就不會出現這種事情了，你帶兵來得及時，反而有功。對了，荀攸還留在漁陽嗎？」

「別駕大人尚在漁陽進行鐵廠改造，目前已經差不多了，再過不了幾天，就可以將鐵廠改造完畢，到時候生產兵器、戰甲就能裝備我軍了。」

「嗯，很好。煤礦你探查的怎麼樣了？」

「按照主公的吩咐，已經基本上探查出一些礦產，隨時可以進行開採。」

「此事一了，你就回去讓人開採吧，鋼廠那邊交給荀攸負責，他在遼東掌管過一段時間的鋼廠，知道怎麼運作，你只需要將煤礦運到鋼廠裡就可以了。另外，你上次建議的屯田，我也給予了批覆，你回去之後也可以在全郡推行。」

「諾！」

說話間，陳到走了進來，抱拳道：「主公，李移子的家人全部抓住了，一個不漏，除了李移子外，還抓住了在李移子這裡做客的樂何當和劉緯台，兩個人也已經供認不諱，說是受到李移子的指使。」

高飛笑道：「很好，立刻將樂何當、劉緯台以及李移子全家處死，其他的家丁、門客、私兵全部放了。你和文聘、周倉、李鐵點齊三千騎兵，在東門守候，我一會兒便到。」

「諾！」

鍾繇見陳到退了出去，拱手問道：「主公，你現在是要去攻打李移子在海濱進行訓練的部眾嗎？」

高飛點點頭：「正是。」

「主公，那些人是李移子招募的民夫，肯定是受到李移子蠱惑的，幽州人口少，不宜殺戮，**不戰而屈人之兵方是上善之策**，屬下願意跟隨主公一起去，憑藉著三寸不爛之舌說服李移子前來投降。」鍾繇自告奮勇道。

「好吧，你跟我走，讓士孫佑守城即可！」

三千騎兵已經點齊，全部集結在泉州城的東門外，陳到、文聘、周倉、李鐵四將依次排列，只等高飛的到來。

李鐵一身盔甲，看著身旁三位並列為幽州十八驃騎的陳到、文聘、周倉，他略微有點不服氣，因為他從涼州開始，便一直跟隨著高飛了，而且在汜水關的時候還立下過大功，對高飛只給他一個長史和一個校尉的官職不太滿意。

瞅了瞅黑裡透紅的周倉，又瞅瞅年輕的陳到和文聘，再看看自己，覺得自己沒有哪一點比他們差。在他心裡，周倉也就算了，畢竟跟隨高飛比他要早，而且武勇也是親眼見過的，可是新來的陳到、文聘這兩個年輕人，他從未見過這兩個人出過手。

「喂！陳將軍、文將軍，等擊退了那些預謀叛變的人，咱們比試比試如何？」

陳到為人剛毅，勇猛中帶著一絲冷靜，瞅了李鐵一眼，只微微地笑了笑，沒有說話。

文聘身體瘦弱，看起來弱不禁風，看了身材魁梧的李鐵一眼，笑道：「好啊，要怎麼比？馬戰、還是步戰？槍法還是箭法？」

「隨便那一項都可以，我奉陪到底。」李鐵見文聘應戰了，便拍了拍胸脯，顯得自信滿滿的。

陳到輕聲道：「仲業，你忘記老將軍的話了嗎？」

文聘腦中突然浮現出黃忠的身影，嘿嘿一笑，衝李鐵道：「李校尉，實在對不住了，我不能和你比試了。」

李鐵很納悶，聽到陳到口中的老將軍，想了好久才想出是誰，問道：「陳將軍，你說的老將軍，是指黃老將軍嗎？」

「嗯。」陳到輕聲答道。

李鐵冷笑一聲，道：「你們兩個和黃老將軍都並列為十八驃騎，官爵相等，難道你們兩個還要聽他的吩咐不成？」

「這個嘛……很難向你解釋，如果你真的想比試的話，改日到北武堂，我等兄弟二人定當奉陪。」陳到輕描淡寫地道。

李鐵臉上一喜，道：「好！聽說北武堂已經建造完畢了，我李鐵還從未去看過，有機會我一定去薊城和你們兩個進行比試。」

陳到道：「到時我一定奉陪到底，李校尉，聽說你是涼州人，是跟隨主公最早的飛羽軍的士兵，我也想領教一下李校尉的高招。」

文聘插嘴道：「我也是，聽說最早的飛羽軍士兵個個生龍活虎，出則為將，入則為衛，跟隨主公身邊沒少立下功勞，李校尉在汜水關一役，更是顯示了過人的膽識和謀略，確實值得我們好好的學習。」

李鐵被誇上了天，心裡美滋滋的，卻突然聽到身邊的周倉發出一聲悶笑，扭頭問道：「周將軍，你笑什麼？」

周倉和李鐵早就認識了，第一批的飛羽軍人人都相識，而且周倉從一開始就擔任飛羽軍中的一個首領，當時李鐵還在他的手下當過屯長，他對李鐵的性格自然知道，聽到陳到、文聘在恭維李鐵，李鐵樂開了懷，忍不住笑了起來。

「沒什麼，只是突然想到了一個笑話。」周倉隨口答道。

說話間，高飛帶著鍾繇到了城門口，老遠便見周倉、陳到、文聘、李鐵四個人在那裡絮絮叨叨的，便道：「好了，該出發了，先去鹽廠找廖化，然後再折道去碼頭。」

「諾！」

軍隊出發，眾人全部騎著馬匹奔馳，倒是難為了鍾繇，他騎術不佳，奔跑起來就沒有其他人快，幸好高飛給了鍾繇必要的騎術指導，這才讓鍾繇保持著均速前進。

泉州城西南五十里的鹽廠裡，木柵欄圍著鹽廠環繞一圈，這裡靠近海域，海邊的漁民們都會對海鹽進行曬製，除了海鹽之外，他們有的人還掌握住了井鹽的製作方法，一些漁民正在鹽廠裡忙碌不迭，士兵則分別駐守在鹽廠周圍進行護衛。

廖化一身戎裝，嘴唇上方已經出現黑黑的茸毛，這兩年身體也變得較為粗壯，身上透著一股成熟的男子氣息，深邃的眼睛裡更是透著一股機敏。

他手握佩刀的刀柄，在鹽廠裡巡視，走到哪裡，都會聽見有人輕聲叫一聲「廖將軍好」。

巡視完一圈後，廖化走到鹽廠的大門口，對一旁駐守的士兵問道：「有什麼情況嗎？」

「啟稟將軍，並無任何異常舉動。」

「如果再看見李移子的人來了，你們還按老樣子來。」

「諾！」

廖化登上瞭望樓，眺望著一望無垠的大海，海風徐徐吹來，讓他感到了一絲的涼意。環視整個鹽廠，見大家仍在辛勤的工作，心裡便是一陣欣慰。

他所指揮的五百步兵是士孫佑的部下，這些曾經在洛陽吃喝慣了的人，身上難免有著一種流氣，可一經廖化接收，首先便進行了一番整頓，只用了短短的五天功夫，便將這五百人訓練成一支紀律嚴明的隊伍，對他言聽計從。

也正因為如此，所以李移子一送來酒肉，他就讓這些部下演戲給李移子的人看，等李移子的人一走，便立刻恢復正常。

同樣是他第一個發現了李移子的異常，親自去碼頭探視一番，發現李移子正在那裡秘密地訓練士兵，這才派親隨趕赴漁陽，請求發兵。

他一方面指揮百姓進入鹽廠工作，一方面將李移子送來的酒肉分給百姓吃，也保證了鹽廠的正常運轉。

太陽漸漸地沉入了海平面，天色也漸漸黯淡下來，暮色四合之際，天邊出現了一道晚霞，這是在海邊經常能夠見到的景象，對廖化來說，是再熟悉不過的了。

欣賞完落日的餘暉，廖化轉身便要下瞭望樓，卻隱約聽見遠處傳來一陣急促的馬蹄聲。

他心中一驚，立刻朝下面的士兵喊道：「全軍戒備！」

一聲令下，二百士兵便聚集在寨門前面，拉起手中的弓箭，緊握手中的刀槍，等待廖化的指揮。

廖化此時已經下了瞭望樓，但見暮色中駛來一撥雄壯的騎兵，那騎兵身上穿著的盔甲和服裝，都是他所熟悉的，他臉上大喜，便下令解除了戒備，同時打開寨門，親自出迎。

高飛帶著大軍前來，見寨門打開，廖化出迎，很是歡喜。

兩下相見，廖化便將高飛迎入鹽廠中的營寨。

到了營帳裡，眾人分別坐定，廖化參拜道：「屬下不知道主公遠道而來，未能出迎，還請主公恕罪！」

高飛一進鹽廠便感受到一種良好的氛圍，沒有士孫佑和周倉那樣的胡來，心裡很欣慰，看到外面的士兵也都個個精神抖擻的，更是對廖化讚譽有加。他笑著道：「不必多禮，元檢，此地離新建的碼頭有多遠？」

廖化道：「不足三十里，屬下已經派人密切監視那裡的一舉一動，這些天，李移子並沒有任何異常，而且據斥候來報，公孫瓚已經帶兵入渤海郡了，是去上任的，現在暫時風平浪靜。」

高飛道：「是我太疏忽了，知道泉州這裡靠近冀州，應該多派點兵力駐守此地的。元檢，你做得不錯，比周倉、士孫佑強太多了，我定要重重的賞你。現在，你跟我說說碼頭那邊的情況吧。」

「諾！」廖化道：「李移子有三千私兵，借助修建碼頭的名義，招募了一萬民夫，並且秘密地接來了公孫瓚的弟弟公孫範進行訓練，那些民夫知道是讓他們參軍之後，都不太同意，後來被李移子殺死了五六百人，這才迫使那些民夫進行訓練。而李移子的私兵也都是一群烏合之眾，根本沒有什麼可以憂慮的，如果我的部下是五百騎兵的話，足可以攻殺李移子。這次主公帶來三千騎兵，攻殺李移子簡直是易如反掌。」

「呵呵，李移子不過是個庸才，如果我是李移子的話，有如此得天獨厚的優勢，肯定是先殺了士孫佑、周倉，然後再一起來攻殺你，解決了你們三個人，泉州就掌握在他的手裡了，那時候再明目張膽的迎接公孫瓚到泉州，必然能夠得到公孫瓚舊部的響應。不過幸好李移子是個庸才，否則的話，我們被公孫瓚偷襲了還不知道呢。」

「主公英明！」眾人齊聲讚道。

高飛笑道：「大軍剛剛到來，先休息一番，等入夜後再行動，集結所有兵馬，將李移子包圍起來，利用疑兵之計迫其投降，到時候鍾大人再去說服一番，定能兵不血刃，將李移子和公孫範一舉擒獲。」

廖化隨即拿出李移子這些天送來的酒肉好好的款待這撥騎兵，又讓自己的部下把守寨門，只等高飛的令下，便帶兵去殺李移子。

入夜後，高飛點齊了所有兵馬，三千五百人趁著夜色朝東北方向駛去。

三十里的路並不遠，高飛帶領騎兵在前，廖化帶領步兵在後，在子時的時候，到達了新修建的碼頭附近。

遙望靠近海邊的沙灘上，燈火通明，一座座營寨立在那裡，周邊四個小營寨，中間是一個大營寨，從兵力的分布來看，李移子的私兵在外，那些新招募的民夫在內。

高飛藏在暗處，遠遠地觀察了一會兒，對身邊幾個人道：「看來李移子、公孫範並沒有什麼警惕性，四周都沒有放哨的人。李鐵，你帶五百人繞到正北方向；周倉，你帶五百人到西北方向；文聘，你帶五百人到正西方向；廖化，你帶五百人到西南方向，其餘的人跟我在正南方向。」

「諾！」眾人異口同聲地道。

高飛緊接著道：「李鐵、周倉、文聘、廖化，你們四個人都把路口給我把好了，只需搖旗吶喊，不許主動出擊，起到疑兵作用即可，其餘的人都跟我走，從正南方向擺開陣勢進攻。」

鍾繇急忙道：「主公，如果這樣進攻，會不會殃及到那些無辜的百姓？以屬下看，還是讓屬下去說服李移子吧。」

高飛道：「就算是要說服，也得有本錢，不讓李移子相信我們大軍到來，他們怎麼可能接受你的說服？鍾大人體恤百姓的心情我能理解，請你放心，這次只是佯攻，嚇嚇李移子而已，並非是真打。」

鍾繇道：「屬下懂了，屬下一切聽從主公安排。」

商議已定，李鐵、周倉、文聘、廖化四個人便各自帶領五百騎兵進行迂迴，在不知不覺中便將碼頭那裡的五座營寨給包圍住。

高飛帶著陳到、鍾繇和一千五百名馬步軍到了正南方向，等到其他四個方向都已經準備穩妥，派人來通知高飛之後，高飛便開始對碼頭附近的士兵展開了佯攻。

五座營寨林立，公孫範和李移子正在中間的營寨裡歡飲，身邊各有兩個美女在伺候著飲酒。

兩個人喝得正高興的時候，忽然聽見正南方傳出嘈雜的叫喊聲，公孫範為人比較警覺，聽出有馬蹄聲，立刻跑出營帳，正好撞上前來報告的士兵，立刻揪住那人的衣領，質問道：

「外面發生了什麼事？」

士兵戰戰兢兢地道：「啟稟將軍，是騎兵……高飛的騎兵來了……」

「來了多少人？」

「夜色難辨，無法看清，只覺得到處都是……」

公孫範推開那個士兵，衝帳內的李移子道：「出來，高飛的兵馬到了，率部迎戰！」

李移子是個商人，自己沒有什麼能耐，收攏的部下對付普通老百姓還行，對付軍隊從心裡就沒有那個氣勢。他一聽到高飛的兵馬到了，大吃一驚，任他想破了腦袋也無法想到這是怎麼一回事。

公孫範進帳取了自己的鐵矛，到帳外喚來一匹馬，便命人點齊營寨中剛訓練不到十天的民夫，帶著他們，朝正南方的寨門前去。

五座營寨連成一體，形成一個大營寨，東邊是大海，只朝南開了一個寨門，公孫範一馬當先，領著草創的兵馬，拉著李移子和他的私兵全部到了寨門。

忽然，正北、西北、正西、西南四個方向同時響起了嘹亮的吶喊聲，和寨門前陳列著的高飛兵馬形成一致，共同震懾著營中的士兵。

營寨中的人頓時驚慌失措，都以為被團團圍住了，就連李移子也嚇得差點跌落馬下，那些本來就不願意當兵的民夫此時紛紛不戰自退，李移子的私兵們也是膽戰心驚。

高飛帶著軍隊陳兵在寨門外，看到營寨中的士兵開始慌亂起來，臉上露出笑容。這些烏合之眾在他的眼裡，甚至連那些鬧黃巾的都不如。

「主公真是神機妙算，只用疑兵之計，便使得敵人人人自危了，營寨裡開始混亂了，不如就趁現在殺將過去，定然能夠將公孫範的人頭取來。」陳到立功心切，對高飛道。

高飛擺擺手道：「不，對付他們不用動刀動槍的，讓士兵們都一起大喊，只要交出公孫範，就可以饒他們不死。」

陳到、鍾繇尋思了一下，不禁佩服道：「主公英明。」

這時營外突然傳來陣陣喊聲，說他們已經被三萬大軍包圍了，罪只在公孫範一人，只要交出公孫範，所有人皆可免死。

營寨裡，公孫範見士兵亂作一團，連續殺了三個人，卻沒有起到一點作用。

李移子雖然和公孫瓚是把兄弟，可是他的心裡很明白，他們是相互利用的關係。公孫瓚前去會盟的時候，公孫範留守右北平，後來被張郃帶兵給攻打了下來，公孫範趁亂逃了出來，躲到了李移子的家裡，唆使李移子霸占泉州鐵廠、鹽廠，後又蠱惑李移子以修建碼頭為名招募民夫訓練士兵。

此刻他見公孫範的計謀敗露，為了活命，也管不了那麼多了。

公孫範騎在馬背上，用長矛連連刺死了兩個人，喊道：「別亂來！誰再亂來，下場就和他們……」

話音突然中斷，緊接著便傳來一聲慘叫，十幾個在公孫範身邊的民夫舉起手中的長槍，一起將公孫範給刺死了。

李移子本來還想殺了公孫範以自保，哪裡知道那些民夫會先他一步，他見那些失控的民夫舉著手中的兵器，露出猙獰的面孔看著他，急忙翻身下馬，大聲喊道：「我投降，我投降，我是被逼的，是公孫範挾持我……」

又是一聲慘叫，憤怒的民夫們舉起手中的刀槍，直接將李移子殺死。私兵們見狀，害怕被這些民夫們報復，紛紛丟下手中兵器從營寨裡跑了出來，跪在高飛等人的面前高呼投降。

事態的發展超乎了高飛、陳到、鍾繇的想像，他們哪裡想到根本不用自己出手，那些民夫殺了公孫範和李移子，見那些私兵前來投降，那些民夫也緊跟著投降，高飛便讓陳到帶人收繳武器。

高飛感慨道：「**水能載舟，亦能覆舟**，我今天算是親眼見到了……」

鍾繇聽得不太明白，問道：「主公，這是什麼意思？」

高飛解釋道：「百姓就如同水一樣，統治他們的人就是舟，如果倒行逆施，便會遭到百姓的反撲，我說的就是這樣的一個道理。」

鍾繇立刻對高飛道：「主公放心，主公將漁陽郡交給屬下，屬下一定會將漁陽郡治理得好好的，讓百姓安居樂業，不會再出現這種類似的事。」

高飛聽了很感欣慰。

平明時分，昨夜高飛兵不血刃地便瓦解了李移子和公孫範，他將收降來的三千私兵交給廖化統領，其餘的九千多民夫則用於修建碼頭。

大營裡，高飛聚集了眾將，對眾將道：「昨夜的事情大家都辛苦了，等我回到薊城，我一定好好的封賞你們。」

「為主公效力，我等無怨無悔！」眾人一起答道。

高飛笑道：「鍾大人，雍奴縣的人口一直很少，那裡以前鬧過瘟疫，縣城也基本上成了死城，雍奴和泉州都是小縣，也都靠近大海，我打算將雍奴和泉州合而為一，並且在這裡設下一個重鎮，以防止渤海郡的公孫瓚對此進行騷擾，**就把這裡叫做天津吧。**」

鍾繇道：「屬下沒有任何意見，只是如此一個重鎮，必須由重兵把守，還需要有良將鎮守，士孫佑並非良將，還祈望主公派遣得力的人在此把守才行。」

高飛道：「人選我早已經選好了，廖化在這次事件中表現得非常出色，不愧是我幽州十八驃騎之一，我打算將天津交給廖化來把守。天津就獨立成為一個重鎮吧，和范陽一樣，直接接受我的管轄，從漁陽郡中劃出去。鍾大人傾心治理漁陽，廖化鎮守天津，一南一北，豈不妙哉？」

鍾繇道：「屬下沒有任何意見。」

廖化道：「多謝主公，屬下定當緊守天津。」

高飛笑道：「李鐵，你這個武衛校尉暫時就聽從廖化調遣，三千騎兵也不用帶回去了，加上這裡原有的一千士兵和收降的三千私兵，一共七千人，在和渤海郡交界的地方設下關卡，好好的把守這裡。」

「諾！」

「陳到、文聘、周倉，你們三個等我改造完鐵廠後，跟我一起回薊城。」

「諾！」

之後的幾天時間裡，碼頭在士孫佑的帶領下進行修建，廖化、李鐵兩個人則開始掌管天津，對和渤海郡交界的地方都派出了斥候，高飛則帶著陳到、文聘、周倉先抄沒了李移子的家產，又將李移子的存糧給分給了天津的百姓，得到了百姓的擁護。

當鐵廠改造完畢之後，高飛便帶著陳到、文聘、周倉回薊城，將整個天津的軍政大權全部交給了廖化。

薊城，北武堂。

剛剛裝飾完畢的北武堂顯出一番威武的氣息，北武堂的大廳裡擺滿了各種各樣的兵器，正中央牆壁上一個「武」字被雕刻的活靈活現，周圍站著一群級別為軍司馬的軍官，中間兩名穿著勁裝的漢子，一老一少，手持兵刃對立在那裡。

老者手持鳳嘴刀，少者手持一根大戟，腰間攜帶的兵器囊中還插著幾支小戟，兩個人都已經是氣喘吁吁、滿頭大汗，鬥了上百招仍然勝負未分。

突然，老者哈哈大笑起來，將手中的大刀拋給身邊的一位軍司馬，朗聲說道：「太史將軍真的是很了不起，和老夫對戰了上百招，居然不分勝負，後生可畏啊。」

被稱作太史將軍的不是別人，正是幽州十八驃騎之一的太史慈，站在他對面的老者，則是同為十八驃騎之一的黃忠。兩人在此切磋武藝，引來了不少部下前來觀看，部下們都是目瞪口呆，對剛才的一場大戰還記憶猶新。

太史慈順勢將手中的兵器盡皆拋給身邊的部下，擦拭了下額頭上的汗水，走到黃忠的面前，抱拳道：「老將軍體力驚人，武藝高強，刀法甚是精湛，竟然讓我找不到絲毫破綻，太史慈從未對誰心服口服過，這一次我可是真的佩服老將軍了。」

黃忠出手也是逼不得已，站在他面前的太史慈是個好勇鬥狠的人，公然向他挑戰，他如果不應戰的話，就是不給太史慈面子，無奈之下，只能和太史慈進行一番比試。

哪知道，他這一戰竟然和太史慈打得難解難分，讓他不得不重新對高飛帳下原來五虎之一的太史慈做出一番評價。

太史慈和黃忠經此一番比試，彼此惺惺相惜，年少輕狂的太史慈也對黃忠變得尤為尊重，二人互相吹捧一番，相視而笑，莫逆於心。

「原來二位將軍在這裡，可教我一番好找！」

這時，從北武堂的演武大廳外面走進來一個漢子，身板硬朗，一點也看不出之前他受傷的痕跡。

太史慈、黃忠一起看了過去，見來人臉上掛著一塊青紅色的胎記，半邊臉是正常的膚色，半邊臉是青紅色的，雙目炯炯有神，額頭寬廣，本來一個俊朗的少年，卻因為那塊胎記而變得有些不堪入目。

二人看到這個人，便齊聲笑了起來，朝來人拱手道：「原來是徐將軍，不知道找我們二人有何事？」

來人原來是徐晃，他見演武廳裡氣氛活躍，黃忠、太史慈又是一身臭汗，便道：「哦，打擾了兩位將軍切磋武藝，實在是抱歉。只是，主公已經回到了薊城，現在正召集所有文武共聚州牧府的議事廳，說有要事吩咐，魏延和其他將軍已經都去了，我是特地來尋找兩位將軍的。」

黃忠道：「主公召見，必然有大事要吩咐，子義，我們還是快去吧。」

太史慈點點頭，和黃忠並肩向前走去。

徐晃看到太史慈和黃忠這兩個原本水火不容的人，今天居然變得十分親密，有點不太理解，搖搖頭，跟在兩人的身後，朝州牧府走了過去。

州牧府。

剛從天津回來的高飛，如坐針氈，李移子的事件讓他深刻地體會到異己勢力的可怕，如果不及時對幽州進行一番整頓，以後必然會受到牽連。

聚集所有文武的命令剛剛頒布下去，議事廳裡現在只有高飛和士孫瑞兩個人。

高飛手捧香茗，品嘗了兩口，道：

「士孫大人，現在是非常時期，九大富商我一定要除去，但是他們的家產，我做出了合理的分配。如今幽州各地需要一筆很大的開支，我也知道你出鉅資擴建薊城勞苦功高，可是如果幽州不穩定的話，你的錢財再多，也會受到亂兵的波及，所以，我決定抄沒九大富商的財產，我拿大頭，你拿小頭，這筆資金將全部用於幽州的各項建設，也算是你對幽州的建設做出了又一次巨大的貢獻，你以為如何？」

士孫瑞早就預料到了會有這個結果，可是他已經買了票，上了船，船不靠岸他若想下去，只就能跳進深不見底的汪洋，**等待他的就只有死路一條。既然上了船，就要一條路走到底，活命最重要。**

好在他對高飛很信賴，不然的話，他也不會跟著高飛到幽州來，而且高飛將他兒子的荒唐事說給了他聽，他覺得高飛沒有處理他兒子，已經是幸運的了，捨不得孩子套不到狼，先付出後回報，早已成為他經商的特色。

他當即道：「一切全憑主公做主，就算是讓屬下傾家蕩產，屬下也在所不惜。」

高飛就喜歡聽這句話，他對士孫瑞是既利用，又防備，當然也要打一棒槌再給個甜頭了，他放下手中的茶杯，呵呵笑道：「士孫大人儘管放心，我不會讓你傾家蕩產的，這樣吧，九大富商的錢財，我八你二，等幽州步入正軌之後，我會讓你士孫家的商業帝國再次籠罩整個大漢的。」

士孫瑞唯唯諾諾，一臉的笑意，心中卻想道：「獅子大開口，總比不給我強，唉，這就是命啊，攤上如此聰明的主公，不知道是我士孫瑞的福氣還是晦氣啊。」

說話間，文武陸續到來，等到謀士和將軍們全員到齊了，高飛環視眾人，見賈詡、田豐等所有在薊城的心腹們都到齊了，便朗聲道：

「我已經廢除了漁陽的泉州、雍奴二縣，將二縣合併為一地，稱為天津，並且交給廖化鎮守。今日召集你們來，是有一件大事要你們去做，這件事關係到我們以後幽州能否穩定，所以我希望你們要不遺餘力的去完成。」

「但憑主公吩咐。」眾人齊聲道。

高飛道：「我從天津回來，當地富商李移子、樂何當等人秘密打造了一支私兵，準備迎接公孫瓚蒞臨幽州，偷襲我軍，我已經將李移子、樂何當徹底剷除，但是幽州境內尚有一些異己分子，這些人非富即貴，都是一些當地的惡霸和為富不仁的人，我準備對這些人進行打壓，將這些人抓到後全部問斬，將其家產全部抄沒，他們所儲存的糧秣分出一半給當地百姓，其餘的全部拉回薊城，你們有異議嗎？」

許攸站了出來，道：「啟稟主公，九大富商也和此事有聯繫，他們秘密派人去冀州的袁紹那裡，並且結連袁紹，欲圖對幽州有不軌的行徑，屬下以為，應當將九大富商就地正法，家產抄沒充公。」

士孫瑞附和道：「屬下也一直在秘密監視這九大富商，確實如同許大人所言，和袁紹有著某種聯繫。」

「殺了他們！」丘力居吼道，臉上青筋暴起。

其餘眾將也都是一致意見，對高飛的話沒有一點異議。

高飛當即道：「許攸、高林、陳到、夏侯蘭、丘力居、烏力登、難樓，你們各帶一千士兵負責抄沒其中七家財產，士孫瑞帶兩千士兵抄沒另外兩家。黃忠、太史慈、魏延、徐晃、陳到、文聘、周倉、卞喜，我這裡有一份名單，你們各自帶領親隨到當地，調動地方駐軍，進行抄沒，不得讓一人走漏，這八個富紳、豪族都是幽州暗中支持公孫瓚的，抓到全家人後，不問男女老少，一個不留，家裡的奴僕全部發給他們路費，讓他們各自回鄉。」

「諾！」眾將一起答道。

「好了，從現在開始行動，千萬不能走漏風聲，都快去吧。」高飛讓人將名單交給黃忠等人一人一份。

一聲令下後，熱鬧的大廳頓時變得空曠起來，只剩下賈詡、田豐、郭嘉、荀諶、司馬朗五個人。

「這樣做，會不會讓幽州陷入恐慌之中？」田豐皺了皺眉頭，忍不住說道。

賈詡道：「元皓，你不必多慮，這些人，主公早就想剷除了，幾個月前，主公在薊城時，已經派人在暗中調查了，只是一直沒有找到合適的機會下手，此時李移子的事件一出，正好是徹底整頓這些惡霸的時候，殺了他們，幽州的百姓不但不會感到恐慌，反而會拍手稱快，主公殺雞儆猴，感到恐慌的，應該是那些沒有被列入這次行動中的人，如此一來，他們必然會竭盡全力的支持主公，再也不會三心二意了。」

田豐道：「但願殺了這些人，能夠使得幽州真正的得到穩定，潛心發展一兩年，主公便能南下爭雄了。」

高飛道：「**攘外必先安內**，如果幽州內部不穩，又如何南下爭雄？諸位都暫且退下吧，這幾日會很繁忙，各地抄沒的家產都要如實進行登記。」

「諾！」

第八章

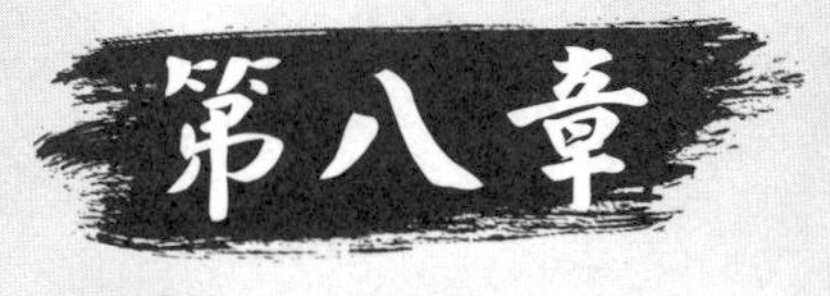

機關術

「我們公輸氏的人生下來就是要和墨家對抗的，當年祖師爺敗在墨子的手中，便苦心鑽研機關術，每隔二十年，公輸氏和墨家就會在泰山之巔進行比試，我絕對要在泰山之巔徹底擊敗墨家的傳人，給我公輸氏揚名。」

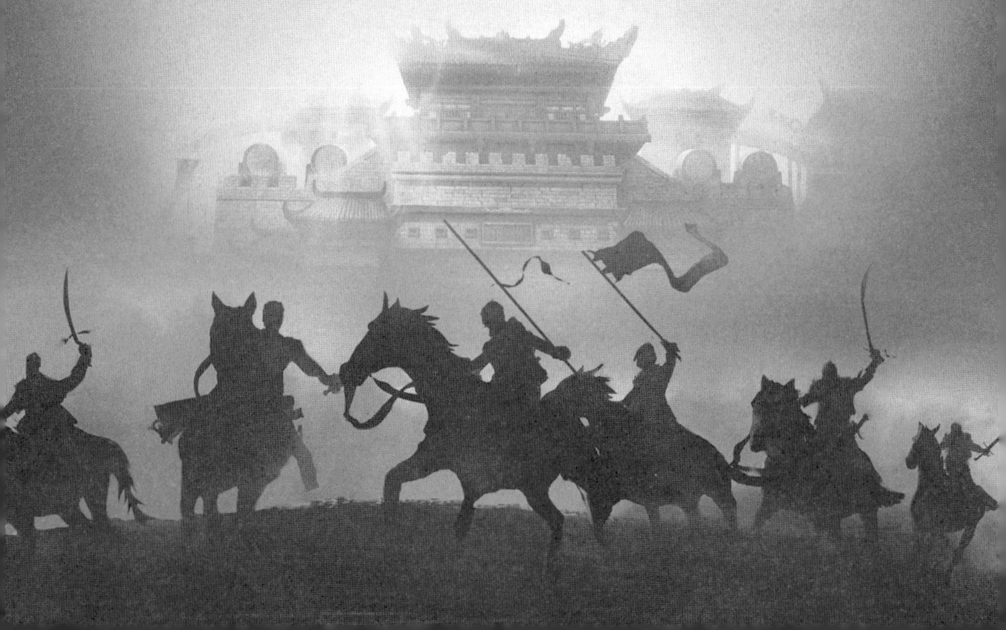

高飛展開的大清除活動從薊城首先開始，半個時辰內，九大富商的家人全部被抓了起來，就地問斬，一時間弄得薊城裡滿城風雨，九大富商所豢養的門客也在這時轉投到高飛帳下。

隨後，黃忠、太史慈等人各自帶領親隨趕赴外地，幽州境內，一場清掃活動即將展開。

高飛獨自一人坐在大廳裡，伸出雙手，就那樣盯著，覺得自己的手沾滿了許多鮮血，可是亂世的生存之道就是如此，不是你死就是我活，容不得半點心軟。

他嘆了口氣，自言自語道：「我現在已經成了殺人不眨眼的大魔頭，不知道結束這個亂世，我還要繼續殺多少人？」

「主公……主公……」司馬懿和樓班一人拿著一張紙，一臉歡喜地跑進議事大廳。

「哦？」高飛看見是司馬懿和樓班來了，驚喜道：「是你們啊，你們怎麼來了？」

司馬懿將手中的紙張伸開，亮在高飛的面前，自豪地道：「主公請看，這是我印出來的，好看嗎？」

「還有我，我也印出來了，這是我寫的。」樓班也打開手中握著的紙，迫不及待地展示在高飛面前。

高飛看了眼兩人手中的紙張，一張上面寫著「我要做大單于」，另外一張上則寫著「我要當大將軍」，笑了笑，伸手撫摸了一下司馬懿和樓班的腦袋，誇獎道：「不錯嘛，你們兩個看來還有點天分。」

司馬懿一點也不謙虛道：「那當然，我司馬懿如此聰明，這點小事還做不好嗎？若不是這幾天的太陽不夠毒，沒把我做成的泥塊曬乾，我早就做好送給主公了。」

「坐下吧！」高飛讓司馬懿和樓班坐下，問道：「製作的過程難不難？」

「不算太難，只要用心去做就行了，而且很好玩，比捉泥鰍還好玩。」司馬懿道。

高飛聞言道：「這樣吧，我現在就封你們兩個為童子軍的將軍，司馬懿為主將，樓班為副將，你們去召集全城所有的孩子一起做這種泥塊。司馬懿，你認識的字多，每個人教會那些孩子一個字就夠了，讓他們幫你們一起做這些泥塊，但是字不能重複，只要是你認識的字，你就照著老樣子做出來，曬乾之後放在那裡，等翰林院建成了，我有用。」

司馬懿不解地道：「主公，童子軍……童子軍就是孩子軍嗎？」

高飛點點頭：「凡是薊城內，小到三歲，大到十三歲的孩子，你們都將他們召集起來，以我的命令進行發布，每人每天發一個錢，至於泥土嘛，城外有的是，你們隨便拿，做好的泥土字塊都放在你們住的地方，要做得規規矩矩的。」

司馬懿和樓班點點頭，道：「我們發錢嗎？」

「每人每天十錢，怎麼樣？」

兩個孩子吃喝不愁，又沒有買過什麼東西，一聽到玩泥巴還給錢，樂得立刻就答應下來。

高飛讓人張貼告示，準備組建一個童子軍，有多少孩子算多少，等管寧、邴原從遼東到來後，他們還能進入學堂，這是多麼大的榮幸啊。

高飛看著司馬懿和樓班離去的背影，不禁想道：「教育還是得從小時做起，培養人才是必不可少的……」

告示張貼出去後，薊城內的父母們一聽說讓孩子玩泥巴還給錢，都覺得太划算了，爭先恐後的將孩子送了過來。好在高飛原來住的府宅夠大，容納一兩千個孩子不成問題，高飛又派幾十個士兵進行看護，權當開幼稚園了。

大大小小一千多個孩子將府宅擠得滿滿的，小孩子們嘰嘰喳喳的吵個不停，司馬懿按照漢軍編制，將不同年齡的孩子分開，同歲的待在一起，選出一個頭頭帶領，管理得井井有條的。

以後的幾天時間裡，賈詡、田豐等人則開始對九大富商的財產進行登記，高飛看到他們用漢子記帳，感覺很沒效率，直接亮出了阿拉伯數字，用數字代替漢字，流覽時也輕鬆許多。幾位智囊也很聰明，一教就會，這樣簡單的寫法，很快得到了大家的一致推薦。

阿拉伯數字是三世紀的時候由印度人發明的，但是負責傳播的卻是阿拉伯人，這種簡單一目了然的數字一出現，很快就在世界各地被沿用，傳到中國時，大概是在五胡十六國時期。

南北朝的時候，中國還出現了一個偉大的數學家叫祖沖之，這是中國人的驕傲，是世界上第一位將圓周率值計算到小數第七位的科學家。

抄沒家產是一個很吃力的活，既要核實上報總資產，又要將各種東西分開，所以負責抄沒九大富商的人用了好幾天的時間才清點清楚。當然，士孫瑞除外，他根本不用清點，高飛直接讓他把那兩家的財產裝進了他的口袋。

又過了幾天，黃忠、太史慈等人的抄家活動也圓滿結束，整個幽州的人都極為震驚，百姓對這次事件拍手稱快，其餘沒有被抄沒家產的資產小點的富商、世家和豪族，則紛紛表示支持高飛，主動獻出半數家產資以軍用。

十月二十，幽州境內迎來了第一場大雪，大雪飄飄揚揚的灑落下來，覆蓋住大地，將整個幽州乃至北方大地都籠罩在一團白色裡。

天氣寒冷，人心卻是暖的，幽州各地的惡霸全部被根除，震驚了整個幽州各郡百姓紛紛上萬言書，對新上任剛一個月的幽州牧高飛很信賴。

這天，高飛帶著薊城裡的文武，在官道上準備迎接從遼東遠道而來的管寧、邴原等一些飽學之士，還有高飛許久未見的嬌滴滴的美嬌娘貂蟬。

北風呼嘯，雪花飛舞，鵝毛般的雪片遮住了人的視線。高飛不停地跺著腳，雙手揣在袖筒裡，凍得發紫的嘴唇哆嗦著，雙目緊盯著東方的官道上，期望能夠看見一絲人影。

賈詡取下一件披風，披在高飛的身上，問道：「主公，我們在這裡已經等了差不多半個時辰了，會不會是夫人和管寧先生他們在路上耽擱了？」

高飛道：「不會的，卞喜的情報不會錯的，他們一會兒就會……」

不等高飛說完，便聽見有人喊道：「主公！車隊來了！」

這時，所有的人都鬆了口氣，看見一輛輛馬車從風雪中駛了出來，心中暗想，終於可以不用再受凍了。

車隊停了下來，卞喜一馬當先地朝高飛這邊馳來，在馬背上抱拳道：「啟稟主公，夫人和管先生、邴先生都已經接到了。」

高飛應了聲，便見貂蟬從馬車上走了下來，歐陽茵櫻攙扶著貂蟬，隨後跟了出來。

貂蟬身披一件紫貂皮大衣，脖子上圍著貂皮圍巾，頭上戴的也是貂皮製成的小帽，傾國傾城的外貌，高貴的穿著，讓他長久沒有悸動的心再次浮現出一絲漣漪。

他迎上前去，一把抱住貂蟬，貼在她耳邊喃喃道：「我想死你了……」

貂蟬有些不好意思，臉紅得如同一個紅蘋果，急忙道：「夫君，那麼多人看著呢……」

哪裡有人看，在高飛抱住貂蟬的一剎那，所有的人都轉過了身子，全部當作沒有看見。

高飛才不管旁邊有沒有人，鬆開貂蟬後，便給了貂蟬深深的一吻。

一吻過後，高飛這才清了清嗓子，看到管寧、邴原兩個在後面站著，便挽著貂蟬的手，走到管寧和邴原面前，道：「讓二位先生一路顛簸，我實在過意不去，如今二位先生到來，還請隨我一同進薊城吧。」

接到貂蟬、歐陽茵櫻、管寧、邴原一行人，高飛立即打道回府，坐進貂蟬和歐陽茵櫻的馬車。

高飛對依偎在身旁的貂蟬道：「我離開遼東後，你們姐妹過得還好吧？」

貂蟬輕輕點了點頭，小鳥依人的依偎在高飛的懷裡，享受著許久沒有過的溫暖。

歐陽茵櫻看了一眼貂蟬和高飛，嘆了口氣，什麼話也沒說。

高飛怪道：「小櫻，你嘆什麼氣？」

歐陽茵櫻不滿地道：「我是在替姐姐抱不平，兄長一走就是大半年，你讓嫂嫂……」

「小櫻！」貂蟬坐起身子，朝歐陽茵櫻使了個眼色。

歐陽茵櫻噘著嘴，嘟囔道：「姐姐，我這是為你好，既然兄長問起來了，那我理當如實回答，你確實是在忍受著相思之苦嘛！每天都在牽掛著兄長，可是兄長卻將你拋在遼東不聞不問，我實在看不過去。」

「小櫻，夫君公務在身，要忙大事，我能體諒，你快別再說了。」貂蟬含情脈脈地看著高飛，臉上帶著若有若無的哀愁。

高飛將貂蟬輕攬入懷，又在貂蟬的額頭上印下一記輕吻。

「兄長若是真的心疼姐姐的話，就不會再和別人訂下婚約了……」歐陽茵櫻繼續發著牢騷道。

「小櫻！別說了，大丈夫三妻四妾的很平常，再說夫君對我一向很好……」

「姐姐，你為了兄長哭了多少次，夜裡又做了多少噩夢，你不說，兄長又怎麼會知道呢，就這樣苦苦的思念著兄長，兄長卻和別人訂下了婚約，我替姐姐你抱不平啊。」

「小櫻，我的事不用你管，只要能一生一世陪在夫君身邊，我就心滿意足了。」貂蟬體貼地道。

高飛聽著貂蟬和歐陽茵櫻之間的對話，已經明白是怎麼回事了。

他和蔡琰訂下婚約可說是百利而無一害的事，這一個月來，蔡邕給自己的門生寫了不少書信，從其他州郡來了十幾個儒生，都是治理地方的人才，幽州有十一個郡，將近一百個縣，現在尚有二十多個縣沒有縣令，只能由太守兼職。

他緊緊地把貂蟬摟在懷裡，想轉變一下氣氛，便隨口道：「小櫻，你跟隨管寧、邴原兩位先生學習得如何了？」

歐陽茵櫻道：「兄長請放心，我很用功，只要是管寧、邴原兩位先生教授的，我都能很快學會。」

高飛道：「到了薊城後，你再跟著蔡邕學習一段時間吧，有這三大名士教你，你再自己涉獵一些兵法上的東西，不出兩年，差不多就可以當一個女軍師了。」

歐陽茵櫻吐嘈道：「兄長放心，小櫻不會辜負兄長的一片期望，只是請兄長對姐姐好一點，論相貌，我敢說全天下沒有幾個人能比得上姐姐的，放著如此嬌妻不要，兄長難道不覺得可惜嗎？」

「男女之間的事，你小孩子家懂得什麼？我是和蔡琰訂下了婚約，可那也是為了幽州著想，總之，你們以後會明白我的用意的。」高飛輕聲斥責了歐陽茵櫻。

歐陽茵櫻心中不服氣，噘著嘴，不再說話。

貂蟬見氣氛緊張，趕忙緩頰道：「夫君請息怒，小櫻還小，不懂事……」看著高飛一臉的鐵青，貂蟬聲音也越來越小，逐漸變成了沉默。

不一會兒，車隊進入薊城，高飛讓人先把管寧、邴原送到聚賢館，他則帶著貂蟬回到州牧府，其餘人各回各自的府邸，歇息一會兒，等待晚上的酒宴。

高飛將貂蟬給抱了下來，牽著貂蟬的手進了府邸，守門的士兵都對貂蟬的容貌感到驚為天人。

高飛讓人給歐陽茵櫻安排了房間，他自己則把貂蟬抱進了房中，房中已升好煤火，暖融融的。

脫去沉厚的衣衫，貂蟬展現出曼妙的身材來，此時的貂蟬已經不再是昔日那個瘦弱的宮女了，經過在遼東的養尊處優，整個人變得豐滿不少，就連個頭也長高了。

「親愛的，你比以前更加漂亮了。」

高飛坐在床邊，含情脈脈地盯著貂蟬，他注意到貂蟬的肌膚比以前光滑，面色也更紅潤了。

貂蟬嫣然一笑，道：「我還是以前的我啊，有什麼不一樣的？」

房裡的煤火燒得很旺，床上的孤男寡女闊別了大半年，自是乾柴烈火，一點就著，兩人擁抱著，很快便纏綿在一起。久別勝新歡，這句話確實有道理。

貂蟬摟著高飛的脖子，臉貼在高飛的胸膛上，嘴角洋溢著幸福的笑容。

不知不覺天黑了下來，高飛全身癱軟地躺在床上，聽到門外高林的叫聲，問道：「什麼事？」

高林在門外道：「主公，酒宴已經準備好了，各位大人和將軍們都到的差不多了，只等主公出席了。」

高飛有點戀床，但是出席酒宴也是大事，他揚起貂蟬的下巴，吻了貂蟬的小嘴一下，對貂蟬道：「親愛的，我去會見各位大人，一會兒我讓人把酒菜端進來，你和小櫻就在房間裡吃，我讓人給你找了幾個婢女，她們可以伺候你的起居。」

貂蟬道：「夫君，我不要婢女，我以前就是宮女，什麼事情我都會做，我用不著有人伺候。」

高飛道：「堂堂的侯爺夫人，怎麼能沒有人伺候呢，既然你知道婢女不好做，你對她們好一點就是了。」

貂蟬覺得高飛說得有理，便點點頭，答應了下來。

此時的酒宴大廳裡，文武齊聚一堂，負責到外地進行抄家的最後一個人也於今天中午趕了回來，幽州境內殘餘的異己勢力一律被廓清，整個幽州境內的人不管是尋常百姓還是富紳、豪族、貴族、世家，全部都凝聚起力量，心向高飛，再也聽不到任何的反對意見。

高飛雖然採取高壓政策，可是這種高壓政策確實很有效，南邊設立了范陽、天津兩個重鎮，北邊沿長城一帶有代郡、上谷、漁陽、右北平、遼西、昌黎六郡，東邊有龐德、褚燕、於毒鎮守的瀋陽、鐵嶺、撫順三地，東南是胡彧鎮守的樂浪郡，國淵、王烈在遼東始終保持著和高句麗的微妙關係，整個幽州這回算是徹底穩定了，剩下的就是各地的發展了。

對於高飛來說，這次攘外必先安內的策略非常成功，抄沒的富商家產更是數以億計，薊城一時成為了整個幽州屯積糧草和錢財的重地，下一步就是招兵買馬、研究發明、生產武器裝備、招納人才了。

高飛一進入大廳，在座的人都一起站了起來，齊聲朝高飛拜道：「參見主公。」

蔡邕、管寧、邴原三人也感到了幽州的穩定，不知不覺，都對高飛寄予厚望，心裡將他當作了主公，雖然他們三個人只教學，不參政，但是吃人家的嘴軟，畢竟他們吃的穿的住的都是在高飛的努力下才有的，三個人也就自然不會說什麼，大家心知肚明就是了。

「諸位，今天我們歡聚一堂，還請諸位不要客氣，今天是入冬以來的第一場大雪，有道是瑞雪兆豐年，希望明年莊稼有個好收成，我們幽州也會更加的安定和繁榮。」高飛高舉著酒杯，一臉喜悅地道：「來，我們滿飲此杯！」

雪已落了兩天，上午剛停止，大雪覆蓋整個北方，薊城的擴建工作也都停止下來，唯有翰林院還在繼續趕工。

從幽州各郡招募的數千名能工巧匠齊聚薊城，住在城北一排剛修建好的大院裡，被高飛以最熱情的方式進行款待。

偶爾會看見城外有騾馬拉動煤車的痕跡，嚴冬來了，煤炭成為取暖的工具。

自從煤炭在幽州被開採以後，先是遼東的百姓都過上了不再害怕嚴寒的冬天，隨後擴大到整個幽州，為了過冬，高飛早早就令各郡縣屯積煤炭，並且進行當地的煤礦勘探工作，成功地發掘了幾十處煤礦。

黑乎乎的煤渣掉在白茫茫的雪地上，一條專業的煤炭運輸線就這樣橫空出世了，每天都會有從四面八方拉著煤炭的車隊進入薊城，以供應整個薊城裡的需求。

寒風拂面而來，高飛的衣擺被風吹得呼呼作響，抬頭仰望天空，看著純淨的天空，他的心情很是放鬆。

忽然，一隻奇怪的大鳥從天空中駛過，徹底的吸引了他的視線。大鳥在空中迎風飛翔，自由自在的盤旋在空中。

高飛的視線緊盯著那天空中飛翔的大鳥，在幾百米的高空中，大鳥的樣貌清晰可見，沒有豐厚的羽毛，沒有彎曲的利啄，沒有鋒利的爪子，只有整體紅黑相間的框架以及巨大的翅膀。

「那是……」

注視了那大鳥一會兒，高飛的眉頭皺了起來，他清晰地看到那並不是什麼真正的大鳥，而是一隻木製鳶，在巨大的翅膀、光禿的腹部下，隱藏著一個瘦小的身影。

「空中飛人？」

「飛……飛人？」高飛身後的高林更是無比的震驚，他從未見過這種事，人居然飛上天空，像鳥一樣的翺翔。

高飛比高林更為驚詫，他什麼沒見過，可是在這個時代突然出現一個空中飛人，這就讓他感到十分的不可思議了。

他按捺不住自己心中的驚詫和喜悅，目光緊緊地跟著那空中飛人，見那飛人在空中盤旋了好長一段時間，借助風力飛翔，最後慢慢地下降。

「高林，快備馬，跟我一起出城！」

高飛見那飛人飛到一處高崗，消失在眼中，急忙對高林喊道。

高林應聲先高飛一步下了城樓，從馬廄裡牽來兩匹馬，和高飛一人一匹，出了城。

高飛快馬加鞭，這種借助風力在空中翱翔的事，讓他感到無比的震驚，他做夢都沒有想到古代人已經聰明到這種地步，而那個駕駛著飛行器械的人也令他同樣產生了興趣。

快馬狂奔，高飛和高林很快轉過那個高土坡，赫然看見那隻大鳥在遠處盤旋，離地面也越來越近，像是要降落的樣子，他直奔著那個鳥人而去。

風力越來越小，大鳥得不到風力，逐漸沉重起來，在距離地面還有一百米的時候，大鳥眼看就要墜落到地面上，哪知那大鳥的翅膀突然收了起來，背部上的凹槽彈出一張碩大的皮革，皮革張開像個降落傘一樣，使那隻大鳥緩緩地往下垂墜。

高飛震驚不已，對駕駛這飛行器的人充滿了興趣和迷惑，因為他從未在歷史上聽說過東漢末年出現過飛人。

駕駛大鳥的人看到兩匹快馬向他快速地飛奔過來，並沒有顯得緊張，神情十分平和，任由自己慢慢的降落。

高飛的馬奔馳到大鳥準備降落的位置，也看清了駕駛大鳥的人的面目，居然是一個和他年紀相仿的白淨小生。

駕駛大鳥的小白臉身形瘦弱，右手輕輕地抖動，大鳥的垂直度便變成傾斜度，整個人朝地面俯衝，「砰」的一聲，大鳥落地時向前滑行了幾米，在雪地上拖出一道長長的滑痕，隨後那張碩大的皮革也飄落下來。

高飛急忙跳下馬背，跑到大鳥邊上，剛要伸手去掀開那木製的大鳥，卻聽見大鳥下面傳來了一聲悶響：「住手，別亂碰我的東西。」

高飛的手收了回來，大鳥的頭部、尾翼縮進了身體裡，露出小白臉的頭和腳，他見小白臉整個人面朝下趴在雪地上，急忙問道：「小兄弟，你沒有事吧？」

小白臉沒有回答，雙手、雙膝撐地，將壓在身上的木鳥掀開，「砰」的一聲悶響，那木鳥便像一扇木門一樣跌落在雪地上，深深地嵌在了雪地裡。

小白臉站了起來，拍打了一下身上的雪，轉過身子對高飛道：「請問薊城離這裡有多遠？」

高飛道：「你剛才飛過去的那座城就是。」

小白臉「哦」了一聲，喃喃自語地道：「看來還要進行一番改進，降落的時候有些吃力……」

「你……你要去薊城？」高飛問。

小白臉點點頭，道：「我聽說幽州牧召集能工巧匠，不僅包吃包住，還有很豐厚的工錢，所以我就來了。」

高飛的目光無意間在小白臉的耳朵上掃了一下，見小白臉的耳垂上有一個極為細小的孔洞，心裡立刻驚了一下，側過身子打量起那個小白臉。

他見小白臉雖然穿著一身極為普通的男裝，頭髮也如同男子一樣在頭頂挽起了一個髮髻，但是小白臉微微挑起的雙眉下，是一雙深邃如潭水般的黑色眼眸，鼻子修長而挺直，兩瓣櫻色的嘴唇抿成了一條直線，再加上膚色白皙細膩，心中便肯定面前這人是個女兒身。

他沒有揭穿小白臉女扮男裝的事，見小白臉正把那個降落傘收起來，便道：「你是來應募翰林院院士的？」

小白臉道：「對，我聽說州牧大人徵召能工巧匠雲集薊城，我自認我有一身好技術，便前來應募。你是薊城人，能帶我進薊城嗎？」

高飛道：「可以，不過，能知道你的名字嗎？」

小白臉道：「我叫公輸非，是非常的非，不是不菲的菲。」

高飛聽到公輸非刻意地強調自己的名字，心裡便已經猜得八九不離十了，**小姑娘的真實姓名應該是公輸菲。**

他笑了笑，看著這個年紀和他相仿的公輸菲，又問道：「姓公輸啊，我看你這個飛行器做得挺精緻的，而且通身採用木頭製作而成，其中夾帶了不少微妙的機關，這些技術實在是匪夷所思。魯班也姓公輸，不知道你和魯班可有什麼關聯嗎？」

公輸菲一邊收拾自己的東西，一邊回答道：「實不相瞞，我的先祖就是魯班……」

「你……你是魯班的後代？」高飛欣喜地道。

「正是，**我是魯班的第二十三世傳人……**」公輸菲驕傲地說到了一半，突然停了下來，扭頭看了一眼身邊的高飛，問道：「你是誰啊？」

高飛一臉笑意地道：「呵呵，我就是幽州牧。」

公輸菲打量了一下高飛，見高飛一身布衣，穿著十分樸素，而且看上去不過二十出頭，有點意外地道：「你就是幽州牧？」

「對，我就是幽州牧，我叫高飛，字子羽。」

公輸菲突然笑了起來：「兄弟，騙人也不能這樣啊，我說的都是實話，你卻跟我打哈哈，你年紀輕輕，怎麼能夠當州牧呢？你的同伴都比你像州牧……」

「大膽！」高林不悅地道：「此乃我們州牧大人，如假包換，豈能容你隨意放肆！」

公輸菲沒有一點懼意，好奇地打量了一下高飛，問道：「你真的是幽州牧高飛？」

「貨真價實！」高飛擺出一副威武的姿態，道。

公輸菲臉上一喜，急忙跪地拜道：「公輸菲拜見州牧大人，剛才冒犯之處，還請多多海涵！」

高飛笑道：「不礙事，不知者不罪。公輸菲，我問你，你的這個大鳥能飛多遠，又能飛多久？」

「只要有風，想飛多遠都成，想飛多久都行。」公輸菲答道。

高飛親自將公輸菲扶了起來，見公輸菲不由自主地朝後退了一步，這才想起來他是個女兒身，便急忙收回手，有點不自然地問道：「那你……你從哪裡來？」

公輸菲道：「我從右北平的無終縣一路飛過來的。」

高飛算了算距離，嚇一跳，從薊城到無終少說也有二三百里路，沒想到那大鳥居然能夠飛那麼遠。

他指著地上的大鳥，問道：「你利用這個大鳥，什麼時候從無終縣飛過來的？」

公輸菲回答道：「辰時。」

「辰時？現在是午時，用了兩個時辰？」高飛心裡默默地算道：「一個時辰等於兩個小時，四個小時飛行了三百里，那這飛行器的飛行時速是一小時七十五里路……」

高飛驚詫萬分，沒想到大鳥速度這麼快，比馬匹快了不知道多少倍。驚喜之下，不禁失聲道：「我靠！真他媽的快啊……」

高林、公輸菲一臉狐疑，不解地看著高飛。

高飛意識到自己的口誤，話音一轉，急忙道：「製造一個這樣的飛行器，需要多少時間？」

公輸菲道：「**這不叫飛行器，這叫機關鳥**！是我們公輸家歷代相傳的寶物，經過先輩們不知道多少代的改良，才有了這一個，其工藝繁雜，製作艱難，沒有個兩三年的功夫，是製造不出來的。」

高飛聽到這話之後，心裡的激情便蕩然無存了，他本想借助這樣的機關鳥進行大量生產，完全可以裝備一個空軍，攻城掠地更是非常簡單，哪裡知道製造一個這樣的機關鳥要那麼長時間。

他嘆了口氣道：「高技術的東西就是費時費力……」

「就算製造出一個新的機關鳥，不是接受過訓練的人，也不可能將機關鳥駕駛的如此隨意，而且落地的時候很危險……」公輸菲繼續說著機關鳥的操作難處，看到高飛的臉黯淡下來，便停住了話語。

高飛道：「除了這個機關鳥，你還能做什麼東西？」

公輸菲道：「我能做的東西多了，除了機關鳥之外，還有機關獸，還有攻城器械，戰船等等，只要是你想得到的，我都能做，你想不到的，我也能做出來，這個機關鳥就是我最為得意的作品。」

高飛笑了笑，心裡默念道：「好大的口氣，火車、飛機、大炮、輪船，這些東西說出來你也不會做。不過，公輸家能夠做出如此精妙的機關鳥確實是讓人匪夷所思，如果能夠將此項技術推廣開來的話，以後打造一支空軍也不成問題。」

想到這裡，高飛便道：「走吧，我帶你進城，從今天起，你就是翰林院的大學士了，每月五萬錢，吃穿住一切都由我出，怎麼樣？」

「大學士……大學士是什麼官？」公輸菲不解地問道。

高飛道：「額……相當於校尉。」

公輸菲臉上一喜，急忙拜道：「多謝大人。」

高飛讓高林幫助公輸菲搬運那個看起來很笨重的機關鳥，高林以為會很重，哪知道一拎起來卻很輕鬆。

他納悶之下，搖晃了一下，哪知道公輸菲一把將機關鳥奪了過去，她自己一個人抱著機關鳥，用憤恨的目光看著高林，顯得對機關鳥很是愛惜。

高飛看後，笑了笑，對高林道：「把馬讓給公輸……先生，你步行回薊城，沒有問題吧？」

不等高林回答，便聽見公輸菲道：「不用了，我不會騎馬。」

高飛道：「那這樣吧，你騎著馬，我讓高林給你牽馬如何？」

公輸菲道：「不用他牽，我也不騎馬，女……我騎馬不好看！」

高飛也不勉強，對高林道：「你先騎馬回去，擺下一個小的宴席，我要宴請公輸先生。」

「諾！」高林騎上馬背便快馬加鞭的走了。

高飛見高林走了，看了眼公輸菲，道：「像你這樣一個漂亮的女孩子，為什麼要女扮男裝呢？」

「你……你胡說什麼，我明明就是男人！」公輸菲心中一驚，急忙反駁道。

高飛笑道：「哦，男人啊，男人也穿耳洞嗎？」

公輸菲不由地摸了下自己的耳垂，慌亂解釋道：「我……我自幼體弱多病，父母把我當女孩子養，這樣我會活得久一些，我是男人，不是女人。」

高飛見公輸菲死不承認，可他明明看見公輸菲的胸部比他突出一些，加上說話時的聲音也非常女性化，便道：

「既然你那麼願意當男人，我也不再多說什麼了，這件事我會替你保密的。但是我想讓你知道，你所在的地方是一個男人的世界，男人和男人之間的動作有時候會很親密，摟摟抱抱也是很平常的事情，夏天的時候還會裸著身體，總之，你一切小心一點就是了。至於你為什麼不願意以女人的姿態現身，我也不多問了。」

公輸菲聽後，心裡一陣發毛，**她沒想到高飛一眼便看出她是女兒身**，可對高飛這種不追問的態度也很感激。

她是公輸家唯一的傳人，公輸家的機關絕技一向是傳男不傳女，父母為了讓她繼承公輸家的機關絕技，便自幼讓她以男兒形象示人，也因此騙過了同族的人。

後來，家鄉鬧黃巾，家裡也得了瘟疫，整個村子只活了她一個人，她便借用機關鳥飛行到幽州右北平郡的無終縣的山林裡，在那裡隱居起來，一直到最近幽州變得穩定了，她聽說幽州牧召集能工巧匠，便想讓公輸家的機關絕技再一展身手。

一路上，公輸菲和高飛沒有說話，只是那樣的並肩行走著，不知不覺，兩個人便到了薊城的城門邊。

高林早已經等在城門那裡，看到高飛回來，喊道：「參見主公！」

高飛將公輸菲領入了薊城，並且在州牧府設下宴席，宴請公輸菲，從公輸菲的口中得知了更多公輸家的先進技術。隨後，他讓公輸菲住在州牧府裡，讓她等到翰林院建成之後，再去一展她的神乎其技。

與此同時，高飛又讓人在前來應募的翰林院工匠裡選拔出兩個人，讓兩個人暫時監管那幾千個工匠。

大雪的天氣裡，薊城內一派祥和，建築翰林院的工人們仍是日夜趕工，另一方面，司馬懿、樓班帶領的童子軍也做出不少泥塊，都讓人運送到州牧府裡，高飛一個字一個字的給這些泥塊排列順序，放在一個框架裡，然後潑上墨，將白紙拓上去，便出來了一篇他想要的正規的文字。

可是，泥土不夠好，有的只能用一次，儲存的時間不夠長。他想到了用陶土進行燒製，製出來的陶肯定要比泥土便於保存而且還耐用，於是，他便先行召集製陶的工匠，讓他們將這些方塊字變成手工藝品。

聚賢館也正式開館了，凡是到七歲的孩子都可以進館入學，按照年齡分成不同的等級，在蔡邕和其弟子以及管寧、邴原等人的共同帶領下開始教學。

北武堂裡也是熱鬧非常，這些平時訓練完畢之後精力旺盛的漢子們則在這裡切磋武藝，有人來投軍，也經過這些將軍們進行合理的安排。

這樣的日子變得相對清閒起來，一切事情都各自進入正軌，高飛也能專心去搞翰林院的研究發明了。

幾天後，翰林院正式落成，又經過兩天的裝修後，高飛便按照工匠的不同手藝進行合理的分配，木匠、鐵匠、石匠等都有了自己專屬的住所，他親自出任翰林院的院長，設立了大學士、編修、院士三個等級。

他讓公輸菲出任大學士，又選拔了三十個在各自的專業領域裡出類拔萃的匠人擔任編修，每個編修帶領一百人，三千個從幽州各郡前來應募的工匠全部擔任院士，每個月包吃包住，還有不菲的俸祿，大大的刺激了從事技工類的人才。

翰林院正式運轉之後，高飛首先指揮不同院士們開始造紙，又讓一部分院士從事他們專業領域的活動，讓賈詡、田豐等人通告全州，將所需的材料全部運抵薊城。

繁忙的工作開始了，高飛一邊忙著造紙，一邊對公輸菲的機關鳥產生了很大的興趣，時不時去公輸菲的辦公場地進行巡視。

這天，高飛來到公輸菲的的辦公場地，見偌大的一個空房間裡堆積了很多木頭，公輸菲正熟練裡運用木匠的一些器械對木頭進行加工，將粗糙的木頭刨成了光滑的規則體。

他走到正在忙碌的公輸菲身邊，輕聲問道：「我說大學士，你的那個什麼機關鳥的技巧，真的不能讓別的木匠一窺究竟嗎？」

「機關鳥乃我公輸家祖傳之物，向來傳內不傳外，傳男不傳女，雖然公輸氏如今只有我一人而已，我也要恪守家族的古訓，絕對不能讓這項技術被人窺探，否則墨家的人就會前來尋仇。」公輸菲振振有辭地道。

高飛道：「墨家？現在還有墨家嗎？漢武帝罷黜百家，獨尊儒術，如今也有二百多年了，墨家的人估計早就死絕了。你們公輸家和墨家鬥了幾百年了，難道就不能歇一歇嗎？」

「不能！我們公輸氏的人生下來就是要和墨家對抗的，**當年祖師爺敗在了墨子的手中，深以為恨，便苦心鑽研機關術，就是為了能夠超越墨家的人。而每隔二十年，公輸氏和墨家就會在泰山之巔進行比試**，如今離二十年之約還有一年多的時間，我絕對要在泰山之巔徹底擊敗墨家的傳人，給我公輸氏揚名。」

公輸菲越說越激動，目光中射出了道道精光。

高飛聽完公輸菲這席話，突然明白公輸菲為什麼會男兒模樣的打扮了，同時也明白了公輸菲身上所肩負的巨大使命。

「你的意思是，現在墨家和你們公輸氏一樣，都還存在這個世界上？」

公輸菲點點頭，停下了手裡的活，轉身看了眼高飛，反問道：「你知道我為什麼會前來薊城嗎？」

高飛道：「不是為了那些工錢嗎？」

「你把我當成什麼人了，我們公輸氏可不貪財。」

「那你是為了什麼？難不成是為了嫁人？」

「你！……」

公輸菲一聽到高飛說起這個，就來火氣，環顧四周，見沒有其他人在，冷哼一聲道：「以後你能不能不提這個？」

「可以，只不過我是在提醒你，不要忘記了自己的女兒身分。我現在也大概猜得八九不離十了，你應該是公輸氏的宗家，然而作為最有繼承公輸氏機關術的宗家，你的父母卻沒有兒子，所以從小就把你當兒子養，甚至瞞騙過了其他分家的人，就是為了讓你繼承機關術，不至於給宗家的人丟臉，對不對？」

公輸菲見高飛輕描淡寫的一句話，便說出了她為什麼會是男兒身的打扮，感到頗為吃驚，便急忙問道：「你私下派人調查我？」

高飛笑道：「這還用調查？猜都猜得到，電視上經常是這樣演的，看多了就明白了。」

「什麼電視？」

「額……」高飛想了想，解釋道：「就是用一個不大的框架，將人的一舉一動利用攝影機拍攝進去，然後經過一番後期製作，變成影像記錄，再通過一個螢光屏在那個框架內放映出來，這就是電視了。」

「不懂！」

「廢話，你要是懂了，那我就不是我了。簡而言之，就像傀儡戲一樣，傀儡戲……你應該看過吧？」

第九章

公輸菲

公輸菲看著面前的高飛，突然問道：「那你願意娶我嗎？」

「咳咳咳……」高飛聽到公輸菲這句問話，差點被口水噎住，咳嗽了起來。

「你……你剛才說什麼？」

公輸菲一字一句的道：「我問你，你願意娶我嗎？」

「嗯……那是傀儡師的把戲，登不上大雅之堂，跟我們公輸氏的機關術比起來，相差太遠了。傀儡一般是木製的，又稱木偶，在木偶的重要關節部位如頭、背、腹、手臂、手掌、腳趾等，各綴絲線，傀儡師拉動絲線以操縱木偶，這種江湖小把戲就是你說的電視？看來電視也不過如此，我還以為是什麼新鮮的玩意呢。要說傀儡戲，我也會，這是公輸氏最低級的操縱術，你要不要看看？」公輸菲侃侃而談，話語中帶著一絲自豪感。

高飛很佩服古人的一些玩意，小時候看到有人在玩弄木偶戲，他都會湊上去看。可以說，傀儡戲歷史悠久，源遠流長、品種繁多、技藝精湛，是中國藝苑中一枝獨秀的奇葩。

他也不想跟公輸菲扯太多，因為他說的理念，公輸菲根本理解不了，沒有現成的實物，用嘴根本和公輸菲說不清楚。

他嘿嘿地笑了笑，搖搖頭道：「不看了，我現在只想知道，**你既然不是為了錢財，到底是為了什麼來薊城的？**」

「就是為了**一年多後和墨家的約定**，我一個人住在無終縣的山林裡取材不便，來到薊城想要什麼，你就會給我什麼，我做起東西來，也就得心應手了，而且我還要對機關鳥進行一番調整，讓它降落的時候更加自然一點。

「當然，還有另外一個原因，那就是你打擊了許多惡霸，還廢除了農、工、商的無形等級，讓我這樣的工匠能夠成為普通的老百姓，我覺得你人不錯，又能給我一個穩定的修煉機關術的環境，所以我就來了。」

高飛明白了公輸菲的來意之後，便問道：「那你和墨家的人比試之後呢，你有什麼打算？」

「如果勝利了，自然會到公輸氏的祖墳去進行祭拜，祭告祖師爺的在天之靈，然後歸隱山林。」

公輸菲說到這裡，眉頭突然皺了起來，神情也顯得很落寞，繼續說道：「如果敗了……那只有繼續藏在深山中潛心修煉，期待二十年後的再次對決……」

「靠！無論輸贏都要歸隱山林，這是哪門子的事。我好不容易發現了你這樣的一個奇才，怎麼可能讓你歸隱山林呢。」高飛聽後，心裡默念道。

「難道你就不想讓公輸氏的機關術揚名天下嗎，總是歸隱山林，有什麼意思，**真正的大師，應該是利用自己所學的東西造福百姓**，發明一些實用的東西，然後在你所發明的東西上貼上你公輸家的標誌，讓全天下的人都記住你們公輸氏。歸隱山林不問世事，就會一輩子默默無聞，自從漢武帝罷黜百家之後，這個世上估計就很少有人聽說過其他的諸子百家了，難道你就不想讓公輸氏的機關術超越儒家嗎？」

公輸菲的眉頭皺得更緊了，輕聲說道：「如今公輸氏只剩下我一個人，儒家已經徹底成為大漢的根基，其他諸子百家也都各自隱居了起來，要想讓公輸氏超越儒家，談何容易。」

「謀事在人成事在天，你如果不去積極的爭取，怎麼知道不可能？可是你若是輕易放棄了，那就是真的不可能了。公輸氏既然剩下你一個人，如果你以後沒有子嗣的話，那公輸氏的這項機關術的絕技，就只能失傳了。你知道古代有多少項絕技都是因為沒有合適的繼承人，卻又不捨得將本門的技術散播出去，因此而失傳的嗎？

「我想幫你，可你也要拿出自己的底氣來，你們公輸氏就剩下你們一個人了，估計其他諸子百家也都差不多，墨家是否還存在也是個未知之數。光陰如梭，時光飛逝，**若是你此時不開始物色自己的傳人，萬一你死了以後，那你公輸氏的機關術可就真的失傳了。**」

聽完高飛的話後，公輸菲的心更加糾結了，她陰鬱著臉，抬起眼皮，目光中透露著一絲的驚恐，問道：「我不求超越儒家，也不求讓機關術發揚光大，但是你真的可以幫我讓機關術不再失傳？」

「當然！只要你肯，**你可以收個徒弟將機關術傳給你的徒弟**，然後由你的徒弟……」

「不行！」公輸菲斬釘截鐵的道，「公輸家祖訓在此，傳內不傳外，傳男不傳女，我不能違背祖訓，公輸家的機關術也不能傳給任何一個外姓的人。」

「可你就是女兒身，卻學了機關術，要說違背祖訓，你的父親已經違背了，將此項技術傳給了你。樹挪死，人挪活，祖訓都幾百年了，也該改改了……」

「不行！公輸家的機關術絕對不能傳給外姓人，我爹雖然將機關術傳給了我，可是我終究還是公輸家的人，機關術並沒有被外人學去。」

高飛嘆了口氣，道：「那看來只有你找個人嫁了，然後生兒育女，將機關術傳給你的子女了，你自己的子女總不算是外人吧？」

公輸菲沒有回答，小臉上卻泛起了一絲微紅，雙目看著面前的高飛，見高飛的臉上有一處明顯的傷痕，卻始終破壞不了他的一身威武氣息，心中略微思索了一下，突然問道：「**那你願意娶我嗎？**」

「咳咳咳……」

高飛聽到公輸菲這句問話，差點被口水噎住，咳嗽了起來。

「你……你剛才說什麼？」

公輸菲一字一句的道：「我問你，你願意娶我嗎？」

高飛見公輸菲長得還算清秀，如果恢復了女兒身，應該是個不可多得的美人胚子。

他見公輸菲如此大膽的求婚，很是意外，哪裡想到古代人會如此主動。可是他已經有貂蟬，又和蔡琰有了婚約，突然又來一個公輸菲，他有點不知所措，支吾道：「這個嘛……」

「男子漢大丈夫，怎麼婆婆媽媽的，願意，你就娶我，再說，你是第一個摸過我的人，我不嫁你我嫁誰？」公輸菲理直氣壯地道。

高飛一臉的驚詫，他至始至終都沒有碰過公輸菲，又談何摸過她，急忙問道：「我什麼時候摸過你了？」

公輸菲臉上一羞，朗聲道：「你無恥！」

「我怎麼無恥了，你倒是說說看，我什麼時候摸過你了？我雖然不是什麼正人君子，可是我也不會去做這種下流的勾當，我要是摸過你了，我能不知道？」

公輸菲氣得狠狠地朝地上跺了一腳，轉過身子，背對著高飛說道：「你好好想想，我第一次見到你的時候，你是不是摸到我的手了？」

「啊？」

高飛這才想起來幾天前第一次見到公輸菲，他將公輸菲扶起來的時候，不小心碰到了她的手，他現在有口莫辯，道：「你……那個也叫摸？我只是碰了你一下而已，完全是不小心，不是故意的，再說，我當時也不知道你是女人啊，要是知道，我就不會那麼熱情的扶你起來了。」

「哼！反正我的清白已經被你玷污了，男女授受不親，你摸過我的手，你就要對我負責，你娶也得娶，不娶也得娶，不然傳了出去，你一個堂堂的州牧，隨意欺凌良家女子，只怕會惹來天下人的唾罵。你要是不娶我，我以後就嫁不出去了，也只有一死而已。」

一哭二鬧三上吊，女人啊，可讓高飛見識了，比起貂蟬的賢良溫柔，蔡琰的知書達禮，公輸菲完全是一個喜怒無常的蠻女嘛。

「既然你執意要嫁給我，我也沒話說，三妻四妾很平常，多娶幾個老婆也無妨，再說她也不醜，娶就娶吧。**娶了她，生了兒女之後，公輸家的機關術就落到我高家的手裡了，到時候再發揚光大，貼上高氏的商標，發明一些好東西，上架銷售，也是不錯的利益**，這個生意可做。」

高飛心裡盤算著，完全將婚事當成了生意來做，商人本色也展露出來。

良久之後，高飛道：「好吧，既然我摸了你，我對你負責就是了，不過，我前面還有一個婚約，總要有個先來後到吧，等我先娶了前面的那個，過一陣子再娶你，如何？」

公輸菲轉過身子，望了望高飛，點點頭道：「正好現在我也不想嫁，我還要苦心鑽研機關術，好對付墨家的人呢，婚事的事，等以後再說。既然現在你答應娶我了，那以後我需要什麼，你這個做夫君的，是不是就該給我什麼？」

高飛突然有種上當的感覺，道：「那你想要什麼？」

「木頭！上等的木頭，無終縣的山林裡有的上等的好樹木，你派人去砍一些來，運到我這裡就成。」

「好，我答應你。」高飛附在公輸菲的耳邊，無賴地道：「我說，既然我是你的夫君了，那你是不是也該給我點什麼？」

公輸菲臉上一驚，雙手護住前胸，身體不由自主地向後退，道：「你想幹什麼？告訴你，你可別過來，否則傷到了你，就別怪我沒有提醒你了。」

高飛見公輸菲誤會了，便笑道：「你放心，我不會對你怎麼樣的，在你沒嫁給我前，我一根手指頭都不會碰你。我只是想讓你給我做點東西，不知道你願不願意？」

公輸菲道：「只要你不對我非禮，你想讓我做什麼都成，反正我是你的人了，這輩子都跑不掉了。」

「呵呵，說的也是。你今年二十？」

「我有那麼老？我才十八歲。」

「哦，十八姑娘一枝花，很不錯。」高飛一邊點頭，一邊斜眼看了下大廳裡陳放的東西，卻沒有一樣他看著能夠實用的，也不知道公輸菲在搗鼓些什麼東西，「我說，你能不能給我做一些連弩？」

「連弩？」公輸菲放下了防備，驚奇地道。

「嗯，連弩。普通的弩機一次只能裝一支弩箭，射出去之後，還要進行再次裝箭，很麻煩，我想要一個一次能夠裝許多支弩箭的那種箭匣子，當扣動弩機的扳機時，箭匣子裡的弩箭便能自動裝進弩機裡，省去了人力，提高了射擊弩箭的次數和威力。這樣可以進行連續射擊的弩機，就叫連弩，你能做出來嗎？」

公輸菲手托著腮幫子想了想，道：「我沒有做過這樣的東西，不過我可以試試看，等我做成了，我會叫人通知你的。」

高飛道：「好好，希望你能儘快做成。對了，你需要助手嗎，你一個人忙活，是不是太累了點？」

「不需要，外人來會偷師，我不想我的機關術被人偷學走。」

「我是你的夫君，我可以來給你當助手，我腦子裡裝著許多千奇百怪的東西，就是我自己做不出來，你要是能幫我做出來了，那就太好了。」

公輸菲尋思了一會兒道：「好吧，但是只准你一個人進來，別人誰也不准來。」

「可以，我現在還有事情要忙，就不打擾你了，改天再來看你。」

公輸菲也不留高飛，她的心思全在這機關術上，雖然高飛答應了要娶她，她只覺得是給自己找了一個好的歸宿，對她潛心研究機關術有幫助。

當然，她對高飛也有點小心動，畢竟**美女愛英雄**，可是當務之急是準備應付一年多後的泰山之巔的墨家之約，她見高飛離開了，心也就靜下來，繼續開始她的工作。

高飛弄這個翰林院可不能白弄，他需要很強大的工匠作為班底，首先煉鋼是成功了，可還沒有進行推廣，因為遼東的鋼廠產鋼量很低，還要不時生產供給高句麗的鐵製兵器，占用了資源，所以他的軍隊現在還沒有完全裝配上統一的鋼製兵器，戰甲也只是幾個將軍才有，還處在良莠不齊的狀態。

於是出了翰林院，高飛便給漁陽兩座改造完畢的鋼廠發布了命令，讓他們統一生產規格一致的鋼製兵器和戰甲，以長槍、鋼刀、箭頭為主。

漁陽鋼廠交給荀攸負責，生產戰甲，天津的鋼廠則委託給廖化，讓他監管天津的一切，並且開始生產兵器。

此外，高飛還從翰林院調了三百名鐵匠去天津，只留下了五名鐵匠在翰林院，隨時給他打造他想要的東西，比如軸承、滑輪這些必要的東西。

為了讓軍隊完全統一起來，他還讓荀諶負責督建服裝加工廠，春夏秋冬四季軍裝都由他親自設計，並且徵召了薊城裡一些女紅做得不錯的婦女，先給他做出一個樣子出來。

為此，他還將原本給九大富商居住的一處大宅給貢獻了出來，美其名曰為織造司，交給荀諶負責。

這日，高飛在薊城裡各處巡視了一番之後，便來到了織造司，想看看軍裝做的怎麼樣了。

一進織造司，高飛便看到一些女紅高手正在一針一線的進行工作，他心裡想：「這樣一針一線的靠手工去做，以後要是大量生產的話，那得需要多少個女工啊，要是能有縫紉機就好了。可惜我不知道那東西的原理，也無法上百度查詢，否則的話，我一定會弄個縫紉機出來。」

「主公，你怎麼來了？」

高飛一進織造司，便有人去通知荀諶，這會兒荀諶急忙出迎，來到高飛的身邊，貼心地問道。

高飛道：「閒來無事，來看看軍裝做得怎麼樣了，這幾名女工看起來很辛苦，待遇上別虧待了她們，等開春之後，也要大批招募女工進行服裝加工。」

荀諶道：「屬下知道了，屬下一切按照主公的吩咐去做。主公請！」

高飛被荀諶迎入了織造司的大廳，兩個人主次坐定之後，便聽高飛道：「先生自來幽州一切可還習慣？」

荀諶還是第一次單獨會見高飛，便客套地道：「習慣，一切都習慣，而且如此寒冬，屋內卻暖意融融，也是實屬罕見，比之潁川老家的冬天要暖和多了。」

高飛笑道：「以後我會慢慢進行改造的，儘量讓家家都用上暖氣，到時候冬天就不會太冷了。」

「主公英明。」荀諶道：「啟稟主公，屬下有一個提議，但是主公一直在忙，屬下也就沒去打擾，今日主公親自到此，正好可以向主公談上一談。」

「哦，先生有什麼好的建議就請直說，以後無論我是否繁忙，都可以直抒己見。」

「多謝主公。屬下以為，幽州原本是飽受戰亂的地方，民眾不是很富裕，如今幽州已經日益穩定下來，主公就應該施行仁政，好好的休養兩年，兩年之後，幽州必然能夠一舉成為大漢最穩定的地方。」

「嗯，我也是這樣想，如果統治的地方民心不穩，就無法向天下爭雄，窮兵黷武只能走上敗亡的道路。」

荀諶道：「九大富商、八大惡霸已盡皆剷除，州牧府中糧秣充足、錢財廣集。屬下以為，**主公應該輕徭役，薄賦稅，高築牆，廣積糧，和蠻夷，聯諸侯，只要做到了這六項，幽州兩年之後便可橫掃中原。**」

高飛聽完，覺得荀諶說得很有道理，幽州的地理位置非常獨特，北方是塞外的大草原，東方是廣袤的山林，山林裡卻有高句麗、扶餘等一些東夷人，內部好不容易穩定下來了，就應該潛心發展。

他點了點頭，道：「先生的提議很不錯，我深表贊同。」

荀諶拱手道：「多謝主公誇讚。這六項方針，乃是屬下苦思很久的結果，大漢朝廷徭役頗重，賦稅也很重，這才導致了百姓流離失所，淪為奴僕的下場。如果主公能夠在整個幽州境內將徭役變輕，賦稅也象徵性的收取一點，百姓進行農事生產的時候也提高了積極性，再施以屯田策略，兩年之中必然能夠讓幽州百姓豐衣足食。」

高飛一邊點頭，一邊聆聽。

荀諶繼續道：「幽州北方是大草原，鮮卑人喜好劫掠，南邊是袁紹的冀州，西邊是呂布的並州，為了防止騷擾，主公可以在北邊築起高牆，將斷裂的長城修復，連成一體，在冀州、並州通往幽州的必經道路上設下關卡，再派出使節緩和周邊蠻夷的局勢，然後積極屯積糧秣，並採取遠交近攻的策略，和諸侯之間通好，便足以使得幽州在兩年之內徹底成為主公爭霸天下的堅實後盾。」

「輕徭役、薄賦稅、高築牆、廣積糧、和蠻夷、聯諸侯，這六項建議確實是很不錯，完全可以當作是施政的六項基本方針。先生的策略確實是高見啊，令我佩服佩服。」

荀諶道：「這也是主公英明，若非有如此英明的主公，屬下這六項建議就算提出來了，也不一定會被人採納。另外，主公也無需擔心兵力的問題，只要幽州穩定下來了，百姓安居樂業之後，一旦主公招募兵勇，百姓自然會趨之若鶩了。有道是兵不在多，兵不在多在於精，將不在勇在於謀，如今我幽州境內八萬之眾，若能進行兩年的演練，再配以精良的武器和裝備，必然能夠成為席捲天下的雄獅。」

「說得好，哈哈哈，不過我要追加兩萬，以十萬之眾鎮守幽州，打造幽州的鐵騎和重步兵，以後爭霸天下的時候，也省得兵力不足了。」

荀諶沒有反對，自己的建議被接受了，他自然很高興，對於徵兵兩萬也沒有什麼異議，畢竟幽州境內總人口有一百九十多萬，以十萬之眾鎮守幽州，不算窮兵黷武。

高飛和荀諶又進行了一番攀談，荀諶說出一些對六項基本方針實施起來可能遇到的難度，並且舉薦了一些他的屬吏去完成這件事，都深得高飛的贊同。

離開織造司時，軍裝尚未做成，高飛說下次再來，並且對荀諶也重新有了一番認識，對荀氏這個歷史上曾經在袁紹手下屈才的人很賞識。

他在想，荀諶在給袁紹當謀士的時候，肯定也是提出了這些方針的，如果袁紹採納了這個六項方針，估計官渡之戰也不一定會敗給曹操了。

一回到州牧府，高飛便立刻將這六項方針以政令的方式命人頒布到幽州各郡，交給各太守、將軍進行實施。

第二天，從長安到來的大漢朝廷的使節來到薊城，宣讀了大漢皇帝的聖旨，正式冊封高飛為驃騎將軍、燕侯，並且讓高飛假節鉞，總督幽州。同時，高飛也從長安來使的口中打聽到了一些朝廷的消息。

馬騰被大漢皇帝封為涼侯，兒子馬超以十歲低齡出任太傅，終日陪伴在皇帝的身邊，**父子收攏了董卓舊部，緩和了和關東諸侯的矛盾，以長安為都，組建了一個馬氏控權的新朝廷，皇帝也成為了馬騰手裡的一張王牌。**

不過，馬騰倒真是忠於漢室，將百官都接到了長安，並且減免了涼州的兩年賦稅，又分封羌人各部族首領為侯，緩和了羌人和漢人在涼州的矛盾，也遣散了羌人的騎兵隊伍，自己坐鎮涼州，以司空楊賜、司徒許靖為輔政大臣，專心拱衛長安的小朝廷。

馬騰為了表示和關東諸侯的誠意，便奏請皇帝敕封關東諸侯。袁紹被封為大將軍、冀州牧，統領冀州；曹操被封為衛將軍、兗州牧，統領兗州；呂布被封為車騎將軍、並州牧，統領並州；劉表被封為鎮南將軍、荊州牧，統領荊州；劉焉被封為安西將軍、益州牧，統領益州；袁術被封為鎮東將軍、汝南侯、豫州牧，統領豫州；陶謙被封為安東將軍、琅琊侯、徐州牧，統領徐州。

除此之外，公孫瓚、劉備被封為左、右將軍，而受封為交州牧的孫堅，則辭去了交州牧的職務，率部在揚州和受封為揚州牧的劉繇進行火拼，並且很快占領了三郡之地，和劉繇形成了對峙狀態。

馬騰出於和事佬，派人去勸說不成，最後只能靜觀其變，並且接受群臣舉薦，冊封士燮為交州牧。

天下形勢基本大定，高飛送走長安來的使者之後，便派出卞喜訓練出來的偵察兵為首的人當使節，主動和並州的呂布、兗州的曹操、徐州的陶謙、荊州的劉表、長安的馬騰、豫州的袁術、揚州的孫堅取得聯繫，也順便搜集各地的情報，進一步瞭解諸侯之間的動態。

另外，高飛還讓田豐出使鮮卑，主動和鮮卑各部族取得聯繫，以白檀、平岡兩地作為胡漢貿易之地，徹底關閉上谷的互市，以塞外之城作為互市，約定互不侵犯，並且向鮮卑兜售各種大漢的土特產以及絲綢、瓷器和陶器，從鮮卑那裡購買馬匹、鑌鐵、皮革。

鮮卑各部族勢力分散，檀石魁的大聯盟早已經瓦解，鬆散的鮮卑人相互攻伐，幽州的防禦又太過強悍，使得鮮卑各部紛紛將攻擊的目標轉向了並州，並且和幽州紛紛訂立盟約，約定互不侵犯。

田豐的出使，在一定程度上解決了幽州和鮮卑人之間的矛盾，於是高飛派遣士孫佑帶領商隊進駐白檀和平岡，名義上是進行貿易，實際上是暗中調查。並且派遣張郃、龐德帶兵化為商人，在兩地秘密修建塢堡。

因為他知道，鮮卑人一向不太愛履行約定，說不定什麼時候就會撕破臉，他要在塞外進行防禦，將高築牆的策略放在了塞外，因為比起修復長城，新建塢堡要簡單的多。

幾天後，正式的軍裝被織造司裡的女工做了出來，高飛首先試穿，他是根據現在的軍裝進行改良的，雖然暫時還沒有對軍裝進行染色，但是那也是遲早的事。他設想的是飛羽軍穿迷彩服，其他部隊都統一的穿深藍色為基調的服裝，還要製作貝雷帽，總之能看上去舒服就行。

穿上新做的軍裝，高飛整個人越來越找到了現代的感覺，覺得自己英氣逼人。可是在荀諶等人的眼裡，卻覺得不倫不類的。春夏秋冬，四套不同的軍裝，他都一一試穿了，當試穿上夏裝的時候，更是讓荀諶等人感到很不適應。

高飛笑道：「我這是仿造趙武靈王改穿胡服，這種長袍、衣衫都太累贅了，沒有穿著軍裝看著舒服，行動上也不受約束，以後大家會慢慢習慣的。」

荀諶也明白這個道理，但是身為古人的他，要接受新的事物，肯定是有個過渡階段，還要慢慢適應，所以高飛先以軍隊作為基點，然後向民眾慢慢宣導，可以作為區別其他州的一個標識。

離開織造司，高飛只給了荀諶一道命令，在這個冬天裡，儘量多招點女工進來，先趕製一批服裝出來。

之後，高飛便去了翰林院，詢問公輸菲連弩的事，已經三四天沒去了，高飛的心裡還挺惦記的，一旦連弩研發成功，量產之後，裝備到軍隊裡，就可以當手槍用，投入到戰鬥中也可以增強軍事實力。

進了翰林院，高飛沒讓人進行通報，就直接進了公輸菲所在的辦公地點。公輸菲自從進了翰林院之後，就沒有再出來過，基本上吃住都在那裡，專心當宅女。

大學士的辦公地點裡沒有見到公輸菲，高飛輕輕叫了兩聲，沒有人回答，便轉身朝公輸菲住的房間而去。

門窗緊閉，迎面一陣濕氣撲來。高飛推開門，卻看見屋子裡充滿了水霧。

「啊——」

水霧中突然傳出一聲尖叫，公輸菲正坐在一個圓木桶裡洗澡，突然見高飛闖了進來，急忙遮住自己的身體，也不知道高飛看沒看見。

高飛哪裡知道公輸菲在這裡洗澡啊，急忙關上門，走出房間，連聲喊道：

「我什麼都沒看見，我是來問你連弩做好了沒有……」

「連弩已經做出來了，在大廳裡的桌子下面，和一頭機關獸放在一起，你自己去拿。」房間裡傳來帶著一絲怨氣的女聲。

高飛快步走到大廳裡，目光四處搜索著，赫然看見一張巨大的弩機靠著一段木頭雕刻的小狗身邊，歡喜道：「這就是連弩？」

擺在高飛面前的是一張巨大的弩機，弩機長約五十釐米，弩臂約有一米，弩機上方是一個扁狀的箭匣子，在弩機中央有一排凹槽。

高飛伸手拿起這張巨大的弩機，只覺得入手頗為沉重，若不是他臂力大，估計也無法端起來。他將弓弦拉到了後面，立刻就有十支大約二十釐米長的弩箭自動滑出了箭匣子，一根根地立在凹槽上，排成了一排。

欣喜之下，高飛對準了不遠處的一塊木板，瞄準之後，扣動扳機，十支弩機便一起飛了出去，筆直地射在木板上，卻只發出一聲悶響。

「這張巨弩能夠一下子發射十支弩箭，在殺傷力上，要提高了許多倍，印象中的諸葛弩也無法如此，可是……」

高飛放下了手中的巨弩，嘆氣道：「可是這不是我想要的連弩……」

「那你到底想要什麼樣的連弩？這可是我花了好幾天的心血才做出來的，你一點都不滿意？」

公輸菲不知道什麼時候站在高飛的背後，倒是嚇了高飛一跳。

高飛轉過身子，當他看到公輸菲的一剎那，整個人不禁目瞪口呆。

公輸菲雖然穿著厚厚的男裝，但是她的頭髮沒有挽起來，黑色微捲的長髮如瀑布般垂到腰間，配上那張清麗脫俗的臉龐，給人一種宛若處子般的純潔感。更要命的是，那頭秀髮濕漉漉的，帶著朦朧感，讓人覺得如夢如幻，如同出水芙蓉。衣服的領口也沒有扣好，露出了脖頸到鎖骨間的白皙肌膚，隱約還能看見胸前隆起的溝壑。

公輸菲看到高飛的目光停留在自己的胸前，這才意識到領口沒有扣好，急忙用手遮住，微怒地道：「你還看？我的清白已經徹底毀在你的手裡了……」

高飛聽公輸菲這話怒中帶喜，嘿嘿笑了笑：「你真好看！」

公輸菲不再理睬高飛，用眼睛剜了他一眼，心想早晚都是他的人，就算被看到了又有什麼關係，身體一轉，臉上泛起了微紅，道：「你剛才說這不是你想要的連弩，那你想要什麼樣的連弩？」

高飛言歸正傳：「這種弩用於守城應該不成問題，一弩十發，殺傷力大，但是這種弩太過笨重，我舉起來都有點吃力，別說其他的士兵了，不適合單兵作戰，要是能夠再小一點的話就好多了。」

「小的發射不了十支弩箭，最多五支就算了不起了。」

「不不不……」高飛擺手道，「我說的小，不是這種一下子將十支弩箭全部發射出去的，而是那種單發的弩箭，但是每扣動扳機一次，下一支弩箭便會自動滾落到弩機的凹槽上，而且弓弦也不用再行扳倒弩箭的尾部，就自動和弩箭一樣填裝完畢了。」

公輸菲皺起了眉頭，思索道：「弩箭自行填裝倒是不成問題，可是要讓弓弦自動拉開，這倒是個極大的問題，除了使用外力，弓弦是不可能自動拉開的，除非……」

「除非什麼？」高飛急忙問道。

「除非在弓弦附近應用機關術，並且採用兩根弓弦，一根弓弦彈射出去之後，便能將另外一根弓弦拉開，如此反覆，就能夠自動填裝，也無須人力了。」公輸菲道。

高飛聽明白了公輸菲的意思，是想借用循環動力，利用扣動扳機的力道來拉動弓弦。

他哈哈笑了起來，欣喜之下，上前一把抓住公輸菲的手，開心地道：

「嗯，只要能夠進行連續射擊，讓弩箭自行填裝，而且能夠讓單人使用的話，就算真正的連弩了。你真是太聰明了，我愛死你了，不知道你什麼時候能把這種連弩製造出來？」

公輸菲心裡感到有一股從未有過的悸動，心跳加快，臉上也越來越熱了，只覺得被高飛抓住的手變得僵硬起來，整個人呆在那裡，不知道該如何是好。

高飛見公輸菲臉上泛起紅暈，白裡透紅的像個紅蘋果，意識到自己的動作，趕忙鬆開公輸菲的手，深深地鞠了一個躬，給公輸菲道歉：

「對不起，我剛才不是故意的……那個……連弩你什麼時候能夠製造出來？」

公輸菲雙手緊握，手上還存留著高飛的餘溫，聽到高飛說那句「我愛死你了」的時候，心裡一陣暖烘烘的。

她轉過身子，支吾道：「沒……沒什麼，反正……我已經是你的人了……那個……你要的連弩，大概下午就能做出來，材料什麼的都準備得好好的，只需將普通的弩機進行改良就可以了。下午的時候，你來這裡取吧。」

高飛「嗯」了聲，朝公輸菲拜道：「那你就在這裡忙吧，我不打擾你了，我先走了。」

公輸菲點點頭，見高飛走出大廳，伸出雙手捂住發燙的臉蛋，臉上洋溢著笑容，自言自語地道：「他愛死我了，他說他愛死我了……」

下午，高飛再次來到公輸菲的工作場所，這次他沒有那麼莽撞，先在外面叩門，聽到公輸菲在裡面答應之後，他才進來。

一進大廳，便見公輸菲手裡端著一張小巧的弩機，比普通的弩機要大上一點點，但是卻不影響單兵作戰。因為像公輸菲這種瘦弱的女子都能端起的弩機，就別說那些打仗的大老爺們了。

「來，你試試這個，這個應該就是你說的連弩了。」公輸菲見高飛來了，臉上洋溢起笑容。

高飛還是頭一次見公輸菲對他笑，隨之還給公輸菲一個笑容，接過公輸菲遞過來的弩機，握在手裡感覺很輕巧。

又看了看手中的弩機構造，發現弩機的根基和一般的弩沒什麼區別，唯一有區別的地方，在於弩機上多了一根弓弦，而且兩根弓弦之間還有一個小巧的傳送器，弩機下方也有一個狹小的箭匣子，他扣動扳機的時候，便見兩根弓弦都在移動，而早已經在凹槽中架好的弩箭也蓄勢待發，只要一觸發扳機，弩箭就會立刻射擊出去。

他試著發射了三支弩箭，都是進行連續射擊，並未出現任何差錯，而且方便輕巧，可以隨身攜帶。每發射一次弩箭，從上方的箭匣子裡就會有一支弩箭自動裝在凹槽上，弓弦也會自動拉開，卡在弩箭的尾部。

「哈哈哈……」高飛興奮地道：「這真是太妙了，這就是我想要的連弩，完全可以當手槍用。對了，這個箭匣子裡一次能夠裝多少支弩箭？」

公輸菲不知道手槍是何物，但是聽到高飛說連弩可以當手槍用，她猜測手槍大概就是這樣的，也沒有多問，答道：

「每次裝十支，發射完畢之後，只要將箭匣子上方的蓋子打開，將弩箭一支一支的裝進去就可以了，其他的都是自動的，操作起來十分的簡單，只需要用手扣動扳機就可以了，不過……」

「不過什麼？」高飛的心立時緊了一下。

公輸菲道：「不過這種連弩的射程，沒有那種一次發射十支的巨弩遠，射程大約在五十步到八十步之間，再遠了就射擊不到了。」

高飛聽了道：「我知道了，在五十步到八十步之間，那就是說，最佳距離是六十步左右，超過六十步的話，就會成為強弩之末。這種連弩很適合單兵作戰，可以大量生產裝備全軍，甚至女人、小孩也可以用。你能否將製造的原理教給其他工匠？」

公輸菲道：「這沒問題，這只是很簡單的一點東西，是對弩機的一種改良而已，對我們公輸家的機關術並沒有任何影響。對了，我請你看幾樣東西，這幾樣都是我最近製作出來的，可以用來進行城池的防守。」

「哦，什麼東西，快帶我去看看。」

公輸菲將高飛帶到一個角落，一塊白布蓋住了那個角落，她將那塊白布掀開，亮出三件構造複雜的東西。

高飛見這三件東西中有兩件像弩一樣的發射器具，另一件像小型投石車一樣，便問道：「這三件是什麼東西？」

公輸菲道：「這三件都是用墨家的機關術所製造出來的，分別是連弩車、轉射機、藉車，都是防守城池的必備器械。你可以將這三件東西的製作原理讓別的工匠學習，對於以後守城會有很大的幫助。」

高飛對於墨家沒什麼研究，只知道墨子以「兼愛非攻」為理念，也知道墨子擅於守城。

當他看到這三件守城器械的時候，便覺得公輸菲是用心良苦，雖然不願意將公輸氏的機關術貢獻出來，為了不使高飛不高興，主動製造了墨家的機關術供給他用。

他心裡很感動，對公輸菲道：「謝謝你。」

公輸菲淡淡地笑了笑，隨後便給高飛講解連弩車、轉射機、藉車這三種守城的武器該怎麼應用，高飛聽到關鍵的地方時，便向公輸菲請教，兩個人談得十分默契。

據公輸菲講，**連弩車、轉射機、藉車都是墨家祖師爺墨子的發明**，當年墨子「止楚攻宋」的時候，曾經和公輸家的祖師爺魯班在楚國進行了一番城池攻防戰的「論戰」，最後魯班敗在了墨子的手上，卻也因此窺得了墨子發明的一些守城器械，並且經過自已的手製造出來，專門研究如何對付墨子的守城器械，這也是為什麼公輸菲會墨家機關術的原因。

所謂的連弩車，是一種置於城牆上，可同時放出大弩箭六十支，小弩箭無數的大型機械裝置，需十個人駕駛，最為巧妙的是，長為十尺的弩箭的箭尾用繩子繫住，射出後能用轆轤迅速捲起收回。

轉射機也是一種置於城牆上的大型發射機，機長六尺，由兩人操控，與連弩車不同的是轉射機更為靈活，能夠在一人射箭的同時，由另一人將機座旋轉。

藉車則是一種外部包鐵，一部分埋在地下，能夠投射炭火的機器，由多人操控，用來防備敵方的攻城隊。

當高飛聽完公輸菲的講解之後，對墨家的機關術也是佩服得五體投地，但是更多的還是對公輸菲的佩服，小小年紀就能完全掌握住墨家機關術的精要所在，可以說是知彼知己了。

關於墨家，高飛瞭解的不算太多，只知道《墨經》是一部偉大的著作，其中提出來的許多觀點都是世界超前的。

比如在力學方面，《墨經》中提出了關於機械運動的定義為：「動，域徙也。」意思是說，機械運動的本質是物體位置的移動，這與現代機械運動的定義完全一致，墨家學派掌握槓桿定律比阿基米德更早了兩個世紀。

在光學方面，在浩如煙海的經史著作中，《墨經》是唯一一本對我國古代幾何光學發展進行系統性論述的典籍。

《墨經》中記載了墨子及其學生做的世界上最早的「小孔成像」實驗，並對實驗結果作出了精闢的見解，這是對光沿直線傳播的第一次科學解釋。

在數學方面，《墨經》提出了一些幾何學的定義，例如《墨經》中對圓的定義：「圓，一中同長也。」這與近代數學中圓的定義「對中心一點等距離的點的軌跡」是完全一致的。

浩瀚的宇宙，人類的智慧是無窮的，高飛雖然不太懂某些東西的製作原理，但是通過和公輸菲的交往，讓他瞭解到了機關術的精妙之處，也對墨家這個充滿神秘感的學派產生了興趣。他暗想，一年多後公輸菲大戰墨家機關術的時候，他一定要去。

帶著公輸菲製造守城器械的精妙技術，高飛離開了公輸菲的大學士府，立刻讓人去把連弩、連弩車、轉射機、藉車這些東西帶走，讓工匠們加以製造。

至於他自己，不時便來向公輸菲請教一些原理，兩人這樣一來二去的，倒是顯得熟悉了不少。

時光如梭，整個冬天，高飛都在忙著在翰林院裡進行必要的研究，通過公輸菲，他弄懂了不少墨家的發明，雖然大多是守城方面的東西，高飛還是十分興奮。

冬去春來，轉眼間便進入了西元一八七年。這一年，漢少帝正式啟用年號，改中平為太平，是為太平元年。

太平元年春三月，幽州境內積雪消融，百姓進入春忙時期，高飛在整個幽州境內推行屯田，擴建薊城的工作雖然還在進行中，但是為了不妨礙農業生產，便讓士孫瑞放慢了擴建的進程，將原先招募的八萬民夫縮減到兩萬。

在招募兵勇方面，幽州境內新添了兩萬新兵，高飛分別交給黃忠、徐晃、魏延、陳到、文聘、周倉、高林等人進行訓練，訓練的模式完全按照已經推廣開來的飛羽軍的訓練模式進行。

聚賢館的教學工作一直沒有停止，加上依靠蔡邕、管寧、邴原、荀攸、鍾繇、荀諶等人的名聲，整個冬天又新來了不少飽學之士，在沒有進行從政的時候，大多都會擔任聚賢館的教學，為培養下一代做出不少貢獻。

在聚賢館外的牆壁上，高飛讓人還寫上標語：「再窮也不能窮了教育」，讓薊城的百姓感觸頗深。

北武堂裡選拔了不少中下層軍官，都是作戰勇猛的漢子，大多從士兵裡進行選拔，然後任命為軍司馬、軍侯等官職，分別給各個將軍做部將。

另外一方面，連弩已經批量生產出了一萬多張，鋼製的兵器和戰甲也生產出來了，天津的大沽碼頭正在打造海船，士孫佑、張郃、龐德也在白檀、平岡兩地修建了大型塢堡數座，並且正式屯兵在那裡，將兩地牢牢的控制在手裡，一邊和鮮卑人進行貿易，一邊防備著鮮卑人。

高飛於是將平岡、白檀兩地合而為一，直接劃到幽州境內進行統治，命名為「雲州」，而幽州十八驃騎也在這時候改稱為燕雲十八驃騎。

遼西走廊也在這個時候徹底修通，一條寬闊的大道，從薊城可以直接抵達昌黎郡，而昌黎郡到遼東、瀋陽、撫順、鐵嶺的道路也在進行修建，所有新修的道路，均以水泥為基底，以後基本上不會出現泥濘的道路。要想富，先修路，他將這句話全部貫徹到了幽州境內。

第十章

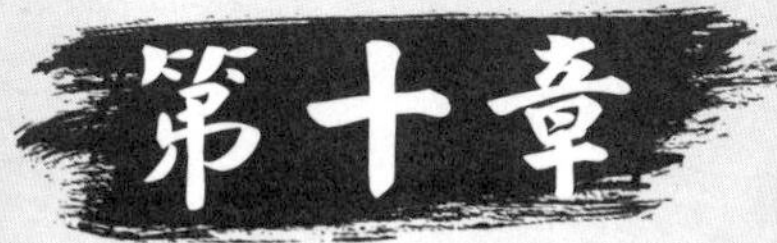

說曹操，曹操到

「啟稟主公，兗州牧曹操派遣的使節到了，正在州牧府候著，軍師請主公速回。」一名士兵朗聲道。

「說曹操，曹操到，這隻狐狸的動作還真快！卞喜，備馬。」高飛冷笑一聲道。

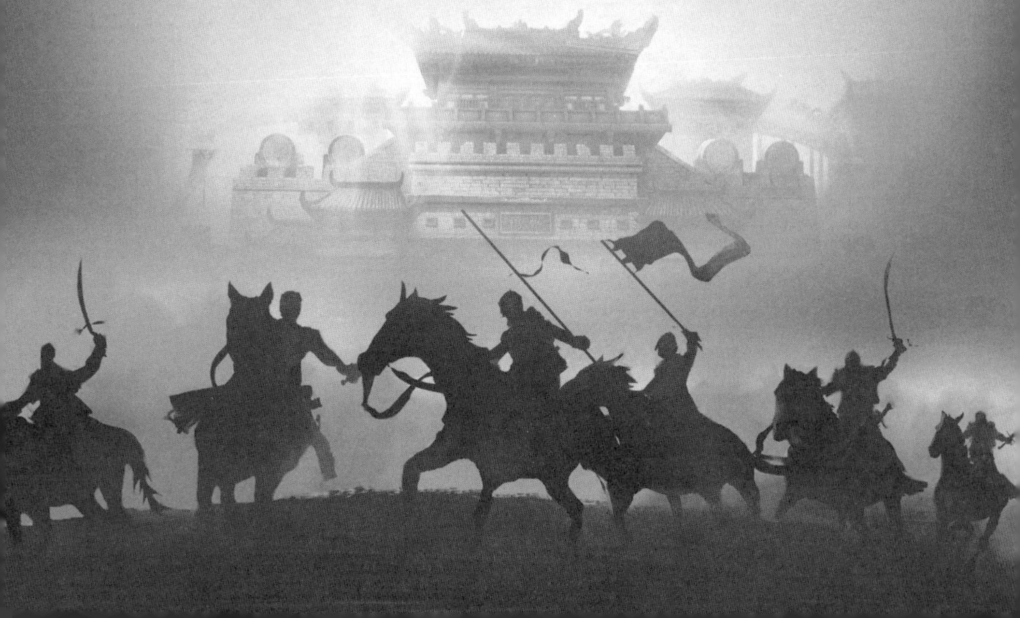

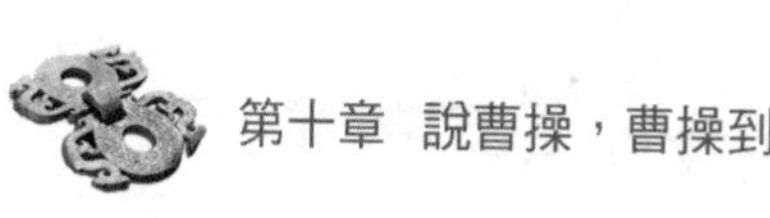

三月初七。

這天十分暖和，高飛坐在翰林院的大學士廳裡，正在研究公輸菲的機關鳥，卻見卞喜從外走了進來，稟告道：「啟稟主公，揚州有消息了，孫堅已經徹底占領了江東六郡。」

高飛笑道：「江東猛虎，前途不可限量，徐州局勢如何？」

「徐州局勢十分的緊張，兗州牧曹操已經徹底占領了兗州全境，聽說他的父親曹嵩避難琅琊，曹操寫信讓他父親前往兗州享福。徐州牧陶謙巴結曹操，派部下張闓護送曹嵩到兗州，哪知張闓那廝竟然起了歹心，圖財害命之後，便遁跡江湖。曹操將此事怨到了陶謙的頭上，並且招兵買馬，訓練士卒，近期內將有大動靜。」卞喜將自己探聽回來的消息說了出來。

高飛道：「有些事情是命中註定的，曹操必然會借此機會兵指徐州，不知道劉備是否能夠擋得住曹操的攻擊。」

「據屬下所知，徐州兵自從會盟之後，便一直在加強訓練，而且接連青州的孔融、龔景以及豫州的袁術，既然他們早有準備，如果三州聯合起來的話，曹操也未必是對手。」卞喜道。

高飛道：「孔融、龔景碌碌之輩，一戰可擒，袁術不是還在和劉表爭奪南陽嗎，而且冀州的袁紹和曹操又如此要好，此次徐州的土地上，必然會橫屍遍野。曹操這隻狡猾的狐狸，必然會大肆屠城，以震懾徐州百姓的人心。」

「主公和劉備不是暗中結盟了嘛，如果劉備派人前來求救的話，那該如何是好？」

「靜觀其變，幽州和徐州相差太遠，中間還有袁紹，如果曹操真的要打徐州的話，必然會派遣使節到冀州和幽州，以切斷徐州可能有的外援。」

「啟稟主公，兗州牧曹操派遣的使節到了，正在州牧府候著，軍師請主公速回。」一名士兵在大廳門口抱拳朗聲道。

「說曹操，曹操到，這隻狐狸的動作還真快！卞喜，備馬。」高飛站起身子，冷笑一聲道。

卞喜應聲而出，去準備馬匹不提。

高飛扭臉對身邊的公輸菲道：「我走了，下次再來。」

公輸菲停下了手裡的活，對高飛道：「那個，你說的熱氣球到底是怎麼一回事，我想了許多天都沒有想出來。」

高飛知道公輸菲的求知欲很強，笑道：「下次來的時候再告訴你，我先走了。」

走到翰林院外，卞喜早已備好馬匹，高飛翻身上馬，和卞喜一道直奔州牧府。

薊城裡最近開設了許多家店面，服裝店、飯店、酒樓、錢莊、歌舞廳，應有盡有。

為了活躍城中的氣氛，以及吸引擴建後的百姓來薊城居住，高飛特地打造了一條中心商業街，首次推出了錢莊業務，並且將改良後的服裝也擺設到了店面上，還營造了一個純屬娛樂場所的歌舞廳，其中沒有什麼特別服務，只是一個單純的歌舞廳而已。

高飛騎著高頭大馬，從中心商業街穿行而過，除了見到一些糧油店、布匹店還有一些人外，其餘的店面前面都門可羅雀，一點也沒有他想要的那種門庭若市的感覺。

他不禁嘆了一口氣，怪自己太操之過急了，總之，城市的框架已經被拉出來了，剩下的就是如何吸引百姓來居住的問題了。

不知不覺，高飛到了州牧府，便徑直朝議事大廳裡走去。

州牧府的議事大廳裡，賈詡正在和一個慈眉善目的中年男人談話，時不時會發出一兩聲爽朗的笑聲。

賈詡大老遠看見高飛走了過來，便對坐在他身邊的那個身體偏胖，慈眉善目的人道：「伯寧，我家主公到了，一切事情還得我家主公做主才是，請你直接表明來意即可。」

那人姓滿名寵，字伯寧，山陽昌邑人，現任曹操帳下從事中郎。

他見高飛穿著奇怪的服裝從外面走了過來，趕緊站起來朝高飛行禮道：「在下乃兗州牧帳下從事中郎滿伯寧，見過驃騎將軍、燕侯、州牧大人。」

「哦，原來你就是滿寵啊，失敬失敬，快請坐，不必客氣。」高飛打量著滿寵，見滿寵長得有點像十八羅漢裡的長眉羅漢，慈眉善目的，而且眉毛又彎又長，都垂到了顴骨下面了，隨口說道。

賓主坐定，高飛問道：「孟德最近還好吧？」

滿寵聽高飛直呼曹操為孟德，他聽說過高飛和曹操關係非同一般，見喊得如此親暱，便道：「哦，我家主公一切安好，多謝高將軍惦記。我家主公也同樣惦記著高將軍，所以派遣我來詢問一下將軍的近況。去年冬天，將軍帳下卞喜曾經到過兗州，說起了將軍的一些狀況，我家主公深感幽州苦寒，今年一開春，便立刻派我前來問候，順便表達一下我家主公和將軍之間的友好。」

高飛點頭道：「嗯，得知孟德安然無恙，我就心安了。不過，我聽說曹老爺子在徐州被奸人所害，不知道是否有這回事？」

「曹老爺子？」滿寵還是頭一次聽人如此形容曹操他爹，不過聽著似乎比曹老太公更加入耳一些。

他的面色變得凝重了起來，皺著眉頭，嘆了一口氣，道：「此事確實屬實，我也正是為了此事而來。我家主公想興兵討伐徐州的陶謙，以報殺父之仇。可是我家主公得知陶謙帳下的劉備和將軍關係匪淺，怕將軍會出兵救徐州，特地派我前來薊城，希望將軍能看在昔日和我家主公兄弟一場的份上，不要出兵。」

高飛道：「先生遠道而來，就是為了這點小事，實在是太勞師動眾了，其實只需孟德一封書信就可以了，何必如此麻煩？你回去之後請孟德寬心，我和劉備雖然有點交情，可是和孟德也是親密無間，而且罪只在陶謙一人，跟劉備無關，他要是幫助陶謙的話，那只能說他是在助紂為虐，我是不會出兵相助的。」

「將軍大義，實乃我家主公之福。為了表示我軍的誠意，我家主公特地讓我獻上黃金三百斤，還請將軍務必收下。」滿寵道。

高飛歡喜地道：「哈哈哈，孟德好大方啊，居然一出手就是三百斤黃金。好，那這禮我就收下了，請你回去轉告孟德我的意思，讓他好好的為老爺子報仇。」

「一定一定……我的使命已經完成，那在下就先告辭了。」滿寵起身道。

高飛也不挽留，對站在廳外的士兵道：「送滿先生出城。」

滿寵走出大廳之後，賈詡便道：「主公，徐州的使節也到了，這會兒正在驛館歇息，屬下沒有讓他和滿寵見面。主公要不要接見一下？」

「見！人家大老遠的跑來了，就是為了要見我一面，我怎麼會不見呢，去讓徐州的使節來州牧府，我在這裡等著。」

「諾！」

賈詡轉身走出大廳，過了很久才回來，回來的時候，身後還跟著一個人，那人高飛也認識，正是陶謙帳下的糜竺。

糜竺跟著賈詡進了大廳，臉上顯得很著急，率先拜道：「在下糜竺，參見高將軍。」

高飛擺擺手，示意糜竺坐下，朗聲道：「先生從徐州不遠千里的到了薊城，不知道所為何事？」

糜竺當下將來意表明，說徐州遭逢大難，曹嵩之死是張闓所為，和陶謙無關，又說曹操借著報仇的幌子，意在侵吞徐州。種種原因表明之後，便拱手道：

「這次是劉將軍派我來的，希望高將軍能夠施以援手，只要擊退了曹操，劉將軍必定有重謝。」

賈詡早就窺探了高飛的心意，此時正好出來打個掩護：「糜先生，你有所不知，我家主公自從坐鎮幽州之後，屯兵在冀州的袁紹、公孫瓚都在虎視眈眈，而且北方的鮮卑人也不停地襲擾幽州，甚至連東夷都想要分一杯羹。我家主公已經接到消息，高句麗準備聯合樂浪郡東南的三韓，意圖謀劃遼東和樂浪郡，如今幽州處處吃緊，已經是無兵可調了。」

糜竺看了看高飛，見高飛態度不怎麼好，便道：「高將軍之前不是和劉將軍約好了，兩家相互聯手，共同抵制曹操嗎？怎麼這會兒又反悔了？高將軍出爾反爾，將置信義為何地？」

高飛冷笑了一聲，道：「我是說過和劉將軍聯手共同抵制曹操，可是現在徐州之主是陶謙，並非劉備。如果現在的徐州之主是劉備的話，我會義不容辭的出兵相助，可陶謙殺了曹操的老子，這殺父之仇，曹操是必報不可。而且曹操的兵鋒是指向了陶謙，並不干劉備的事，我師出無名，如何去救？再說，冀州的袁紹對我一直虎視眈眈，更有公孫瓚屯兵在渤海，這兩個人一直想吞併幽州，我和冀州不和，就算想救，也無法到達徐州啊。」

糜竺反問道：「將軍是執意不肯相救？」

「不是不救，是無法去救。幽州的局勢十分獨特，北有鮮卑，東有東夷，南有袁紹、公孫瓚，你讓我如何出兵？你可回去轉告劉備，讓他速速將陶謙交給曹操，**曹操要殺的只有陶謙一個人，陶謙一死，徐州之危便可迎刃而解。**」高飛道。

糜竺見高飛是不願意出兵了，也不強求，便拱手道：「高將軍，那在下就此告辭了。」

滿寵和糜竺都被送出了薊城，議事廳裡，賈詡朝高飛拱手道：「主公是打算**坐山觀虎鬥嗎？**」

高飛道：「算是吧，計畫趕不上變化，當初在汜水關的時候，我和劉備確實私下訂立了盟約，不過那是建立在劉備為徐州之主的基礎上，如今陶謙還是名義上的徐州之主，曹操討伐的是陶謙，再說從幽州到徐州，中間還隔著冀州和青州，出兵對我們不利。」

「以劉備的為人，應該不會把陶謙交出去，看來徐州之戰在所難免，就是不知道徐州的兵將能不能抵擋住曹操的攻勢了。」賈詡道。

「軍師，你之前所說的高句麗準備聯合三韓的事，是糊弄糜竺的，還是真有其事？」高飛突然想起了這件事，急忙問道。

賈詡舉手拍了一下自己的腦門，說了一聲「該打」，道：「啟稟主公，此事

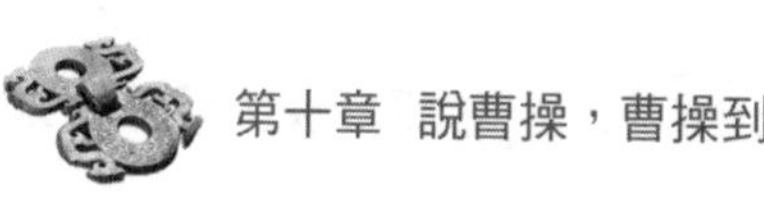

千真萬確，屬下剛剛接到樂浪太守胡彧的書信，他在樂浪郡境內抓到了幾個高句麗人，是派往三韓的，說**高句麗欲聯合三韓共同對遼東、樂浪兩地發動攻擊**。同時，屬下也接到了遼東太守國淵的書信，聲稱高句麗王在遼東和高句麗的邊境上調集了大軍，意圖不軌。」

「高句麗……又是高句麗！這個彈丸小國，竟然如此猖狂！」高飛大怒道。

賈詡道：「主公，屬下以為，**攘外必先安內，如果周邊局勢不穩定，以後就算南下爭雄，也必然會受到後方牽制**。如今曹操攻打徐州，必然會請袁紹攻擊青州，如此一來，倒是給了我們一個契機，借助這個機會，先平滅高句麗和三韓等東夷。昔日主動向高句麗示好，那是因為我軍不夠強大，如今我軍兵強馬壯，正是大展身手的時候。」

高飛道：「好，柿子要撿軟的捏，那就**先從三韓開刀，先讓半島上的東夷全部臣服，再揮師向北，直搗高句麗的丸都城**。」

「主公，扶餘人不喜寇抄，又和高句麗一向不和，屬下以為，應當派遣使節到扶餘，聯合扶餘王一起牽制高句麗。」賈詡補充道。

高飛點了點頭，道：「很好，以你看，派何人去扶餘合適？」

「校尉公孫康最為合適，聽說扶餘王當年和公孫度有過交情，如果派遣公孫康前去扶餘，扶餘王或許會答應聯盟。」

「嗯，就按照你的意思，派遣公孫康為使節，出使扶餘。另外，為了以防萬一，讓郭嘉出使冀州，他和袁紹帳下的諸多謀士都是好友，由他出面，再合適不過了。」

「諾！主公還有何吩咐？」

「即刻令黃忠、魏延、徐晃、陳到、文聘、卞喜、夏侯蘭集結五千飛羽軍，再讓許攸、司馬朗跟我一起到遼東，你坐鎮薊城，新兵交給太史慈、周倉、高林等人進行訓練，其餘的政務你全權負責。」

「諾！」

命令頒下之後，所有將領都在積極執行，高飛又讓人從翰林院裝上了兩萬張新做的連弩，和老婆貂蟬和兩個未婚妻交代了一番之後，便帶著五千飛羽軍，拉著連弩和一些必要的糧草，朝遼東而去。

趙雲屯兵代郡，盧橫屯兵范陽，廖化屯兵天津，龐德屯兵瀋陽，張郃屯兵雲州，五處兵馬都守備森嚴，除此之外，太史慈、周倉、高林、烏力登、丘力居、難樓等人則屯兵在薊城，負責薊城的新兵訓練和治安工作。

高飛此次選擇帶走的部下，除了卞喜、夏侯蘭兩個人外，其餘的都是來到帳下寸功未立的人，他為了讓功勞平衡下來，便挑選了這些人，準備用他們對付東夷人。

東夷是華夏人對東方民族的泛稱，非特定的一個民族。夷又有諸夷、四夷、東夷、西夷、南夷、九夷等稱。隨著東夷與華夏的融合，秦漢以後的東夷，主要是指先秦的東北夷，又將倭人列於其中，泛指東方的民族和國家，與先秦東夷在地區與民族等方面，都有明顯的區別。

這個時候所指的東夷，則是高句麗、扶餘、挹婁、東沃沮、穢陌、馬韓、辰韓、牟韓等人，其中**馬韓、辰韓、牟韓合稱三韓**，居住在朝鮮半島的東南部，高句麗、扶餘、挹婁、則居住在遼東東北的大片土地上，東沃沮、穢陌則居住在樂浪郡的東面，和馬韓、辰韓、牟韓彼此相接壤。

這些東夷之間的語言，有的基本相似，偶爾有不同之處也只存在口音上，其中以扶餘人口最多，占地面積也最廣，但是在軍事實力上，則以高句麗人最強。

高句麗人在其成立的初期，可能是由穢陌人和部分遷移到這一地區的扶餘人組成的，「穢陌人」這一詞語最初並非指一個確定的民族實體，而僅僅是中原古代史家對出現在東北這一特定地區的一些古代部族的泛指。

在高句麗建立之初，就與扶餘長期處於軍事對抗中。扶餘和中原王朝關係十分友好，為了扼制處於成長期而十分具有侵略性的高句麗政權，中原與扶餘在軍事上常常協同打擊高句麗。

高句麗人好勇鬥狠，十分具有侵略性，其民大約有七八萬人，可不論男女，皆可為兵，閒時獵戶，戰時為兵。

所謂的三韓只不過是一種統稱，韓民分三種而已，其中又有大小國數十家，大國萬戶，小國千戶，皆互不相統，彼此之間尚且相互攻伐，是最為混亂的地方。但是一旦三韓聯合起來，那軍事的實力，連高句麗都自愧不如。其餘的諸如挹婁、東沃沮、穢陌等，都是對大漢相對穩定的，並不具備侵略性。

縱觀歷史，東北的少數民族均以彪悍著稱，以後的契丹、女真等都是出自東北，東北也是歷史上最為混亂的地區。如何對付東夷，高飛早就胸有成竹，早在他到遼東的時候，就計畫著將整個東北地區全部控制在自己的手裡，只是當時軍事實力不夠，**這次他可要在東北大幹一場了。**

沿著遼西走廊，由於所有人都騎著馬匹，道路也都修得十分平整，可謂是一路暢通，十幾天的時間，幾千人便進入了昌黎郡。在昌黎郡稍微歇了一天，重新換了一匹戰馬，和昌黎太守蓋勳話別之後，便折道向遼東而去。

三月底，高飛再次回到了遼東，遼東太守國淵、長史王烈將高飛迎入了遼東城。

剛一進城，國淵便將高句麗在邊境增兵的消息說了出來，同時也將這些天和樂浪郡太守胡彧商量的事情也告訴了高飛。

高飛聽完國淵的稟告之後，便問道：「這是胡彧的意思？」

國淵點了點頭：「胡次越特地派人到遼東來，希望主公能夠批准他的建議。」

高飛道：「胡彧久守樂浪郡，對當地的風俗習慣知道的一清二楚，既然這是他的提議，那我就尊重他的意見。」

國淵道：「胡次越前日剛派人來過，說他已經成功說服三韓諸國，請主公勿以東南為念，並且主動央求帶兵出擊高句麗，和主公一同夾擊高句麗。」

高飛笑道：「三韓諸國林立，胡彧僅憑藉一張嘴便說服了三韓諸國臣服於我，這份才能確實不可小覷，鍾離昧之後果然非同小可。看來，我把他留在樂浪郡是屈才了。只是，他若帶兵北上，樂浪郡誰人看守？」

王烈抱拳道：「啟稟主公，屬下願意留守樂浪郡，以鎮三韓之民。」

「報——」一名斥候拉長了聲音從外面跑了進來，大聲喊道，「啟稟主公，高句麗王又朝邊境增兵五千。」

高飛聽後，覺得高句麗實在是得寸進尺，而三韓道路遙遠，如果去攻打三韓的話，可能會讓相互不和的三韓擰成一股繩，如今胡彧竟然說服三韓之民臣服於他，他也就不必去費這個兵力了，再說三韓那裡也沒什麼資源，只要三韓作為附屬國臣服於他就行，以後再對三韓慢慢進行分化。

他猛然站起了身子，當即吩咐道：「王烈，你換馬不換人，即刻親自趕赴樂浪郡，就任樂浪太守一職，讓胡彧帶兵五千精銳北擊高句麗，我親自率領大軍進攻丸都城。」

「諾！」

「國淵，你再派出斥候，火速去通報褚燕、於毒，讓他們兩個帶兵向東進攻高句麗，夥同扶餘人進行夾擊。一個月後，我在丸都城上等著他們。」

「諾！」

命令頒布下來之後，高飛便將所帶來的連弩分發給遼東駐軍，自己帶著五千飛羽軍和八千遼東駐軍，迅速趕赴遼東和高句麗的邊境，順著大梁河一路向東，準備和高句麗軍在本溪大戰。

本溪屬於襄平縣，高飛曾經沿著大梁河向東抵達遼東和高句麗的邊境，而他記得這個位置是本溪市，便直接在那裡設下了一座巨大的塢堡，命名為本溪。

此時高飛和高句麗劍拔弩張，高飛有恃無恐，新做出來的連弩正好派上用場，加上他還拉來了守城用的連弩車、轉射機、藉車等器械，以少數兵力守衛本溪，然後再進行反擊的計畫就此定下了，**一場大戰也即將拉開……**

本溪是著名的鋼鐵城市，舊名「本溪湖」，這裡礦藏豐富，被譽為「地質博物館」，以產優質焦煤、低磷鐵、特種鋼而著稱。而此時的本溪，還是一片荒山野嶺，因為和高句麗接壤，這裡常常受到高句麗人的襲擾，所以百姓不多，只有少數的獵戶。

本溪的山屬於長白山餘脈、尾脈，既有山之隱，又有原之闊，本溪的巨大塢堡就建築在平頂山上。

平頂山是一座山，並非今天河南境內的平頂山市。平頂山位於本溪南，海拔六百五十七公尺，山勢巍峨，是本溪擎天之石。頂部平坦，面積有二百五十餘畝，故名「平頂山」。

山頂四周有絕壁圍繞，似刀削斧劈，崢嶸俊秀。置身北端崖上，偌大山城，一覽無餘，實為觀賞山城絕佳之地。而平頂山是本溪的衛士，自古以來就是兵家必爭之地，也是捍衛遼東的東大門。

一進了本溪塢堡，負責駐守此地的校尉孫輕便將高飛等人迎接進塢堡內，立刻向高飛彙報高句麗人的動向。

「啟稟主公，高句麗王一共派遣了三萬大軍充塞在本溪以東的山林裡，從五女山到關門山、九頂鐵剎山、廟後山，高句麗的勇士前後相連，在各個山谷中流動，屬下難以摸清高句麗的主力何在，只好死守此塢堡，以待援軍。」孫輕拱手道。

高飛聽完孫輕的彙報，便道：「你做得很好，這兩年來你立了不少功勞，從縣尉做到校尉，已經是很了不起了。你的手下也都是在當地徵召的熟悉地勢的人吧？」

「是，屬下在一年前奉命在此地建造塢堡，塢堡建成之後，便在這裡徵召了一千名熟悉地形的獵戶，按照主公的訓練方法加以訓練，已經成為一支可以獨當一面的軍隊，雖然高句麗軍有三萬人，但是只要屬下死守此地，他們也休想從這裡進入遼東。」

高飛見孫輕比以前成熟不少，沒有了那種浮躁之氣，感到很欣慰。他想起褚燕、于毒、孫輕剛加入他的軍隊時，孫輕還是一個只會發牢騷的山賊，全無軍人的氣質可言。

士別三日當刮目相看，他在想褚燕、于毒、胡彧，這些他大概有一年多沒有

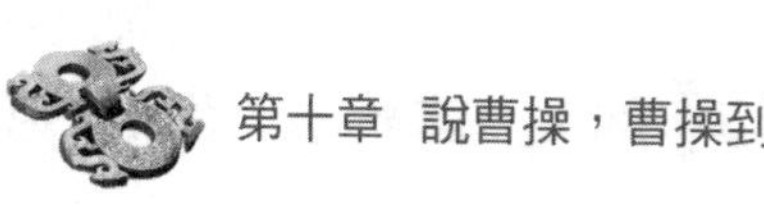

見到面的手下會變成什麼樣子。

對於孫輕所提到的五女山、關門山、九頂鐵剎山、廟後山，高飛都很熟悉，這些山都是本溪市的旅遊勝地，基本上由遠及近成為一個弧形。

除此之外，尚有本溪水洞、湯溝、南天門、大石湖等旅遊的地方，可是在西元一八七年，這裡卻都是荒山野嶺，自然條件十分的惡劣，不僅可以藏兵，還可以設下埋伏，這給高飛攻打高句麗帶來了無形的壓力。

不知道對方主力藏匿在哪座山哪座洞，又或是哪個湖附近，這樣漫無目的進行山地爭奪戰會很困難，山中猛獸毒蛇不用說，就怕遇到的都是高句麗的小股軍隊，一點一點的打過去太費力，也遷延時日。

雖說他的部下都是訓練有素、裝備精良的精銳，但是在兵力上，他不占優勢，兵力太過分散的話，只會削弱自己的戰鬥力。

想了好一會兒，高飛開口道：「孫輕，你的部下中，可有通曉高句麗語言的人？」

孫輕道：「有，但是不多。不知道主公有何吩咐？」

「將那些人全部聚集起來，然後讓他們換上和高句麗人一樣的服裝，讓他們的打扮和高句麗人一樣，分別派往周圍的山林裡，只要發現高句麗主力大軍的所在，就立刻回來報告，我從未和高句麗人交過手，不知道高句麗人的戰鬥力如何，為了以防萬一，減少不必要的傷亡，我們先採取守勢，等知道了高句麗的一些消息後，再主動進攻。」

孫輕「諾」了一聲，轉身便朝外面走了出去。

大廳裡，許攸、司馬朗都皺著眉頭，黃忠、徐晃、魏延、陳到、文聘、卞喜、夏侯蘭也都憂心忡忡。

突然，卞喜站了出來，朝高飛拱手道：「主公，屬下曾經去過高句麗，一路上對地形也都默記於心了，這一帶地形險要，處處可以藏兵，屬下以為，當分派兵力，對關門山、九頂鐵剎山、廟後山、湯溝、南天門、大石湖等地區進行各個擊破，然後再兵指五女山，五女山離遼東最遠，和高句麗人的紇升骨城接鄰，如果能夠占領五女山，就可以順勢攻占紇升骨城，給高句麗一個下馬威。」

許攸道：「此法不妥，我軍兵力不足，應當找尋敵軍主力，與其決戰，如果各個擊破的話，會遷延遷延時日，還會增加不必要的傷亡。」

司馬朗道：「高句麗人既然增兵到了三萬，必然對遼東有所圖謀，不如靜觀其變，等他們自行來攻擊，後發制人。」

「為何不誘敵深入，扮豬吃虎？」一個細膩的女聲突然在大廳中響了起來。

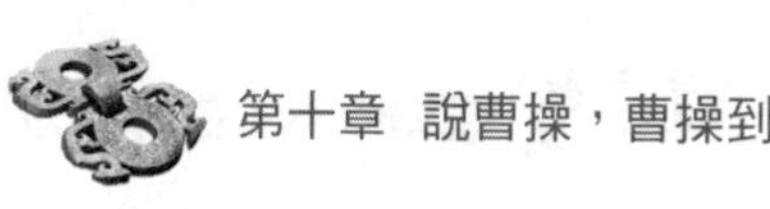

高飛環視一圈，見大廳裡並無女人，當目光掃視到大廳門口時，卻見一個親隨身形瘦弱，背影熟悉，他當即對著門外的那個人道：

「既然悄悄跟來了，那就進來吧，也不必躲躲閃閃的，躲得過初一，也躲不過十五啊，你總是要露面的嘛。」

大廳裡的眾人都一頭霧水，不知道高飛所指何人，回頭看了看大廳外面，也是一切正常。突然，大廳門外一個手拄鋼槍的士兵轉過身子，露出一張清秀可人的臉龐，眾人看後，都不禁吃了一驚，原來是她！

「嘿嘿……兄長好眼力，沒想到我藏得那麼隱秘，還是被你給發現了，小櫻佩服。」站在廳外的士兵不是別人，正是高飛的義妹歐陽茵櫻。

歐陽茵櫻略微吃力的舉著手中的鋼槍，將鋼槍靠牆放著，然後徑直走進了大廳，先朝高飛拜了拜，接著又向在大廳裡的文武行了禮，隨即朗聲道：「諸位大人，小櫻這廂有禮了。」

話音一落，諸位文武都是一番客套，再怎麼說，面前這人也是主公的義妹，不能不給面子。

「小櫻，你是從什麼時候跟來的？」

高飛沒有責備歐陽茵櫻的意思，因為臨走前，貂蟬向他舉薦了歐陽茵櫻，而歐陽茵櫻也進行了自薦，無非是說她學業有成，也是該一展身手的時候，不妨拿東夷作為一次試煉。不過，當時就被高飛給否決了，他還沒有帶著女人上戰場的習慣。

「從兄長你一出薊城就開始跟隨了，為了不讓你發現，一路上我都沒有在你面前露面，直到到了這裡，我才敢露面，想聆聽一下兄長怎麼對付高句麗人。」歐陽茵櫻真誠地道。

高飛無奈道：「既然來了，我也不趕你走了。你剛才說誘敵深入、扮豬吃虎，是什麼意思？」

歐陽茵櫻學著諸位文武，抱拳道：「啟稟主公，小櫻的意思是，先向高句麗人示弱，首先放棄本溪這座塢堡，讓給高句麗人，這樣一來，高句麗人就會全部從山林裡湧現出來。讓他們誤以為我軍害怕高句麗人，不戰自退。」

「放棄？這座塢堡易守難攻，如果放棄的話，再攻回來那可就難了。」夏侯蘭聞言道。

歐陽茵櫻道：「我又沒說真個放棄了，我的意思是，佯裝撤離這座塢堡，裝個樣子給高句麗人看，然後偃旗息鼓，在塢堡內部設下伏兵，只要他們一進來，我們就關門打狗，塢堡內的伏兵再配合外面假意撤離的軍隊，就能將高句麗人包

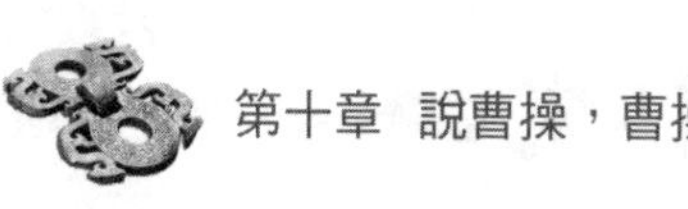

圍起來，先殲滅一部分高句麗人，給他們一個下馬威，然後再直接進軍五女山，兵臨紇升骨城城下，定然能夠讓高句麗人聞風喪膽。」

眾人聽後，都覺得此法可行，卻很驚訝，一個小姑娘竟然能想出如此好的計策來，實在讓他們感到震驚。

高飛對歐陽茵櫻的精彩演講很讚賞，心想歐陽氏之後，確實不是浪得虛名，一個小女子剛讀了沒多久的兵法，竟然能想出這樣的策略。

他點了點頭，對歐陽茵櫻表示肯定，問道：「小櫻，**你可願意入列我的智囊？**」

歐陽茵櫻聽後歡喜地道：「願意，我早就想讓主公把我列入智囊之中了。」

「那好吧，那你以後就入列我的智囊團中，當個女參軍吧，以後多向智囊團中的前輩們學習學習，知道了嗎？」

「知道了。」

高飛隨即言歸正傳，吩咐道：「魏延、陳到、文聘，你們三個人各自帶領兩千連弩兵埋伏在塢堡之內，我帶著其餘人佯裝撤退，到時候來個裡應外合，夾擊高句麗人，也讓高句麗人嘗嘗我們新式武器的厲害。」

「諾！」

吩咐完畢之後，黃忠、徐晃、孫輕則開始著手布置撤離的樣子，還要大造聲勢，而那些本來要派出去的士兵，也都被緊急召回。

大廳裡，就只剩下高飛和歐陽茵櫻兩個人。

只聽高飛對歐陽茵櫻道：「小櫻，如果我們能夠順利的攻進丸都城，擒獲了高句麗王，你以為我們當如何對待高句麗王，又該如何處理這東北廣大土地上的東夷人呢？」

「我曾經出使過高句麗，見過高句麗王伯固的嘴臉，此人生性貪婪，囂張跋扈，更有點夜郎自大。高句麗的百姓因為連年征戰，而變得不堪重負，雖然他們生性好勇鬥狠，但已經是強弩之末，如果這次兄長能夠一舉攻克丸都城的話，完全可以將高句麗百姓全部遷徙到遼東，設立一縣進行管理。」歐陽茵櫻答道。

高飛點了點頭，又問道：「那該如何處理東夷諸國人的問題？」

歐陽茵櫻道：「高句麗一旦被滅，其餘東夷都會盡皆臣服於兄長，兄長只需設立一位東夷校尉進行管轄，留下一部分軍隊駐軍此地即可，一方面和東夷保持友好往來，一方面也可以穩固兄長在東北的根基。東夷人多民雜，人口過百萬，若是將這百萬人口納入到兄長的治下，就必須要慢慢來。**敲山震虎，出兵高句麗也是在震懾東夷。**」

「說得好，我倒是沒有看出來，你的腦瓜子裡還有這份智慧，實在是讓我刮目相看。」高飛笑道。

歐陽茵櫻語帶酸氣地道：「兄長經常在外征戰，連蟬姐姐都顧不上了，哪裡還能想得到我這個妹妹呢？」

高飛站了起來，走到了歐陽茵櫻的身邊，笑著拍了下她的小腦瓜子，緩緩地道：「好了，我的女參軍，咱們也該收拾收拾離開此地了，一會兒這裡可是一個大戰場啊。」

所有的工作都已經準備就緒，魏延、陳到、文聘每個人率領著兩千手持連弩，腰中懸著鋼刀的士兵，士兵們的身上都披著一層鎖甲，頭上戴著一頂鋼盔，全部埋伏在塢堡內的隱秘位置。

高飛帶著黃忠、徐晃、許攸、司馬朗、孫輕、歐陽茵櫻等五千步騎，浩浩蕩蕩地離開了本溪塢堡，為了迷惑高句麗人，所有人都鑼鼓喧天、旌旗招展，還一起拉出了存放在塢堡內的糧草輜重。

一路後撤三十里，高飛便讓大軍偃旗息鼓，然後帶著軍隊又重新慢慢返回到本溪塢堡外二里處，人銜枚、馬裹蹄，五千馬步全部隱藏在附近的山林裡，並且派出斥候監視本溪塢堡外的一舉一動，一旦有什麼變化，這邊就立刻撲上去。

時值四月，山林裡，百鳥發出婉麗的啼聲，而泥土的潮氣，混和著野草和樹葉的芳香。空氣濕潤潤的，呼吸起來感到格外清新爽快。在陽光下，周圍遠山就像洗過一樣，歷歷在目，青翠欲流。

高句麗人大多以狩獵為生，對山林裡的一草一木都很熟悉，為了能夠徹底的埋伏，高飛遵循孫輕的建議，利用草木遮掩，抓來一些鳥類放在山林裡，並且還弄了一些動物的糞便進行掩飾。

春日裡陽光明媚，氣溫的升高讓埋伏的人都不由得有點難受，每個人都掩住了口鼻，因為許多猛獸的糞便混合在一起的味道實在是太過熏人，弄得周圍的山林裡一片臭烘烘的。

大約過了半個時辰以後，高飛已經無法忍受，大口的喘了幾口氣，見高句麗人還沒有來，不由得心亂如麻。

孫輕看出了高飛的急躁，急忙道：「主公，高句麗人都是擅長使用弓箭的獵戶，他們對森林和山地十分的熟悉，而且對於捕獵也十分在行，他們的鼻子甚至和狗的鼻子一樣靈敏，如果不用這種方式加以掩蓋住人的氣味，高句麗的斥候到來，鼻子一嗅就知道有埋伏了，所以，還請主公忍耐一下。」

高飛點點頭，雙目注視著不遠處山頂上的塢堡，自言自語地道：「但願魏延、陳到、文聘他們能夠忍受住那股惡臭味。」

孫輕道：「主公請放心，臨走前，屬下已經將塢堡內的一切都安置妥當，那些動物的糞便足夠遮掩住他們身上的氣味。」

高飛還沒有回答，便老遠看見一個穿著獸皮，手裡握著羽箭的強壯漢子從遠處的密林裡露出了臉，急忙對身邊的人小聲道：「注意隱蔽！」

只見那個高句麗人身材魁梧，先是小心翼翼地探了探頭，見四周都沒有人，便整個人跳了出來，向前快步跑了過去，站在一塊大岩石上來了一陣清嘯。

一連喊了三次，見沒有人理會他之後，他便歡喜地用手朝後面招了招，只一瞬間便從密林裡湧出來兩千多人，而且人數還在不斷地增加。

歐陽茵櫻曾經出使過高句麗，見高飛對高句麗人有一絲好奇，便伏耳在旁，小聲說道：「兄長，高句麗人有五個部族，分別是涓奴部、絕奴部、順奴部、灌奴部、桂婁部，其官有相加、對盧、沛者、古雛加、主簿、優台丞、使者、皁衣先人，尊卑各有等級。大加乃王之宗族，也一併稱古雛加。諸大加亦自置使者、皁衣先人，就像卿大夫之家臣一樣。要是遇到和國王的官吏一起高座，大加所置的官員就不得和國王家的使者、皁衣先人同列。其民喜歌舞，暮夜男女群聚，相就歌戲，跪拜之禮向前伸一腳，其他的和烏桓人差不多。」

高飛聽完之後，便問道：「這次是誰前來領軍？」

孫輕道：「**領軍主將是高句麗王伯固的長子拔奇，副將是大加優居、主簿然人，**三人分別統領一萬士兵，但仍以拔奇為主，隨時聽從拔奇的命令。」

「來的人是拔奇？小櫻，拔奇這個人怎麼樣？」高飛問道。

歐陽茵櫻道：「拔奇是伯固的長子，好勇鬥狠，性格剛強，而且生性殘忍，兄長若是能把他給殺了，對高句麗而言，實在是莫大的幸福。」

荀攸、司馬朗、黃忠、徐晃對此地不太熟悉，除了聆聽歐陽茵櫻和孫輕進行口述之外，便是用雙眼緊緊盯著前方的高句麗士兵。

高飛「噓」了一下，眾人便安靜了下來，注視著湧出的高句麗人越來越多，前部已經開始沿著平順的大道攀登本溪塢堡了。

本溪塢堡裡面的藏兵也是極度的忍受著那股難聞的臭氣，就當他們快要忍受不住的時候，發現有敵人出現，使他們眼前一亮，整個人都變得興奮起來，除了加強隱秘之外，就是握緊手中的連弩了。

塢堡的大門是虛掩著的，高句麗人確實很小心翼翼，他們的前部走到了大門口，從門縫裡朝塢堡內部望了一眼，然後就等候在城門邊，轉身朝後面報告軍情去了。

一道不算太陡峭的斜坡上，五千高句麗人手持藤牌、腰纏長弓、箭囊的站在那裡，隊形保持的很整齊，每個人的身上都披著一張獸皮，頭髮也都梳著兩個小辮，獸皮下面是光著的膀子，獸皮也只斜披著，其中有四五個披的是虎皮圍裙，弄得跟孫悟空一樣，其餘的大多是圍著狼皮。

隊伍的正中間，一個人的身影令人尤為注目，注目的不是他的身材，也不是他的長相，而是他的打扮。

那人也是披著一張獸皮，這張獸皮卻是白色的虎皮，顯示出身分的高貴，在五千人的隊伍中格外的顯眼。

所有人都是步兵，沒有騎馬，腳上穿著的是粗布鞋，獸皮裙下面露出兩條光禿禿的腿，明顯可看到大腿和小腿上的肌肉，臉上則是面色猙獰，等待著圍著白色虎皮的那個年輕漢子的命令。

「那人是誰？」高飛指著那圍著白色虎皮的漢子，便小聲對歐陽茵櫻道。

歐陽茵櫻看了看，對高飛道：「啟稟主公，那人是拔奇，在他身邊的那個披著虎皮的人是大加優居，身後披著灰狼皮的人是主簿然人。」

「奇怪……」高飛的眉頭皺了起來，小聲地道，「拔奇、優居、然人三個人都來了，帶的兵力卻只有五千人，不是說有三萬大軍嗎，為什麼不見另外兩萬五千的士兵，這其中是不是有什麼詐？」

就在這時，埋伏在塢堡外面的高飛等人都同時聽到了一聲狼嚎，緊接著，正對著塢堡大門的密林裡跑出一隻有著白色毛髮的狼。那頭銀狼邁著高貴的蹄子，高昂著頭，雙眼裡散發出來的是吃人的眼神，讓人看了不由生畏。

銀狼看了看四周，狼臉突然變得猙獰起來，露出兩顆白森森的獠牙，目光凶狠地瞪著高飛藏身的樹林。

「這狼……不會是發現我們了吧？」高飛心裡打起了一個問號。

眾人還沒有反應過來，那頭銀狼便發出一聲巨吼，然後張牙舞爪地便朝高飛隱藏的地方撲了上去，速度快得出奇。

與此同時，只聽拔奇一聲令下，五千名到達塢堡門邊的士兵紛紛退下，以最快的速度退了出去，但是隊形卻一直保持著不亂。

眼看那窮凶極惡的銀狼就要衝向高飛，密林中傳出一聲弦響，一支黑羽朝著銀狼射去。

「嗷——」

黑羽射中了銀狼的左目，銀狼慘叫一聲，立刻止住前進，忍痛掉頭就跑。

銀狼的慘叫，立刻讓所有的高句麗人感到無比的恐慌。

銀狼的眼睛裡插著一支黑色的羽箭，鮮血染紅了牠的半邊狼頭，牠拔腿就跑，慌不擇路，遇到阻擋牠去路的人，便撲上去或抓或咬，只為了能夠活命離開。

「白狼王受傷了，天神的保佑消失了，快撤退……」

高句麗人不戰自退，那頭白色的狼一受傷跑開，所有的人也都紛紛後退，起初隊形還保持著整齊，可到後來已經變得一片混亂，甚至發生了踩踏事件，爭先恐後地從山坡上向密林裡奔逃。

高飛「唰」的一聲抽出腰中的鋼刀，將刀鋒朝前方一揮，大聲喊道：「就是現在，衝過去，斬殺拔奇！」

一聲令下，徐晃拍馬便出，一掄鎏金大斧在陽光下顯得金光閃閃。黃忠也不落後，收起剛才射中白狼的弓箭，將鳳嘴刀向前一招，大喊一聲「殺」，便帶著身後的騎兵一起衝殺了出去。

請續看《三國奇變》【戰略篇】第八卷　各懷鬼胎

三國奇變【戰略篇】卷7 是非之地

作者：水的龍翔
發行人：陳曉林
出版所：風雲時代出版股份有限公司
地址：10576台北市民生東路五段178號7樓之3
電話：(02) 2756-0949
傳真：(02) 2765-3799
執行主編：朱墨菲
美術設計：吳宗潔
行銷企劃：林安莉
業務總監：張瑋鳳

初版日期：2022年1月
版權授權：蔡雷平
ISBN：978-986-5589-32-5

風雲書網：http://www.eastbooks.com.tw
官方部落格：http://eastbooks.pixnet.net/blog
Facebook：http://www.facebook.com/h7560949
E-mail：h7560949@ms15.hinet.net
劃撥帳號：12043291
戶名：風雲時代出版股份有限公司

風雲發行所：33373桃園市龜山區公西村2鄰復興街304巷96號
電話：(03) 318-1378
傳真：(03) 318-1378
法律顧問：永然法律事務所 李永然律師
北辰著作權事務所 蕭雄淋律師

行政院新聞局局版台業字第3595號 營利事業統一編號22759935

定價：290元

國家圖書館出版品預行編目資料

三國奇變 / 水的龍翔著. -- 初版. -- 臺北市：風雲時代出版股份有限公司, 2021.04- 冊； 公分

ISBN 978-986-5589-32-5（第7冊：平裝）--

857.75 110003326